中国现当代
名家散文
典藏

肖复兴散文

人民文学出版社

图书在版编目（CIP）数据

肖复兴散文/肖复兴著. —北京：人民文学出版社，2022（2023.3重印）
（中国现当代名家散文典藏）
ISBN 978-7-02-016765-4

Ⅰ.①肖… Ⅱ.①肖… Ⅲ.①散文集—中国—当代 Ⅳ.①I267

中国版本图书馆 CIP 数据核字(2022)第 052384 号

策划编辑　胡玉萍
责任编辑　李　宇
装帧设计　陶　雷
责任印制　宋佳月

出版发行　人民文学出版社
社　　址　北京市朝内大街 166 号
邮政编码　100705

印　　刷　河北环京美印刷有限公司
经　　销　全国新华书店等

字　　数　273 千字
开　　本　880 毫米×1230 毫米　1/32
印　　张　11　插页 4
印　　数　5001-8000
版　　次　2022 年 5 月北京第 1 版
印　　次　2023 年 3 月第 2 次印刷

书　　号　978-7-02-016765-4
定　　价　40.00 元

如有印装质量问题,请与本社图书销售中心调换。电话:010-65233595

作者像

2015 年，于芝加哥大学

2016 年，于美国圣路易斯密西西比河畔

2022 年 4 月，于颐和园

出版缘起

　　中国现代文学开启自一百多年前的一场文学革命。从此，与社会现实密切相关，普通大众可以接受、可以欣赏、可以从中得到思想启蒙和艺术享受的新文学，就如雨后春笋般生长，涌现出一篇又一篇、一部又一部影响当时、传之久远的经典作品。自"五四"新文学以来的中国现当代文学发展进程中，散文无疑是耀人眼目的明星。

　　散文既能直抒胸臆，又能描摹万物，因此被视为自由多样的文体；散文语言贴近日常，最易触动人们的情感，可以直接地陶冶人们的心灵。这也是经典散文被誉为美文、拥有广泛读者、历经岁月更迭仍让人捧读的原因。百余年来的中国现当代散文创作云蒸霞蔚，已莽莽如浩瀚的文学森林，人们若贸然闯入这片森林之中，时有乱花迷眼、茫然难辨之困扰。为了让广大喜爱散文的读者能够更迅捷地读到中国现当代散文的经典性作品，我们精心编选了这套"中国现当代名家散文典藏"丛书。本丛书编选过程中，我们邀请了文学界的专家学者组成编委会，在认真商讨的基础上，汇集、编选了20世纪以来中国现当代散文史上的名家、名作。目的就是方便广大读者感受散文经典的艺术魅力，有利于集中欣赏、比较阅读、收藏，以及进行相关研究。

　　在研究、讨论过程中，编委会形成了经典性的编选宗旨。卷帙浩繁的现当代散文作品中,以经典作家、经典作品的筛选为编选原则,是为读者提供阅读便利的需要,也是为百余年散文创作所做的某种回顾和总结。我们深知,任何一部文学经典都并非一蹴而就,也非任由某个权威命名而成,文学经典是经过时间的淘洗,经受了社会和读者等各个方面的考验,自然形成的。这个淘洗和考验的过程就是一部文学作品被经典化的过程。经典,是经典化过程的结晶。中国现代文学是中国当代文学的前身,当代文学是活在我们身边的文学,这是一件非常有趣的事,因为这样一来,我们也许就能亲眼看到一部文学作品是如何诞生的,又是如何引起社会的热议、得到不断深入阐释的,我们对一部当代散文的喜爱,往往也是在这一过程中不断地得以强化。经典便是在这样不断被阅读、被热议、被阐释的过程中得到人们的广泛肯定从而成为大家公认的经典。当我们要编选一套现当代散文经典的丛书时,就应该考虑到当代文学的这一特点,要意识到当代文学的经典并不是凝固不变的,它仍处在不断丰富和不断成熟的经典化过程之中。这就确定了我们的基本编辑思路,即我们自觉地将"中国现当代名家散文典藏"的编选和出版,视为参与到现当代散文的经典化过程的一次积极行动。经典化,为我们的编选打通了一条通往经典性的最佳通道。我们从经典化的角度来审视现当代散文,就要更强调发展和辩证的眼光,更需要发现和辨析那些正在茁壮生长中的新现象和新作品;这也提醒我们,在经典标准的确认上不能墨守成规。我们既要关注作为文学史的经典,同时又要更看重历经岁月变幻始终在广大读者中拥有良好口碑的作品。我们认为,读者是经典化过程中不可忽视的参与者,因此也希望这次"中国现当代名家散文典藏"的编选和出版,能够为广大读者参与到现当代散文经典化进程中来提供一次良好的机会。

经典化的编选思路,自然决定了这套丛书有另一特征:开放性。中国现当代文学作为活在我们身边的文学,这就意味着它是一种具有旺盛生命力的,仍在茁壮生长的文学。回望过去的一百余年,现当代散文已经产生了不少的经典性作品;凝视当下的现实,仍有许多正行走在经典化道路上的优秀作品;放眼未来,我们相信,将会有更多的经典脱颖而出。我们这套散文典藏丛书不光要"回望",而且还要有"凝视"和"放眼",也就是说,我们不光要推出已有定论的经典性作品,而且还要把那些正行走在经典化道路上的,以及刚刚萌芽即将脱颖而出的优秀作品也纳入丛书的视野,因此我们必须采取开放性的编选方针。我们不是一次性地编选数十本书就宣布大功告成了,我们还要在此基础上继续延伸下去,把在经典化进程中逐渐成熟了的作家和作品吸纳进来,作为系列丛书、长期工作、"长河"计划而接连不断地出版下去。

本丛书编辑过程中,坚持优中选优原则,同时也充分尊重作家意愿和相关版权要求。在编辑"中国现当代名家散文典藏"过程中,由于版权限制等因素,使得一些名家名作还没有如期纳入丛书当中,我们也将努力创造条件,争取将更多的优秀散文佳作奉献给读者,以呈现中国现当代散文创作的整体成就和总体风貌。

感谢广大作家的支持,感谢广大读者的厚爱。

人民文学出版社
"中国现当代名家散文典藏"编辑委员会

目　录

1

第五辑　父亲母亲

导　读

当代散文名家中，肖复兴是高产、执着、资深的一位。自二十世纪八十年代至今，数十部散文集显示了不凡实绩。可贵的是，长盛不衰的创作力，不断开掘散文题旨，文本多变并葆有相当质量，在南北报刊中，几近遍地开花，多篇作品入选高考选题，或在年度选本中常常露面。他是散文界的一棵常青树，一位劳模，他以执着的创作力，丰硕成果，装点了散文园地独特景致。

人民文学出版社新版的《肖复兴散文》，遴选了作家的新作，虽时间跨度十余年，多以近年作品为主，书中有《人生除以七》《京都之什》《北大荒断简》《音乐笔记》《父亲母亲》五辑。如题所示，感悟人生，旧事新写，听乐读书等，林林总总，风华有致，更为突出的是，以心灵剖白、烟火万象的真情书写，成为一本辨识度较高、有情感温度的作品。

散文，轻松自在，大小由之，无拘束，多真情，写俗世生活，是有我之文。这也是肖复兴本部作品的特色。世相万物，人生故事，生命自然，亲情友情，他以散文的名义书写。既有亲历故事，生活百态，也捕捉世道人心，文化万象。题旨丰茂，文心古雅，情怀幽幽，有如古人所言"日丽春敷，风云变态"（清·方宗诚）的韵味。

人生阅历是文学必修课，多样化文学历练，成就了大家手笔和深阔文气。肖复兴的散文，不拘题材，细节饱满，多有知识性、人文气，特别是于平凡事象中，描摹人生命运感，留下时代生活的记录。当年北京胡同的儿时过往，北大荒知青风雨人生，青葱时节的成长经历，京城大院文化，昔年花草，亲情人伦，世态人心，缔结为一份特别情感，成为有温度的文字，也是一代人的成长记忆。加之，多年从事编辑生涯，早期的诗歌创作，又有随笔杂感、小说等不同的文体历练，成就了肖复兴文字的繁复浑然。晚近，他在绘画素描，主要是水彩钢笔画上，研习精进，多部散文集的配图，都是他的手笔。经年累月，不同文艺样式操练，他的散文写作游刃有余，渐臻妙境。在小说方面，他著有系列长篇，在诗歌有现代诗和旧体诗，散文随笔则是近年主打，多卷本的散文系列影响广泛。本书问世，又有了新收获。

肖复兴执着于散文，拳拳文心，矢志不渝。散文不像其他文学体裁，比如诗、小说，专事者众多，散文多为业余或是文学家另一副笔墨。文学史上，专攻散文的作家不多，个中缘由，或被认为壮夫不为，不如小说诗歌风光。我以为，散文是一种智性文体，思考性文字，并不因为"姓散"，而成为随意文字，浅近文字。另外，中国散文传统深厚，对作者也有潜在压力。当代作家中，肖复兴的散文在数量和影响上，可圈可点。晚近，他的散文继续高产，在为数不多专事散文的作家中，他的持守、执着、实绩，令人感佩。

肖复兴散文近年呈主题性和专门化趋向。本书中，他的音乐札记、书写京城旧时风物、知青命运情怀等，一应为主题系列。这与一个成熟散文家的兴趣经历、学养识见有关，也是散文家的自我拓展。散文体量轻盈，内涵隽永，不是宏大建构，或高台大殿，但阅历、知识、书卷味，是优秀散文的基本要素，也是见其高下的关键。本书中，虽多轻简的生活画面，人生故事，却有对生命自然和人文的深挚思考。他写继母深情，胜过亲生，写父子之情，謦欬可闻；他写旧时故人故事，历历如昨，老城的瓦、故城的门、胡同的声音、门楼的楹联，或者果腹的菜食，柴米油盐，无不透视人文背景。鲜活的故事，韵味悠长的文字，形成鲜明的主题性，系列文字又增加了散文题旨的繁复丰饶。当前，散文主题性、专题性的出现，是一些作家的有意为之，成为文学园地一道胜景。

音乐笔记是肖复兴散文的"华彩乐章"，他很早就开始了这类散文创作。本书中专有一辑，将中外音乐经典进行了文学阐释。"音乐和旋律把灵魂引向奥妙"（柏拉图）。肖复兴以个人欣赏体验，开掘经典音乐的意境，从作曲家生命情怀，感知音乐无国界的艺术魅力，"人类共同语言"的博大精深，以及对人生命运的影响。他多方寻访大师故地，行走于音乐圣地，说贝多芬、莫扎特、威尔第、施特劳斯、德沃夏克等大师，也听罗大佑、蔡琴和崔健等人；从音乐与人生，与时代文化和文学，特别是中国诗文的联系上，多视角、多侧面地展示经典艺术的丰赡华美，大师的人物风采。他写道："所有的音乐都指向心灵的深处……是对我们人生的救赎，对我们心灵滋润。"他品评名曲带给人生的精神力量，从不同时空，不同文化的比照中，认知经典作品的人文精神和文化意义。他不是普及音乐知识，也不是专门欣赏经典解读大师，作为一个散文家，一个经年的"乐迷"，他解读艺术与人生的精神联结，高雅与平凡的共情共美。他以平视的文字，让音乐经典走进普通欣赏者心灵；或者，以虔诚的心态，感激文化经典对平凡人生的精神滋养，还有对有关史料和人物的独特理解。一段时间内，写音乐散文相当热闹，而肖复兴则是较早、较勤奋并有见地的散文家。

本书开篇《人生除以七》的题目，饶有新意，一个算术式，是作家对生命来路的回望、检视。人生如寄，来去匆匆，时间无情，人生被时间划分，为了回望，为了警示。或者，听听光阴的脚步，认识自己。这里有作家的自白、自省，也是对芸芸众生的启迪。岁月无情，回忆过往，与往事握别，坚韧前行。在这一命题下，他对生活的繁复冗杂，或者一些生活物事，平凡小事，投以极大情感。生活细琐，百姓行状，人生磨砺，悲欢离合，也有温情高义，欣喜与欢笑，一切过往，皆为序章。他以平实、隽永的文字，书写生活中的过往和不断变化的现实。这是鲜活的现实人生，繁复的生命图景。这是肖复兴散文的人文基调——题旨浑然，不乏沉实，实，文字清丽，却饶有情味。故人故事，繁复冗杂，平民生活，人文气息，或者，这正是我们领略本书的一个线索。

王必胜

第一辑　人生除以七

人生除以七

　　看罢英国导演迈克尔·艾普特的电视纪录片《56UP》之后，心里不大平静。这部纪录片，拍摄了伦敦来自精英、中产和底层不同阶层的十四个人，自七岁开始，一直到五十六岁的生活之路。导演每隔七年拍摄一次，看他们的变化。七个七年之后，这些人五十六岁了，这么快就从童年进入了老年。一百五十分钟的电视片，演绎了人生大半，逝者如斯，让人感喟。

　　我不想谈论这部纪录片所要表达的主旨。让我感兴趣的是，它选择了将人生除以七的方式，来演绎并解读人生。为什么不是别的数字，比如五或六，而偏偏是七？不管有什么样对数字特别膜拜的深意或禅意，乃至宗教的意义，七，可以是一个很好的选择，让我也来一回这样的选择，将自己人生已经走过的岁月除以七，看看有什么样的变化。

　　不从七岁而从五岁开始吧。因为，那一年，我的母亲去世，我人生的记忆也就是从那时开始。记忆中那一年，夏天，院子里的老槐树落满一地槐花如雪，我穿着一双新买的白力士鞋，算是为母亲穿孝。母亲长什么样子，一点印象也没有了，只记得姐姐带着我和两岁的弟弟一起到联友照相馆照了一张全身合影，特意照上了白力士鞋，便独自一人到了内蒙古修铁路去。那一年，姐姐十七岁。

　　七年之后，我十二岁，读小学五年级。第一次用节省下来的早点钱，买了我人生的第一本书，是本杂志《少年文艺》，一角七分钱。读到我人生的第一篇小说，是美国作家马尔兹写的《马戏团来

3

到了镇上》。马戏团第一次来到那个偏僻的小镇。两个来自贫穷农村的小兄弟，没有钱买入场券，帮助马戏团把道具座椅搬进场地，换来了两张入场券。坐在场地里，好不容易等到第一个节目小丑刚出场，小哥俩累得睡着了。这个故事给我的印象那样深刻，小说里的小哥俩，让我想起了我和我的弟弟，也让我迷上了文学。我开始偷偷写我们小哥俩的故事。

十九岁那一年的春天，我高中毕业，报考中央戏剧学院，初复试都通过，录取通知书也提前到达了。"文化大革命"爆发了。大学之门被命运之手关闭。两年后，我去了北大荒，把那张夹在印有中央戏剧学院红色毛体大字信封里的录取通知书撕掉了。

二十六岁，我在北京郊区当上一名中学老师。那时我已经回到北京一年。是因为父亲突然脑溢血去世，家中只剩下继母一人，才被困退回京的。熬过近一年待业的时间，得到教师这个职位。和父亲一样，我也得了血压高，医生开了半天工作的假条。每天下午，我骑着自行车回家，写我的第一部长篇小说，取名叫《希望》。在那没有希望的年头，小说的名字恶作剧一样，有一丝隐喻的色彩。

三十三岁，我"二进宫"进中央戏剧学院读二年级。那一年，我有了孩子，一岁。孩子出生的那一年，在南京为《雨花》杂志修改我的一篇报告文学，那将是我发表的第一篇报告文学。从南京回到家的第二天，孩子呱呱坠地。

四十岁，不惑之年。有意思的是，那一年，上海《文汇月刊》杂志封面要刊登我的照片，来电报要立刻找人拍照寄去。我下楼找同事借来一台专业照相机，带着儿子来到地坛公园，让儿子帮我照了照片，勉强寄去用了。那时，儿子八岁，小手还拿不稳相机。照片晃晃悠悠的。

四十七岁，我调到了《小说选刊》，参与该刊的复刊工作。从大学毕业之后，我从大学老师到《新体育》杂志当记者，几经颠簸，终于来到中国作协这个向往已久的地方。自以为这里是文学的殿堂，前辈作家叶圣陶和艾芜的孩子，却都劝我三思而行，说那里是名利场，是是非之地。

五十四岁，新世纪到来。我自己乏善可陈。两年之后，儿子去美国读书，先在威斯康星大学读硕士，后到芝加哥大学读博士，都有全额奖学金，是他的骄傲，也是我的虚荣。

六十一岁，大年初二，突然的车祸，摔断脊椎，我躺在天坛医院整整半年。家人朋友和同事都说是大难不死，必有后福。我相信他们说的，我相信命运。福祸相依，我想起在叶圣陶先生家中，曾经看过的先生隶书写的那副对联：得失塞翁马，襟怀孺子牛。

六十八岁，正好是今年。此刻，我正在美国印第安纳大学旁边儿子的房子里小住，两个孙子先后出世，一个两岁半，一个就要五岁，生命的轮回，让我想起儿子的小时候，却怎么也想不起自己的小时候是不是也是这样子。

人生除以七，竟然这么快，就将人生一本大书翻了过去。《56UP》中有一个叫贾姬的女人说："尽管自己是一本不怎么好看的书，但是已经打开了，就得读下去，读着读着，也就读下去了。"人生除以七，在生命的切割中，让人容易看到人生的速度，体味到时间的重量。流水带走光阴的故事，改变了一个人。漫漫人生路，能够有意识地除以七，听听自己，也听听光阴的脚步；看看自己，也看看历史的轨迹，是件有意思的事情。

2014 年 7 月 23 日于布鲁明顿雨中

记不住的日子

作家愿意语出惊人。马尔克斯说："记得住的日子才是生活。"这话说得有些苛刻，也有些绝对。起码，我是不大信服的。

记得住的日子才是生活，那么，记不住的日子就不是生活了吗？不是生活，又是什么呢？显然，马尔克斯所说记得住的日子，是指那些不仅有意思甚至是有意义的日子，可以回味，乃至省思，甚至启人。他将生活升华，而和日子对立起来，让日子分出等级。

细想一下，如我这样庸常人的一辈子，所过的日子就是庸常的，不可能全都记不住，也不可能全都记住。而且，记得住的，总会是少于记不住的。就像这一辈子吃喝进肚子里的东西很多，如果按照以前我的每月粮食定量是三十二斤，一辈子加在一起，不算水和菜，就得有上千乃至上万斤，但真正变成营养长成我们身上的肉，不过百十来斤。如果所过的日子全部都能记得住，那么，会像吃喝进的东西全都排泄不出去，人也就无法活下去了。

马尔克斯将记得住的日子，当成一杯可以品味的咖啡或葡萄酒。普通人乃至比普通人更弱的贫寒人的日子，只能是一杯白水。

人的记忆就像筛子，总要筛下一些。筛下的，有一些，确实是鸡零狗碎，一地鸡毛，但其中一些不见得比记住的更没有意义，没有价值，只是不愿意再像磐石一样压迫在心里，而有意识或无意识地让它们尘逐马去，烟随风散。人需要自我消化，让心理平衡，才能让日子过得平衡。这或许就是阿 Q 精神吧？有些鸵鸟人生的意思，不会或不敢正视，只会将自己的头埋在土里。不过，如果要想让有些事记住，必须让有些事不记住，这是记忆的能量守恒定律，是生活的严酷哲学。用老百姓的话说，就是拿得起，放得下。所谓拿，就是记得住；放，则是那些没必要记住的事情吧。

在北大荒的时候，我见过一位守林老人。我们农场边上，靠近七星河南岸，有一片原始次森林。老人在那里守林一辈子。他住在林子里的一座木刻楞房中，我们冬天去七星河修水利的路上，必要路过那座木刻楞，常会进去烤烤火，喝口热水，吃吃他的冻酸梨，逗逗他养的一只老猫，和他说会儿闲话。他话不多，大多时候，只是听我们说。附近的村子叫底窑，清朝时是烧窑制砖的老村，那里的人们都知道老人的经历，从前清到日本鬼子入侵，前后几个朝代，是受了不少苦的，一辈子孤苦伶仃一个人，守着一只老猫和一片老林子过活。

我一直对老人很好奇，但是，你问他什么，他都是笑笑摇摇头。后来，我调到宣传队写节目，有一段时间专门住在底窑，每天和老人泡在一起，心想总能问出点儿什么，好写出个新颖些的忆苦思甜之类的节目。可是，他依然什么也没有对我说。不说，不等于没记住，只是不愿意说罢了。我这样揣测。和老人告别，是个春雪消融的黄昏，他对我说：不是不愿意对你唠，真的是记不住了。我不大相信。他望着我疑惑的眼神，又说：孩子，不是啥事都记住就好，要是都记住了，我能活到现在？这是他对我说得最多的一次。

守林老人的话，说实在的，当时我并没有完全听懂。五十多年过后，看到马尔克斯的这句话，忽然想起了守林老人，觉得记忆这玩意儿，对于作家来说，是一笔财富，记得住的东西，都可以化为妙笔生花的文字。对于历尽沧桑苦难的普通人来说，记得住的东西越多，恐怕真的难以熬过那漫长而跌宕的人生。我读中学的时代，

记不住的日子

经常引用列宁的一句话"忘记过去，就意味着背叛"。其实，对于普通人而言，过去要是真的都记住了，过去的暗影会压迫今天的日子，也可以说是压迫今天的生活，会如梦魇般缠绕身边不止，也是可怕的。

前些日子，读到英国诗人莎拉·蒂斯代尔的一首题为《忘掉它》的短诗，其中有这样几句："忘掉它，永远永远。/时间是良友，它会使我们变成老年。/如果有人问起，就说已经忘记，/在很早，很早的往昔/像花，像火像静静的足音，在早被遗忘的雪里。"觉得诗写的就是这位守林老人。

生活和日子，对于普通人，是一个意思。有学问的人将"一"写成美术体的阿拉伯数字 1，或者法文 UN 英语 ONE，不过是居高临下唬人而已。记得住的日子，是生活；记不住的日子，也是生活。实在是没有必要给生活镀上一层金边，让日子化茧成蝶，翩翩起飞。

2021 年 3 月 1 日写毕于北京雨雪之后

正欲清谈逢客至

一

正欲清谈逢客至，偶思小饮报花开。这是放翁的一联诗。很多年前，在一家客厅的中堂对联读到它(后查《剑南诗稿》，句为"正欲清言闻客至，偶思小饮报花开"，但觉得还是对联更好)，很喜欢，一下子记住，至今未忘。

偶思小饮报花开，是想象中的境界，正要举杯小酌，花就开了，哪儿这么巧？这不过是文学蒙太奇的笔法，诗意的渲染而已。但是，正要想能有个人一起聊聊天的时候，这个人如期而至，或不期而至，尽管不常有，总还是会出现。过去有句老话，叫作说曹操，曹操到。也有这层意思，只是没有这句诗雅致，而且，说曹操，可能只是一时说起，并没有想和曹操有交谈的意思。

正欲清谈逢客至，这样的情景，是生活温馨的时刻，是人生难得的际遇。

二

读高一那年，学校图书馆的高挥老师，突然来到我家。上小学以来，读书九年，没有一位老师家访。高老师是第一位。

图书馆学生借书，填写书单，由高老师找好，从窗口借给你。高老师允许我进图书馆挑书，在全校是破天荒的事情。为此，有同学和高老师大吵，说她是培养修正主义苗子。由此，我对高老师感到亲切，她比我姐姐大一岁，心里很想和她说说心里话，没想到她突然出现在我家的时候，竟然说不出什么话了。

高老师知道我爱看书，特意到家来看我。她不是我的班主任，没有家访的任务。当然，这也不是家访。家访不会让我感到那样亲切，想让我和她说好多的话。

在窄小的家里，她看到我仅有的几本书，塞在一个只有二层的小破鞋箱上，委屈地挤在墙角，当时并没有说话。五十多年过后，前几年，我见到她，她才对我说起。我知道日后她破例打开图书馆有百年历史藏书的仓库，让我进里面挑书；我去北大荒前，从她手里借的好几本书再未归还；都和这个小破鞋箱有关。

三

父亲去世后，我从北大荒困退回北京，待业在家，无聊之极，整天憋在小屋里。母亲说我跟糗大酱一样，都快糗出蛆，劝我出去走走，找人聊聊天。找谁呢？我是回来很早的知青，大多数同学还都在全国各地插队的乡下。白天，大人上班，小孩上学，大院格外清静，我家更是门可罗雀。

一天，有一个小姑娘来我家，她是邻居家的小孩，叫小洁，六岁，还没有上学。她手里拿着一本硬皮精装的书，把书递给我，打开一看，里面夹着的都是花花绿绿的玻璃糖纸。她从书里拿出几张不同颜色的玻璃糖纸，对我说：你把糖纸放在你的眼睛上，能看到不同颜色的太阳！然后问我："好玩吧？"我知道，她是想和我一起玩，一起说说话。

我问她，你怎么有这么多的糖纸呀？她一仰头说："攒的呀！我爸我妈过年给我买好多糖，吃完糖，我把糖纸就都夹在这本书里了。"说着，她让我看她的这些宝贝，书里面好多页之间夹着一张或两张玻璃糖纸，快把整本书夹满。每张糖纸的颜色和图案都不一样，花团锦簇，非常好看。我一页一页认真地翻，一页一页地看，从头看到尾。

好多天，她都跑到我家，和我一起翻这本书，看糖纸，还不住指着糖纸问我，这种糖你吃过吗？我逗她，摇头说："没吃过。"她就说等下次我妈再给我买，我拿一块给你尝尝。

几年以后，我搬家离开大院前，小洁跑到我家，要把这本夹满糖纸的书送给我。我连忙推辞。她却很坚决：我爸我妈总给我买糖，我的玻璃糖纸多的是！再说，我看出来了，你喜欢这本书里的诗。说完，她俏皮地冲我诡谲一笑。

这是一本诗集，书名叫《祖国颂》，中国青年出版社出版。

四

父亲是清早到前门楼子后面的小花园里打太极拳，一个跟头倒下，突然走的。那时，我在北大荒，弟弟在青海，姐姐在内蒙古，家里只有母亲一个人，孤苦伶仃，束手无策，正想找个人商量一下怎么办理父亲的后事，焦急万分的没着没落。就是这么的巧，老朱恰逢其时地出现在我的家里。

老朱是我的中学同学，一起到北大荒同一个生产队。他回北京休探亲假，假期已满，买好第二天回北大荒的火车票，临离开北京前到我家来，本是想问问家里给我带什么东西，没有想到母亲一把

正欲清谈逢客至

抓住他的手，面对的是母亲泪花汪汪的老眼。老朱安慰母亲之后，立刻到火车站退了车票，回来帮助母亲料理父亲的后事，一直等到我从北大荒赶回北京。

是的，这一次，不是我在家里正欲清谈而恰逢客至，是我的母亲，是比清谈更需要有人到来的鼎力相助。那一天，老朱如同从天而降突然出现在母亲的面前，现在回想起来，简直是比书中或电影里的巧合还要不可思议。但是，就是这样：一触即发之际，才显示客至时情感的含义；雪中送炭，才让人感到客至时价值的分量；心有灵犀，才是放翁这句诗"正欲清谈逢客至"的灵魂所在。

2021 年 12 月 16 日于北京大风中

味 美 思

如今，洋桥在十号线地铁有一站，已经属于三环内的市区。以前，这里是一片农田。为什么地名叫洋桥？因为此地有一个村子叫马家堡村，清末西风东渐，建起北京的铁路，最早的火车站就在这里，附近的凉水河上自然也得建起能通火车的水泥桥梁，便把这块地方取名叫了洋桥。这个有点儿维新味儿的地名，透露这样一些信息，便是如果火车站真的在这里长久待下去，便会带动周围明显的变化，所谓火车一响，黄金万两。现代化标志的火车，肯定会让这一片乡村逐渐向现代化迈进。可惜的是，好景不长，据说是庚子年八国联军入侵，慈禧太后逃离北京，从皇宫跑到这里坐火车；而后坐火车返回北京，还得从这里下车，再坐轿子回金銮殿，一路颠簸太远，才将火车站很快从这里移至前门。这里原来是乡村，徒留下一个洋桥这样维新的地名，还有老站台的一块水泥高台。

二十世纪六十年代，铁道兵在北京修建地铁后，集体转业留在北京，在这片农田建立起他们的住所，取名叫地铁宿舍，从此这里开始了从乡村到城市化的进程。如果看这一个多世纪北京城市的变化，洋桥是一个活标本，慈禧太后上下火车的一截老站台遗迹还在。1975 年下半年到 1983 年初，我从前门搬家在这里住了近八年的时间，图的是这里的房间宽敞一些，而且，每户有一个独立的小院。我母亲在世的时候，在小院里种了西红柿、扁豆、丝瓜、苦瓜好些蔬菜，自成一道别致的风景。

做饭也在小院里。朋友到家里聚会，是我大显厨艺的机会，小院里，便会烟火缭绕，菜香扑鼻。那时，兜里兵力不足，不会到餐馆去，只能在家里乐呵。艰苦的条件和环境，常能练就非凡的手艺。那时，在北京吃西餐，只有到动物园边上的莫斯科餐厅，谁有那么多钱去那里？我拿手做的西餐，便常被朋友们津津乐道。说来大言不惭，说是西餐，只会两样，一是沙拉，二是烤苹果。

沙拉，主要靠沙拉酱，它是主角。其他要拌的东西可以丰简随意，只要有土豆、胡萝卜、黄瓜、香肠就行，如果再有苹果就更好。这几样，都不难找到。沙拉酱，那时买不到，做沙拉酱，是为首要，最考验这道凉菜的功夫。事过四十多年，我已经忘记，做沙拉酱是我自己的独创，还是跟谁学得的高招了。要用鸡蛋黄（最好是鸭蛋黄），不要蛋清，然后用滚开的热油一边浇在蛋黄上，一边不停地搅拌，便搅拌成了我的沙拉酱。有了它，沙拉就齐活了。每一次，在小院里做沙拉酱，朋友都会围着看，像看一出精彩的折子戏，听着热油浇在蛋黄上呲呲啦啦的声音而心情格外欢快。有好几位朋友，从我这里取得做沙拉酱的真经，回家照葫芦画瓢献艺。

烤苹果，我是师出有门。在北大荒插队，回北京探亲，在哈尔滨转火车时，曾经慕名到中央大道的梅林西餐厅吃过一次西餐，最早这是家流亡到哈尔滨的老毛子开的西餐厅，烤苹果是地道的俄罗斯风味的西餐。多年之后，我到莫斯科专门吃烤苹果，味道还真的和梅林做的非常相似。要用国光苹果，因为果肉紧密而脆（用富士苹果则效果差，用红香蕉苹果就没法吃了，因为果肉太面，上火一烤就塌了下来），挖掉一些内心的果肉，浇上红葡萄酒和奶油或芝士，放进烤箱，直至烤熟。家里没有奶油和芝士，有葡萄酒就行，架在篦子上，在煤火炉上烤这道苹果（像老北京的炙子烤肉），关键是不能烤煳。虽然做法简单，照样芳香四溢。特别是在冬天吃，白雪红炉，热乎乎的，酒香、果香交错，有一种说不出的味道和感觉。很多朋友是第一次吃，都觉得新鲜，叫好声迭起，让我特别有成就感，满足了卑微的自尊心。

1978年春节，我结婚也是在这里的小屋，没有任何仪式的婚礼，只是把几位朋友请到家里聚会了一次，我依然做了这两道拿手菜，外加了一瓶味美思酒。这种酒，是在葡萄酒里加进了一些中草药，味道独特。

最难忘的一次聚会，是1982年夏天，我大学毕业，专程回北大荒一趟，重返我曾经插队的大兴岛二队。因我是第一个返城后回北大荒的知青，队上的老乡非常热情，特地杀了一头猪，豪情款待。酒酣耳热之际，找来一个台式录音机，每一位老乡对着录音机说了几句话，让我带回北京给朋友们听。回到北京，请朋友来我家，还是在这间小屋，还是在这座小院，还是做了我拿手的这两道菜，就着从北大荒带回来的六十度的北大荒酒，听着从北大荒带回来的这盘磁带的录音，酒喝多，话说多，直到深夜依依不舍散去。送大家走出小院，望着他们骑着自行车逶迤远去的背影，真的很难忘。那一夜，星星很亮，很密，奶黄色的月亮，如一轮明晃晃的纸灯笼，高悬瓦蓝色的夜空，是我在洋桥住过的近八年时光最难忘的夜晚。

前些日子读梁晓声的长篇小说《人世间》，里面也提到了聚会。小说从1972年逐年次第写到2016年，他们的聚会便也从1972年到2016年。这中间四十年来每年大年初三，在小说主人公周秉义家破旧低矮土坯房的聚会中，彰显普通百姓赖以支撑贫苦生活相濡以沫的友情，让人如此心动。快到小说的结尾，2015年大年初三周家的聚会，没有了原先的风光。尽管周秉昆已经搬进了新楼，不

味美思

再是贫民窟的土坯房。曾经亲密无间的那些朋友发生了变化，有的死亡，有的疏远，有的隔膜，下一代更是各忙各的，不再稀罕旧日曾经梦一般的聚会。来的有限的人们，在丰盛的年饭面前，一个说自己这高，一个说自己那高，得节食，得减肥，让聚会变得寡趣少味，曾经在贫寒日子里那样让人向往的聚会，无可奈何地和小说一起走到了尾声。

2016年的大年初三，周家的聚会彻底结束，梁晓声只用了一句话写了这最后的聚会："2016年春，周家没有朋友们相聚，聚不聚大家都不以为然。"不动声色、轻描淡写的这一笔，却让我的心里为之一动，怅然良久。四十余年已经习惯磨成老茧的聚会无疾而终，曾经那样热衷、那样期盼、那样热闹、那样酒热心跳、那样掏心掏肺的聚会，已经让大家觉得"不以为然"。

我想起在洋桥我家小屋的聚会。1975年到1983年，将近八年时间的聚会，也到此画上了句号，比周家四十年的聚会要短得多。

当年，大家下班后，骑着自行车，从北京各个角落奔到我家，蒜瓣一样，围着台式录音机听录音的情景，恍若隔世。如今，很多人自己开着小汽车，没有小汽车，也可以打的或网约滴滴车，但很难再有这样的情景了。

如今，西餐厅在北京再不只是莫斯科餐厅一家，西餐也不再那样稀罕，沙拉酱更是品种繁多，不再用热油浇蛋黄土法炮制，烤苹果更是贻笑大方。也就是1983年初从搬离洋桥起，这样的聚会已经渐渐稀少直至彻底消失，大家再聚会，会到饭店里去了。我的武功尽废，曾经那两道手艺，便再也没有露脸的机会。

记得搬家的那天，是朋友开着一辆大卡车帮忙的。因房子要留给弟弟一家住，他们在青海柴达木一时还没有回京，洋桥小屋，便荒芜了一阵子。但家具一些东西还在。夏天，我回去取一些旧物，推开栅栏门，居然发现小院长满一人多高的蒿草，一下子，仿佛走进北大荒的荒草地一般。后来，一个朋友结婚无房，暂时借住这里，大概嫌放在屋角的一个破旧铁皮箱子碍事，便将其搬到小院里。后来，我发现铁皮箱子的时候，由于雨水的浸泡，已经沤烂。箱子里装的没有什么值钱的东西，是我中学时代和在北大荒写的几本日记，还有回北京后写的一部长篇小说，厚厚一摞一千多页的稿纸，连魂儿都不在了。

那间小屋，那座小院，连同洋桥那片地铁宿舍，和马家堡村那一截火车站老站台遗迹，全都不在，代之而起的是一片高楼大厦。

味美思酒，也买不到了。

2020 年 12 月 10 日于北京

饺 子 帖

一

又要过年了。又想起饺子。饺子，是过年的标配，是过年的主角，是过年的定海神针。不吃饺子，不算是过年。

五十三年前，我在北大荒，第一次在异乡过年，很想家。刚到那里不久，怎么能请下假来回北京？那时候，我在北大荒，弟弟在青海，姐姐在内蒙古，家里只剩下父母两个孤苦伶仃的老人。天远地远，心里不得劲儿，又万般无奈。

没有想到，就在这一年年三十的黄昏，我的三个中学同学，一个拿着面粉，一个拿着肉馅，一个拿着韭菜（要知道，那时候粮食定量，肉要肉票，春节前的韭菜金贵得很呀），来到我家。他们和我的父母一起，包了一顿饺子。

面飞花，馅喷香，盖帘上码好的一圈圈饺子，围成一个漂亮的花环；下进滚沸的锅里，像一条条游动的小银鱼；蒸腾的热气，把我家小屋托浮起来，幻化成一幅别样的年画一般，定格在那个难忘的岁月里。

这大概是父亲和母亲一辈子过年吃的一顿最滋味别具的饺子了。

二

那一年的年三十，一场纷飞的大雪，把我困在北大荒的建三江。当时，我被抽调到兵团的六师师部宣传队，本想年三十下午赶回我所在的大兴岛二连，不耽误晚上的饺子就行。没有想到，大雪封门，刮起了漫天大烟泡，汽车的水箱都冻成冰坨了。

师部的食堂关了张，大师傅们早早回家过年了，连商店和小卖部都已经关门，别说年夜饭没有了，就是想买个罐头都不行，只好饿肚子了。

大烟泡从年三十刮到年初一早晨，我一宿没有睡好觉，早早就冻醒了，偎在被窝里不肯起来，睁着眼或闭着眼，胡思乱想。

大约九十点钟，忽然听到咚咚的敲门声，然后是大声呼叫我名字的声音。由于大烟泡刮得很凶，那声音被撕成了碎片，断断续续，像是在梦中，不那么真实。我非常奇怪，会是谁呢？这大雪天的！

满怀狐疑，我披上棉大衣，跑到门口，掀开厚厚的棉门帘，打开了门。吓了我一跳，站在门口的人，浑身厚厚的雪，简直就是个雪人。我根本没有认出他来。等他走进屋来，摘下大狗皮帽子，抖落下一身的雪，才看清，是我们大兴岛二连的木匠赵温。天呀，他是怎么来的？这么冷的天，这么大的雪，莫非他是从天而降不成？

我肯定是瞪大了一双惊奇的眼睛，瞪得他笑了，对我说：赶紧拿个盆来！我这才发现，他带来了一个大饭盒，打开一看，是饺子，个个冻成了邦邦硬的坨坨。他笑着说道：过七星河的时候，雪滑，跌了一跤，饭盒撒了，捡了半天，饺子还是少了好多，都掉进雪坑里了。凑合着吃吧！

我立刻愣在那儿，望着一堆饺子，半天没说出话来。我知道，他是见我年三十没有回队，专门来给我送饺子来的。如果是平时，这也许算不上什么，可这是什么天气呀！他得多早就要起身，没有

饺子帖

车，三十里的路，他得一步步地跋涉在没膝深的雪窝里，走过冰滑雪深的七星河呀。

我永远记得，那一天，我和赵温用那个盆底有朵大大的牡丹花的洗脸盆煮的饺子。饺子煮熟了，漂在滚沸的水面上，被盛开的牡丹花托起。

忘不了，是酸菜馅的饺子。

三

齐如山先生当年说，他曾经吃过一百多种馅的饺子。我没吃过那么多种馅的饺子。我也不知道，全国各地的饺子馅，到底有多少种。不过，我觉得馅对于饺子并不重要。饺子过年，其中的馅，可以丰俭由人，从未有过高低贵贱之分。过去，皇上过年吃饺子，底下人必要在馅中包上一枚金钱，而且，金钱上必要镌刻上"天子万年，万寿无疆"之类过年的吉祥话，讨皇上欢喜。穷人过年，怎么也得吃上一顿饺子，哪怕是野菜馅的呢。

曾听叶派小生毕高修先生告诉我这样一桩往事：他和京剧名宿侯喜瑞先生同在落难之中，结为忘年交。大年初一，客居北京城南，四壁徒空，凄风冷灶，两人只好床上棉被相拥，惨淡谈笑过残年。忽然，看到墙角里有几根冻僵了的胡萝卜，两人忙下地，拾起胡萝卜，剁巴剁巴，好歹包了顿冻胡萝卜馅的饺子，也得过年啊。

馅，可以让饺子分成价值的高低，但作为饺子这一整体形象，却是过年时不分贵贱的最为民主化的象征。

四

很多年前，我写过一篇散文《花边饺》，后来被选入小学生的语文课本。写的是小时候过年，母亲总要包荤素两种馅的饺子。她把肉馅的饺子都捏上花边，让我和弟弟觉得好看，连吃带玩地吞进肚里，自己和父亲则吃素馅的饺子。那是艰苦岁月的往事。

长大以后，总会想起母亲包的花边饺。大年初二，是母亲的生日。那一年，我包了一个糖馅的饺子，放进盖帘一圈圈饺子之中，然后对母亲说："今儿您要吃着这个糖馅的饺子，您一准儿是大吉大利！"

母亲连连摇头笑着说："这么一大堆饺子，我哪儿那么巧能有福气吃到？"说着，她亲自把饺子下进锅里。饺子像活了的小精灵，在滚动的水花中上下翻腾。望着母亲昏花的老眼，我看出来，她是想吃到那个糖饺子呢！

热腾腾的饺子盛上盘，端上桌，我往母亲的碟中先拨上三个饺子。第二个饺子，母亲就咬着了糖馅，惊喜地叫了起来："哟！我真的吃到了！"我说："要不怎么说您有福气呢？"母亲的眼睛笑得眯成了一条缝。

其实，母亲的眼睛，实在是太昏花了。她不知道我耍了一个小小的花招，用糖馅包了一个有记号的花边饺。

第二年的夏天，母亲去世了。

五

在北大荒，有个朋友叫再生，人长得膀大腰圆，干起活来，是

21

二齿钩挠痒痒——一把硬手。回北京待业那阵子，他一身武功无处可施，常到我家来聊天，一聊到半夜，打发寂寞时光。

那时候，生活拮据，招待他最好的饭食，就是包饺子。一听说包饺子，他就来了情绪，说他包饺子最拿手。在北大荒，没有擀面杖，他用啤酒瓶子，都能把皮擀得又圆又薄。

在我家包饺子，我最省心，和面、拌馅、擀皮，都是他一个人招呼，我只是搭把手，帮助包几个，意思意思。

他一边擀皮，一边唱歌，每一次唱的歌都一样：《嘎达梅林》。不知道为什么，他对这首歌情有独钟。一边唱，他还要不时腾出一只手，伸出来，随着歌声，娇柔地做个兰花指状，这与他粗犷的腰身反差极大，和《嘎达梅林》这首英雄气魄的歌反差也极大。

每次来我家包饺子的时候，他都会问我："今儿包什么馅的呀？"

我都开玩笑地对他说："包'嘎达梅林'馅的！"

他听了哈哈大笑，冲我说："拿我打镲！"

擀皮的时候，他照样不忘唱他的《嘎达梅林》，照样不忘伸出他的兰花指。

四十多年过去了。如今，再生的日子过得很滋润，儿子北大西语系毕业，很有出息，特别孝顺，还能挣钱，每月光给他零花钱，出手就是五千，让他别舍得，可劲儿地花，对自己得好点儿。他很少来我家了，见面总要请我到饭店吃饭，再也吃不到他包的"嘎达梅林"馅的饺子了。

六

孩子在美国读博，毕业后又在那里工作，前些年我常去美国探亲，一连几个春节，都是在那里过的。过年的饺子，更显得是必不可少，增添了更多的乡愁。余光中说：乡愁是一枚邮票。在过年的那一刻，乡愁就是一顿饺子，比邮票更看得见，摸得着，还吃得进暖暖的心里。

那是一个叫作布鲁明顿的大学城，很小的一个地方，全城只有六万多人口，一半是大学里的学生和老师。全城只有一个中国超市，也只有在那里可以买到五花肉、大白菜和韭菜，这是包饺子必备的老三样。为备好这老三样，提早好多天，我便和孩子一起来到超市。

超市的老板是山东人，老板娘是台湾人，因为常去那里买东西，彼此已经熟悉。老板见我进门先直奔大白菜和韭菜而去，笑吟吟地对我说：过年包饺子吧？我说："对呀！您的大白菜和韭菜得多备些啊！"他依旧笑吟吟地说："放心吧，备着呢！"

那一天，小小的超市里挤满了人，大多是中国人，来买五花肉、大白菜和韭菜的。尽管大家素不相识，但望着各自小推车中的这老三样，彼此心照不宣，他乡遇故知一般，都像老板一样会心地笑着。

2022 年春节前于北京

老手表史记

上中学的时候，有一位女同学和我很要好。我们两家住得很近，她常来家里找我，一起复习功课，一起聊天，一起度过青春期最美好的日子。

高一暑假过后，她来我家，忽然发现她的腕子上戴着一块手表。那个年月，手表是稀罕物，大人戴手表的都很少，我家生活拮据，父亲只有一块老怀表，却不是揣在怀中，而是挂在墙上，当成全家人都能看到的挂钟。一个中学生戴块手表，更是少见，起码，在我们全班没有一个同学戴手表。

那是 1964 年的秋天。她腕子上的这块手表，在我的眼前闪闪发亮，映着透过窗子照进来夕阳的光线，反着光亮，一闪一闪的，像跳跃着好多萤火虫。

大概她发现了我在注视她的手表，对我说了句："暑假里过生日，我爸爸给我买的。"说着，一把从腕子上摘下手表，揣进上衣的口袋里。这块手表，忽然让她有些不好意思。

这块手表，一直闪动着，伴随我们一起度过中学时代。"文化大革命"爆发了，学校停课了，大学关门了，前路渺茫，不知道等待我们的命运是什么。1967 年的冬天，我弟弟先报名去了青海油田，是我们这一群人中第一个离开家离开北京的。那一晚到火车站为弟弟送行，她也去了。火车半夜才开走，她家住的大院的大门已经关闭，回不了家，只好跟着我们院子的几个孩子，一起来到一个人的家里，我们也都是同学，彼此很熟悉。他家的屋子宽敞，我们几个孩子横倚竖卧地挤在各个角落里。

在一张餐桌前，我和她面对面地坐着，开始还聊天，没过一会儿，就都困了，脑袋像断了秧的瓜，垂到桌子上睡着了。一觉醒来，我看见她双手抱着头，还趴在桌上睡着，随着呼吸，身子在微微地起伏，腕子上的那块手表，嘀嗒嘀嗒跳动的声音特别响。窗外，月亮正圆，月光照进窗子，追光一样，打在手表上，让手表成为舞台上的主角一般格外醒目。看不见她的脸，只看见她腕子上的手表，我仔细看着，看清楚了，是块上海牌的手表。

那一夜，这块手表的印象，成为我们分别的记忆定格。一年之后的夏天，我们两人前后脚去了北大荒，我们两家各自的颠簸与动荡，让我们都走得那样匆忙而狼狈不堪，没能为彼此送别，从此南北东西，天各一方。

1970年，我有了第一块手表。弟弟在青海油田，有高原和野外工作的双重补助，收入比我高好多，他说赞助你买块手表吧。那时候手表是紧俏商品，国产表要票券，外国表要高价。我本想也买块上海牌手表，却无法找到手表票，弟弟说那就多花点儿钱买块进口的表吧。可进口的手表也不那么好买，来了货后要赶去排队，去晚了，排在后面就买不到。是我中学的一个同班同学，他分配在北京工作，一清早到前门大街的亨得利排队，帮我买了块英格牌的手表。下了整整一夜的大雪，那天清早，雪纷纷扬扬的，也没有停。我的这位同学，是顶着纷飞的雪花，骑着车，帮我买到的这块英格牌的手表。

1975年的冬天，分别了整整八年之后，我和她阔别重逢。那时候，我已经从北大荒回到北京，在一所中学里当老师；她作为第一批工农兵大学生毕业，从哈尔滨途经北京到上海出差。她找到我家，尽管早已经是物是人非，但我一眼看见她腕子上戴着的还是那块上海牌的手表。不知为什么心里竟然一动，仿佛又看见了中学时代的她，也看见那时候的自己。那块手表成为我们青春的物证。

我不知道她这块上海牌的手表一直戴到哪一年，我那块英格牌手表，一直戴到1992年的夏天。那时候，我正从西班牙到瑞士，刚刚从苏黎世出海关，那块英格牌的手表突然停摆了。回到北京，拿到钟表店修，师傅说表太老，坏的零件无法找到，没法修了。想想，这块瑞士产的手表，居然在踏进瑞士国土的那一刹那突然寿终正寝，冥冥之中，实在有些匪夷所思。

人生如梦，转眼二十八年过去了，我的这块英格牌手表，一直压在箱子底，没有舍得丢掉。看到它，我会想起为我买这块表的那位同学，和那天清早纷纷扬扬的雪花，也会想起她和她的那块上海牌手表。

很久没有联系了，年前一个下雪天的下午，没有出门，座机的铃声响了，接到的竟然是她的电话，熟悉的声音，即使隔着长长的电话线，还是一声就听出来了。我很意外，她说她的电话簿丢了，是偶然看见她的一个三十多年前的老电话本，上面写的电话号码，都是她父亲的一些老同事和她自己的老朋友的，便给上面的每一个电话打打试试，看看还能不能打通，大部分都不通了，还真不错，都多少年过去了，你的电话还真的通了。

我告诉她，我的电话号码一直没变。我一直觉得，很多老的东西，是值得保留的，保留住它们，就是保留住回忆，保留住自己。逝去的岁月，再不堪回首也好，再五味杂陈也罢，就像卡朋特老歌唱的那样，它们能让昔日重现。

电话里，我们聊了很多，其中就有很多昔日的回忆，花开一般

1957 年拆后的广渠门箭楼

重现在电话筒里。我很想问问她的那块上海牌手表一直戴到哪一年。可是，在你来我往线头多得杂乱无章、水流四溢的谈话中，竟然把这块手表的事给冲走了。放下电话很久，我才想起忘记问这块手表的事了。又一想，这块上海牌手表，已是老古董，她肯定早就不戴了。不过，我相信，能保留着老电话簿，保留着老朋友的友情，她一定也会和我一样保留着它的。

我想起当年曾经一起读过并抄录过的济慈那首有名的诗《希腊古瓮颂》里面的诗句：

> 等暮年使这一切都凋落，
> 只有你如旧。

> 你竟能铺叙
> 一个如花的故事，比诗还瑰丽。

济慈的诗是写给一只古瓮的，写给我们的手表，也正合适。

2020 年 5 月 20 日小满于北京

笔 记 本

一

看到老友丽宏怀念前辈徐开垒的文章，立刻想起中学的笔记本，里面全文抄录有徐开垒的散文《竞赛》。立刻翻箱倒柜，找出这个笔记本，翻到这篇文章，拍了照片，微信发给丽宏一看。

那是我读高一时候的一个笔记本，里面满满当当抄录了很多散文和小说。笔记本，是当年姐姐获劳动模范的奖品，墨绿色的漆布封皮，已经破损脱落，里面鸵鸟牌纯蓝墨水笔迹（每篇文章的标题是用红墨水写的），依然清晰如昨。

徐开垒的这篇《竞赛》，开头第一句："记忆有时真像一位不速之客，往往在我们不经意的时候，它就会来敲我们的心灵之门。"这句话，和孙犁在《铁木前传》写过的："童年啊，你的整个经历，毫无疑问，像航行在春水涨满的河流里的一只小船。回忆起来，人们的心情永远是畅快活泼的。"一起抄录在这个笔记里，成为我描写童年回忆的两个范本，在我的作文中不止一次模仿出现。

《竞赛》写学生时代作者和同桌一位女同学，在学习中竞赛，默默较劲儿的往事。每一次发下考试卷子，她总是问"我"考了多少分，"我"总是比她少了一分，心里带着一份天真的嫉妒，为下一次考试而努力。十五年过后，这位同桌被评为优秀人民教师，让"我"惭愧，觉得在这一次的竞赛又落伍了，面对她的微笑，还是带有一份嫉妒的心情。文章最后写道："我希望能像过去一样，收拾起这一份嫉妒的心情，成为下一次加倍用功的动力。"

那种少男少女学习与情感之间的微妙描写，那种青春勃发向上的劲头，让我感同身受，觉得写得特别好，模仿着写下我和同学在学习上的默默较量，和感情中的朦胧碰撞。

我从未见过徐开垒，但有了笔记本上抄录的这篇文章，便一直以为和他很熟，仿佛是学生时代的老朋友。

二

我有好多这样的笔记本。我信奉好记性不如烂笔头。还是这样墨绿色的漆布封皮，还是姐姐的奖品，第二年，她又获得劳动模范。

这一年，我读高二。那时，有一个女同学，和我很要好。暑假里，她借走我的一本书，好久没有还给我。暑假快过完了，她才来到我家，是个下雨天，把书还给我，很不好意思。原来，她坐在走廊里看这本书，不小心，书掉在地上的雨水里。书湿得挺狼狈，书页湿了又干，都打了卷。

我本想买一本新书的，可是，我到好几家新华书店，都没有买到这本书。她说得有些羞涩。

由于雨天屋暗，我正坐在门前的马扎上，抄冯至编的《杜甫诗选》里面的诗，对她说：这你得受罚！

她望着我问："怎么个罚法？"

我把手中的笔记本和这本《杜甫诗选》一起递给她，罚她帮我抄一首诗。

她笑了，坐在马扎上，问我抄什么诗，我指着《杜甫诗选》，对她说就抄这里的，随便你选。她说了句：我可没有你的字写得好看，就开始在笔记本上抄诗。她抄的是《登高》。抄完了之后，忙着站起身来，笔记本掉在门外的地上，幸亏雨不大，只打湿了"无边落木萧萧下，不尽长江滚滚来"那句。她不好意思地对我说："你看我，在同一个地方摔倒两次。"

其实，我罚她抄诗，并不是一时兴起。整个暑假，我都惦记着这个事，我很希望她在我的笔记本上抄一首诗。我想在我的笔记本上，留下她的字迹，留下一份纪念。那时候，小孩子的心思，就是这样的诡计多端。

三

我家住的老街西口，有一家"复兴成"纸店，专卖处理的日记本，很便宜，一两角钱一本。去北大荒前，我买了好几本，硬壳精装，插页印的都是样板戏的剧照。那时候，可笑的我，离不开笔记本，还惦记着抄书呢，不知道北大荒天远地荒的，上哪儿找书去？

也真是天无绝人之路，农场兽医站一个外号叫曹大肚子的，知道我爱看书，托人找我，说他那里有书，可以借我。曹大肚子，是当年十万转业官兵中的一个上尉，以前我们农场的办公室主任，落魄之后，发配到兽医站钉马掌。我根本不认识他，他却好心相助。更让我没有想到的是，他家藏书还真不少，都藏在小偏厦里一个个木板箱里。只是，每一次去他家借书，他都只让我在纸上写好书名，他去小偏厦找，从不让我跟他一起去。一直到一天去他家时，他家的大黄狗咬破我的裤腿，觉得有些不好意思，我偷偷跟着他走进小偏厦，他才没有怪罪我。

从此，他家成了我的图书馆。我从北京带去的那几个笔记本，终于派上了用场，抄得最多的是林青的一本散文集《大豆摇铃的时节》。是曹大肚子推荐我的，说林青是北大荒的作家，这本书写的也是北大荒。

四

从北大荒回北京，我在一所中学里教书。当时，我爱人自天津大学毕业分配在天津工作。每年寒暑假，我都往天津跑。

到这所中学第二年的寒假，我从天津火车站下车出站，爱人接我，到公交车站排队候车。一个身影走过去了，回过头，站住，叫了我一声，是姚老师。他北京大学西语系毕业，在我们中学里教法语。他比我大两岁，那时青春焕发，风华正茂。

我刚到学校不久，和姚老师不熟。他看到我爱人，才知道我们两地分居。我也才知道，他是天津人，回天津和父母一起过年。寒假过后开学，姚老师到语文教研室里找我，递给我一张纸，上面有他写的一首诗：

赠肖君

好事多磨自古然，天亦阴晴月亦弦。

心在玉壶消永夜，喜报灯花待来年。

休道星河飞难度，且踏鹊桥去复还。

而今惟愿人长久，鱼雁传语报平安。

我把这首诗贴在一个黑皮笔记本里。四十七年过去，诗在，笔记本在，姚老师定格在青春的时光里。

<h2 style="text-align:center">五</h2>

在戏剧学院读书的时候，我有一个绿色封皮的笔记本，是《北京文学》赠送。里面记的是生活中的点点滴滴，类似表演系学生做小品之前生活素材的积累，或者像舞美系同学随身携带的速写本。这是老师的要求。

我们是粉碎"四人帮"之后戏剧学院招收的第一批学生。班上的同学，年龄大小不一，爷爷孙子都有。说实在的，有些课程，还好学，唯独外语，让年龄大的同学嘬牙花子。我在中学正经学了六年的英语，有一定的基础，在班上，属于外语学得好的人，老师对我青眼有加。

大学最后一学年，教我们英语的老师姓王，是从北京大学请来的一位副教授。毕业考试，王老师没有为难大家，考试题目很简单。考试结束之后，王老师给班上考试成绩不错的几个同学发了奖品，奖励我的是一厚本《英汉词典》。上完最后一节课，王老师就要回北大了。他留下我，坐在教室里，和我交谈。他对我说：你的英语有基础，现在处于这样一个阶段，如果你能继续坚持下去，再多花点儿工夫，就可以把英语拿下来。我知道你喜欢写作，毕业之后，一时也用不上英语，如果你放下来了，再想捡起来可就难了，等于半途而废！

最后，他说：如果以后有什么学习上的问题，你可以找我。说罢，他在我的笔记本上写下他的电话号码。

电话号码清晰。他的话记忆犹新。只是，我没有听他的话，毕业之后，忙于写作，丢下了英语。

六

我不知道，父亲也有一个笔记本。是一个小本，牛皮纸封皮。1973年秋天，父亲去世之后，整理遗物，我才看到这个笔记本，压在床铺的褥子下面。打开一看，前面几页，记录着日常开销和欠下的账目；后面几页，贴着我在北大荒发表的散文和诗歌的几张剪报。那时候，我只想到了把这几篇单薄的诗文寄给他，没有想到应该寄一点儿钱贴补家用。在北大荒农场，我每月工资32元，父亲的退休金只有42元，要维持和母亲的生活，还有我时常要家里买这买那寄给我的开销。

去老家安葬父亲的时候，我把这个笔记本一起放进坟中。下葬前，我将父亲唯一留下的一枚阴文印章，印在笔记本的扉页上，把印章留了下来。父亲带走对我的思念，我留下对父亲的愧疚。

七

粉碎"四人帮"之后，我见到的第一位作家是黄宗英。那天，我在华侨饭店会朋友，忽然看见她挽着赵丹走了过来。从荧幕上走下来，恍然如梦，有种不真实的感觉。

就这样认识了。八十年代，我和黄宗英都写报告文学，便有更多的机会见面。有一次开会，我坐在她的身边，便把笔记本递给她，请她为我题词留念。她接过笔和本，看了我一眼，没有丝毫犹豫，提笔写了一句：未来属于复兴者！

八

从少年到如今岁晚暮深，笔记本一直如影相随。想起前人诗句："幽鸟青留前代树，残荷低送过时香。"我的这些笔记本，自觉也相配。笔记本，纸上栖鸦，字间识心，是岁月凝固而结晶的琥珀，上面映彻那么多的前尘旧影，散发那么多的昔日芳馨，更存有那么多曾经帮助过我温暖过我的风雨故人。

笔记本，就是我的风雨故人。

2022 年元旦试笔于北京

明　信　片

　　有时想，为什么我国的明信片会比国外的品种要少，而且设计得单薄？我们愿意毕其功于一役，在春节期间发行大量的有奖贺岁明信片，但画面变化很少，几乎都是千篇一律。或许是在平日里，人们已经很少用明信片作为传递信息和心情的一种信件了。在我的印象中，好像只有孙犁先生愿意用明信片替代书简，言简意赅，朴素清淡，宁静而致远。但是，后期孙犁先生基本也不用明信片了。我现在非常后悔，当初先生在世的时候，为什么没有在通信中请教他为什么不再用明信片了。

　　明信片在我们这里的沦落，我不知道说明了什么，在我的心里却是很有些失落。或许在一个崇尚奢华的时代，素朴典雅的明信片，就像素朴童贞的姑娘，必定会随着这个时代长大而容易沦落风尘吧，便也一样无可奈何花落去而难得追寻了。

　　对于我，明信片显得很重要，我对它一直情有独钟。如果有朋友出国问我需要带点儿什么东西，我会说帮我寄一张当地的明信片吧。今年春节前夕，一个朋友去芬兰的赫尔辛基执教三个月，临行前，我也是这样对他说：帮我到赫尔辛基的西贝柳斯公园，买一张印有西贝柳斯雕塑头像的明信片吧。如果是我出国到一个陌生的地方，我总要买一张当地的明信片寄回家。虽然现在电话和"伊妹儿"方便得很，我却固执地觉得，唯有明信片可以长期保留着当时的信息和气息。即使和信件相比，明信片上面多出的画面，时过境迁之后看到它，一下子就能够想起当年的情景，一目了然而活色生香起来。特别是国外的明信片印制得都非常漂亮，无论是当地的风光风情，还是当地的名胜名人，构图都比较别致，可以当成美术作品来欣赏。当然，更重要的是流年暗换之后，明信片能够唤回我许多回忆，清新如昨而不被尘埋网封。将那些明信片摆出长长的一串，雪泥鸿爪，像是回头看自己曾经走过的足迹。

在国外买明信片，一般比较容易，旅游点都有卖，琳琅满目，可劲儿地随你挑。寄明信片，有时就难点儿，因为人生地不熟，有时时间又紧迫，找邮局就显得捉襟见肘。于是，在匆忙之中找邮局，就成了我旅行中有意思的经历。

那年到土耳其和波兰去了一趟。在伊斯坦布尔住郊外，根本找不到邮局，到城里，不是去参观去购物就是去吃饭，完了事立刻上车走人，不容我有片刻时间去找邮局。那一天，到 Carusel 购物，那是伊斯坦布尔的一家很大的商厦，位于闹市，门前的街道不宽，但商店林立，人流如鲫。我想附近总该有邮局吧，匆匆在 Carusel 逛了一圈，便走了出来，在四周的大街小巷找了半天，也没有找到邮局，问了好几个人，也都是一问摇头三不知。这时候，同行的大多人已经逛完了商厦出来坐在车上，车子很快就要开了。我不甘心，临上车前又问了一位在街边上好像在等人的老头，听完我的问话，他也是摇头，我正要失望，他却紧接着用英语对我说："请等等。"说罢，拔腿穿过车水马龙的街道。隔着一条街，我看见他一连问了好几个过往的行人，听不见他说话，只看见他的嘴和胡子以及手一起在动，中间不断有汽车遮挡住了我的视线，那情景就好像在看电影里的默片。我看见他似乎终于问到了，腿迈下马路牙子要往我这边走，我赶紧向他招手，跑了过去。果然，他问清了，邮局离这里并不远，只是藏在一条很窄的小巷里。他怕我找不到，一直送我到了那条小巷的巷口。

在华沙，从肖邦故居回来，直奔到文化宫看演出，演出要在晚上开始，时间很充裕。正好刚在肖邦故居买了几张明信片，便放心去找邮局。文化宫在元帅大街上，那里是华沙的市中心，想找一家邮局该不是难事吧，谁想一直找到了夜幕垂落华灯初放，也没有找到邮局，心想莫非华沙人都不寄信吗？天黑路又不熟，那时已经不知自己在哪里，方向都弄不大清了，不敢恋战，正想打道回府，看见一个学生模样的人夹着书走过来，心想就再问最后一个人。他扬起年轻的脸听完我的问话，让我跟着他走，便跟着他穿街走巷一路迤逦而去。迷离的夜色和闪烁的灯光洒落在他的肩头，在我们的交谈中，我知道这位华沙大学历史系三年级的学生，对中国了解还真不少，不仅知道我们的孔子，还知道我们去年举办的肖邦音乐会。有了有趣的交谈，路显得短了，面前出现绿色的邮筒，他指指说到了，然后带我走进门，替我从一个机器前取下一张纸片，上面印着号码，他告诉我先在这里等候，等到柜台前的电子荧屏上出现号码，再去寄明信片。

最有意思的是前年春天去法国，在南部阿维尼翁，因为那里是座中世纪的古城，又是世界有名的戏剧之城，所以街巷中商亭前的明信片格外五彩缤纷。乱花迷眼之后，挑了一张明信片，想问人邮局在哪儿，正好迎面来了一位英俊的小伙。匆忙之中将 post office 说成了 police office，小伙子一愣，脸上现出惊愕的表情，我才知道自己说错了，他以为我要找警察局呢。我赶紧扬着手中的明信片告诉他是找邮局。他带我走进一条商业街，走进一间不大的杂货铺，向店主人说了几句我听不懂的法语。店主人拿出一张邮票，我付完钱，在明信片贴好邮票。小伙子和我一起走出店铺，指着旁边的一

明　信　片

个邮筒，笑笑对我说了句那里就是 police office，然后和我告别。

我不知道如果有外国人来到中国，也想找邮局寄明信片，在时间就是金钱的今天，我们能不能有耐心和诚心，为他带路去找附近的一家邮局。但我会的，因为我曾经受惠于人，可以说，在国外的任何一个地方，只要我寻找邮局，都曾经有一个陌生人帮我带过路。

明信片带给我的回忆和回味，远远超过明信片自身。

知道我有积攒明信片的习惯，我的一个学生，大学毕业后到国外留学，然后定居，十多年了，到过许多国家，每到一个新的地方，不管多么匆忙，即使后来她已经是三个孩子的母亲，都不忘给我寄一张当地的明信片。什么事情能够坚持十多年，都不那么简单，水滴石穿，就这样湿润着漫长的岁月和枯燥的日子。每次收到她的明信片，我都很感动。细心的她更不忘找当地几枚纪念邮票贴在明信片上，让明信片更加漂亮。那一年是梵高逝世一百周年，她正好在荷兰一个叫作 Delft 的小城，特意买来荷兰新发行的纪念梵高的一套邮票，全部贴在一张明信片上。我可以猜想得到，在一个陌生的小城找邮局，一定和我曾经有过的经历一样，虽然有意思，但也不那么容易。

儿子到国外留学之后，自然也不会忘记给我寄来明信片，在一年时间，寄来了六张。他到达学校的时候，是半夜，第二天起床办的第一件事，就是寄来一张明信片，画面是一头肥壮的牛。一个月后，他又寄来第二张明信片，上面印着草原上的猪。我和他的妈妈一个属猪一个属牛，他在明信片上写着：亲爱的爸爸妈妈：这几天我们这里的气温突然下降了，中午还好，早晨和晚上已经很冷了，很多人都感冒了。我倒还好，只是有点嗓子疼，再有就是很想你们。

感恩节放假时，他和美国同学驱车近一千公里，到同学家过节吃火鸡，感受美国人的生活。那是一个最早由斯堪的纳维亚移民建设的小城，他没有忘记在那里买一张当地的明信片寄来。那是一张别致的明信片，是用当地的木片做成的，上面印有当地斯堪的纳维亚历史博物馆的黑白图案。匆匆之中，他在旁边写着几个字：爸爸妈妈：我在诺迈特，北达科他州，感恩节。很想你们。

那年的暑假，他去了密尔沃基，那是一个靠着密歇根湖的漂亮的城市，他从那里一下子寄来了两张明信片，一张是密尔沃基艺术博物馆现代派的建筑，一张是米罗的画，他在后一张明信片上面写着简单的两行话：这是米罗的画，挂在密歇根湖的边上，想起过去我们在北京看的米罗画展。等你们来了，再一起去这里看吧。

最有意思的是，我自己给自己寄了一张明信片。是前年在纽约，孩子陪我和爱人一起去联合国总部参观，那一天正好赶上是九月十一日，我买了一张印有联合国大厦前各国国旗飘扬的全景明信片，贴上纪念联合国成立六十五周年的纪念邮票，在明信片上写了这样一句：今天正好是"9·11"纪念日，参观联合国大厦，祈祷世界和平。然后让全家人各自签上自己的名字。因为全家都出来了，家中无人，只好在明信片上写上自己的名字接收。那是给自己的纪念，也是给自己的祈愿。

明信片就这样在不知不觉中成为我和孩子乃至全家生活的一部分。在分离的时候，它不仅是到此一游的纪念，更是传递我们彼此思念和牵挂的感情方式。在一起的时候，它是我们共同留给岁月的纪念，刻在日子里的脚印，就像放翁的诗："灯下幸能读，梦中时与游。"特别是寄明信片时，都是在行色匆匆之中，明信片上空白的位置有限，有限的字落在方寸之间，地远天长之外，纸短情长，要的是功夫。

曾经读过法国诗人安·沃兹涅先斯基写的一首诗，名字就叫《明信片》，诗很短，一共八行："从巴黎给你捎点什么？/除了衣裳，及其他杂物，/一张我们发黄的海报，/还有思念你的一丝凄楚。/这些礼品价值不高。/我看中了白色的凯旋门，/脑子里试量着你的身材，它像袒露背的连衣裙。"这是我看到的有关明信片最好的一首诗了，明信片带给诗人的想象，其实也是我们到达一个新地方特别是陌生国度时候，常常会触景生情而涌出的想象；而明信片带给诗人的感情，更是我们所赋予明信片的感情。即使我们不会写诗，那些明信片已经成为我们生活里别致而温馨的诗。

2012 年 2 月改毕于北京

肖复兴散文

桂花六笺

一

小时候，我住的大院里，曾经有一株桂花树。那时候，北京的院落里，一般种些海棠、丁香、石榴、枣树之类，很少见种桂树的。秋天时，它开花，花很小，藏在树叶间，不仔细看，几乎看不见。院里的街坊曾经用它加糖煮沸做糖桂花。但是，在我的记忆里，似乎从来没有闻到过它的花香。这很奇怪，因为在书中看过介绍，说桂花的香味是很浓郁的。

那株桂花树没种几年就死了，大概水土不服，或者在北京的大院里很难养。不过，这只是我的猜测，我们大院里曾经有三棵枣树，据说，是前清时候的老树了。还有两棵丁香，一棵开白花，一棵开紫花。这几棵树，先后也都死了。

如今，我们的大院都没有了。前几年，拆了。

二

到北大荒插队的第三年，我第一次回北京探亲。和当时在青海油田当修井工的弟弟约好，一起去十三陵游玩。正是秋天，一进十三陵景区大门，便闻到一股浓郁的香味。我从来没有闻到过这样的香味，那香味，真的好闻，直进肺腑，翻着跟头似的，泛着冲天的香气，当时，想到的一个词，就是沁人心脾。

再往里走，看到甬道两旁，摆着两排花盆，里面种的是桂花，树都不高，但那香味，真的是格外浓，浓得像一杯酒。没有风，却像是被风吹着，紧跟着你，缭绕在身旁，久久不散。

别的树开花的时候，很多花是很漂亮的，比如梨花如雪，桃花似霞，樱花如梦，榴花似火，合欢花恰如绯红的云彩……但是，往往越是开得漂亮的花，越没有什么香味。

也曾经闻到过有些树的花香，印象中最为芬芳的是丁香。但是，和桂花的香味相比，还是淡了些。如果丁香像是一幅水彩，桂花则像是一幅油画，最起码也是一幅水粉。丁香的花香雅致，桂花的香气撩人。

很久以后，就是如今过去了四十多年了，只要一想起那年十三陵的桂花，那股香味，似乎还缭绕在身旁。

那一年，我正在恋爱。

结婚的前一天，姐姐派她的女儿赶到北京，带给我们一条羊毛毯做新婚礼物。那天晚上，我们两口和姐姐的女儿，还有母亲四个人吃了一顿晚饭，算是全家的庆祝。我在街上买了一瓶桂花陈酿。

三

1986 年，我写了一本长篇小说《早恋》。写的是中学生的感情生活。不少中学老师不以为然，视若阴霾。但是，江苏常熟的一位中学的班主任，却特意将这本书推荐给他的一位女学生。这位女学生走出了青春期所谓 "puppy love"（小狗之恋）的漩涡之后，给我写了一封信。

那时候，她正读高中。从此，一直通信到现在。在所有和我通信的人中，包括亲人和发小，或一起插队的朋友，都没有她和我通信的时间长。在我人生中的，算是一个奇迹。

更奇迹的是，在她和我通信第二年的秋天，她的家乡桂树开花的时候，她在信封里夹一些晾干的桂花寄给我。从她读高中开始，一直到工作几年以后，一直坚持了好多年。没有任何一个人，这样给我寄过桂花；我也从未想起过，给任何一个人这样寄过桂花或其他的花。或许，这只是带有孩子气的举动吧，人长大以后，会羞于此，或不屑于此吧。

但我很感动。每一年的秋天，江南三秋桂子盛开的时候，接到她寄来夹带桂花的信，没有拆开，就已经闻到了桂花的香味。

其实，晒干的桂花是没有什么香味的。我却每次都能闻得到花香。

前两年的秋天，她到北京出差。坐高铁从常熟出发到北京站，换乘地铁到我家，我去地铁站口接她，看她沿着滚梯上来，手里提着一个竹篓，里面装满的是螃蟹。是秋季阳澄湖个大肉肥的螃蟹。

我谢过她，心里忽然想起的是，以往每一年这时候她寄给我的桂花。算一算，快三十年过去了。我老了，她也人进中年。

桂花！

四

在戏剧学院读书，教授中国现代文学史的曹老师，讲郁达夫，问学生谁读过郁达夫的小说《迟桂花》。我举手说我读过。曹老师让我讲讲小说的内容，我答不上来，只记得是一男一女在秋天桂花开时上山的故事。曹老师宽厚地让我坐下，自己讲了起来。

还是高中时候读过的书，中间隔去了一个"文化大革命"，晚了整整一个轮回十二年，才上的大学，是真正的"迟桂花"。

重读《迟桂花》，才发现小说中提到杭州的满觉垅桂花最出名，小说的男主人公和女主人公，一起上的是杭州的翁家山。郁达夫写了这样几句："在以桂花闻名的满觉垅里，倒闻不到桂花的香气……可到了这里，却同做梦似的，所闻到的尽是这种浓艳的气味。"他说这种气味："我闻到了，似乎要引起性欲冲动的样子。"

这后一句的比喻，是典型的郁达夫的语言。我再未见过用这样的比喻形容桂花的香气。

今年中秋前后，一连十天住在杭州。前一段时间，桂花打苞的时候，连下阴雨，打落好多花瓣，没落的花瓣，委屈地团缩着，影响了开放。所以，不要说满觉垅的桂花，就是西湖沿岸的桂花，都没有闻到郁达夫所形容这样的香气了。

郁达夫的小说写得好，旧体诗写得也好。读他的旧体诗，有这样一联："五更食薄寒难耐，九月秋迟桂始花。"说的还是迟桂花。看来，他对迟桂花情有独钟。在小说和诗中，他借花遣怀，说迟桂花开得迟，却香气持久。这是他小说的意象，是我们很多人心底的向往。

五

我见过园林中种植桂花树最多的，在四川新都的桂湖。之所以叫作桂湖，就因为桂花树多。绕湖沿堤一圈，乃至满园，到处都是。相传这些桂花树，都是当年杨升庵手植。这样的传说，我是不信的。

杨升庵是新都的骄傲。杨在京为官时刚正不阿，因对明武宗、世宗两代皇帝直言进谏，遭受贬黜，发配充军，最后客死他乡，如此颠沛流离的命运，令人唏嘘，也敬重。植桂花树于满园之中的传说，便让人坚信不疑。桂花树，其实是人们感情的外化。

如果赶上桂花盛放的时节，桂湖就像在举办一场新嫁娘隆重的婚礼，花香馥郁，如同婚轿和贺喜的人群，从入门处开始，一直拥挤着，摩肩接踵，水流一样，弥散到园子里四面八方的角角落落，处处都是桂花之香。银桂、金桂和四季桂，仿佛是小姑娘、少妇和老夫人，齐齐整整地都跑进园中看新娘，个个裙袂叮当，衣襟带香，沾惹得空气中都是散不去的香味。同别的花香相比，桂花要香就搅得周天香彻，绝不做遮遮掩掩，不屑于扭扭捏捏的小家子气和故作姿态的含蓄状，是花中的烈性子，迸发如潮，按捺不住，如烈酒。这一点，暗合了杨升庵的心性与品性。

我到过桂湖多次，见过桂湖这些密密麻麻的桂花树。可惜，从未见过这样的桂花盛景，闻到这样曾经浓烈的香气。

六

今年重阳节之夜，住在广东肇庆的鼎湖山庆云寺脚下。住房是座围合式的二层小楼，住在二楼，没上楼，就闻见了扑鼻的花香，不用问，只有桂花才会有这样醉人的香气。果然，住房的窗前，有一棵粗大的桂树，从一楼冲天直长到二楼的天井，看样子，足有百年树龄的老树。是一棵金桂，金色的花朵缀满枝叶间，很是醒目。密集的金桂花散发出的香气，可以用得上郁达夫的形容词了，真正称得上是浓艳。

夜间下起大雨，噼噼啪啪的雨点，敲打得房顶和玻璃窗，像擂打着小鼓，惊醒了睡梦中的我，心里暗想，这样大的雨，窗前的金桂，花落知多少，该是一地零落。

早晨起来，推门一看，金桂花果然落了一地。但是，香气居然依旧扑鼻。抬头看看树上，一夜大雨，那样多的落花，枝叶间还有那么多的桂花，金灿灿的，沾着晶莹的雨珠，和地上的落花相互呼应着，一起散发着一股股的香气。那香气，配得上郁达夫说的"浓艳"二字。

想起放翁的一句诗："名花零落雨中看。"鼎湖山这棵金桂老树的落花，也是名花，是我见过的香气最浓艳的名花。

2018 年 12 月 27 日改毕于北京

第二辑　京都花之什

京都花之什

一

无论老北京，还是新北京，看花的最佳季节，当然在春天。在老北京，花和树一样，一般是在皇家园林、寺庙和四合院里。老北京人赏花，得到这三处去，皇家园林进不去的时候，到寺庙里连烧香拜佛带赏花，便是最佳选择。春节过后，过了春分，二月二十五，有个花朝日，是百花的生日，那一天，人们会到寺庙里去，花事和佛事便紧密地连在一起。因此，在皇家园林还没有开放为公园的年代，到寺庙里赏花，是很多人共有的选择。

过去，老北京坊间有个顺口溜：崇效寺的牡丹，花之寺的海棠，天宁寺的芍药，法源寺的丁香。这四句话，合辙押韵。意思说，开春赏花，不能不去这四座古老的寺庙，那里有京都春花的代表作。那时候，到那里赏花，就跟现在年轻人买东西要到专卖店里一样，是老北京人的讲究。可以看出，老北京人赏花，讲究拔出萝卜带出泥一样，要连带出北京自己悠久又独特的历史和文化的味儿来。就跟讲究牡丹是贵客、芍药是富客、丁香是情客、海棠是愁客一样，每一种花要有一座古寺依托，有了浑厚的背景映衬，方才剑鞘相合，鞍马相配，葡萄美酒夜光杯，相得益彰。

崇效寺，靠近广安门的枣林前街附近，以前，那里曾有枣树林一片，所以崇效寺又叫枣花寺。崇效寺的牡丹，以种植的面积铺展连成片而让人赏心悦目。当然，那里的绿牡丹和黑牡丹更是名噪京都，因为那时候开绿色和黑色花瓣的牡丹，满北京只此一家，别无分店。

花之寺，龚自珍曾招饮诸友于此，他有《西郊落花歌》，序中说："出丰宜门一里，海棠大十围者八九十本。"说的就是花之寺。丰宜门就是现在的右安门。花之寺的海棠在清时名气最大，晚清诗人周寿昌为之写的诗，大概可以说写它最为繁盛时花容树貌："花之寺里海棠树，老佛坐看三百年，虬舞槎枒俯高阁，燕翻红紫烂诸天。"花之寺的海棠，在"五四"时期的女作家凌叔华的笔下有过描述，她特意将自己的小说集命名为《花之寺》，不过她笔下已经是花之寺走向尾声落魄的海棠了。

不过，海棠繁盛的寺庙，不仅于花之寺。很多书中说很多的寺庙里的海棠，都远胜过花之寺，比如法源寺。洪亮吉有诗："法源寺近称海棠，崇效寺远繁丁香。"据说，乾隆末到嘉庆年间，法源寺并非以丁香而是以海棠出名。即使到了民国，那里的海棠依然非常出名。泰戈尔和徐志摩在法源寺花下吟诗一夜，梁启超集宋词说："此意平生飞动，海棠花下，吹笛到天明。"可见，到了民国，花之寺的海棠，已经让位于法源寺。那时节法源寺的海棠已是主角。

天宁寺的芍药，和寺本身历史一样悠久。不过，法源寺的丁香，曾经一度应该更有名一些，看旧书的记载，应是清末时分。清诗有形容那里的壮观："杰阁丁香四照中，绿荫千丈拥琳宫。"说丁香千丈之长是夸张，但簇拥在悯忠台的一片丁香花海，为京城难见的景观，是吸引人们前来的主要原因。

有意思的是，这四座古寺都在宣南，应该说和那时候宣南居住的众多文化人相关，花以人名，人传花名，文人的笔，让这里的花代代相传，这四座古寺的花事，连同明清两代文人留下的诗章，便成为宣南文化的一部分。

这四座古寺的花事繁盛，一直延续到民国。从文字记载来看，起码在二十世纪二十年代，泰戈尔访问北京时的重要活动，一个是和梅兰芳在开明剧院赏京戏，一个便是和徐志摩到法源寺里看海棠。海棠也好，丁香也罢，便和国粹的京戏鼎足而立。读张中行先生的文章，知道二十世纪四十年代，还能看得到崇效寺施"大肥"（即煮得特别的烂的猪头和下水），方能盛开茂盛的牡丹。

如今，这四座古寺，仅存天宁和法源两寺，近些年，法源寺的丁香，名声大过天宁寺的芍药，原因在于重修法源寺之后，悯忠台旁、钟鼓楼下、念佛台前，补种有百余株丁香，盛开起来，烂烂漫漫，重现当年的胜景，并年年趁丁香花开之机，举办丁香诗会。尽管诗写得水平参差，远不如古人，却聊补古寺花事的遗憾，再现当年有花有诗的盛况。丁香盛开的时候，法源寺花香四溢，人流如鲫。可以说，是如今四大名寺花事繁盛中硕果仅存的一座寺庙。

二

不过，盛赞这四寺春时花事，只是一说。还有不同的说法，比如陈康祺在《郎潜纪闻》中就说过："都门花事，以极乐寺之海棠、枣花寺之牡丹，丰台之芍药，什刹海之荷花，宝藏寺之桂花，天宁寺之菊花为盛。"这样的说法，说明花事繁盛，在很多寺庙都有，并非只此前者所说的崇效、花之、天宁、法源四家。但是，再怎么说，还是前者在民间流传更广，足见有时候别看只是顺口溜，口头的流传，抵过纸上的文字，足见民间口头的力量非凡。

很有意思的是，读《天咫偶闻》，看卷九有一段写道："御园又西北岸极乐寺，明代牡丹最盛，东有国花堂，成邸所书后，牡丹渐尽，又以海棠名，树高两三丈，凡数十株。国花堂前后皆海棠，望之如七宝浮屠。"看，清代极乐寺的海棠繁盛之前，在明代则是牡丹。这和崇效寺一样，清初以枣花名，乾隆以丁香名，光绪以后，才渐渐以牡丹名。京都花事随京都世事沧桑，一直在变化之中，便是再正常不过的事情了。

因此，到老北京寺庙里看花，确实可赏的并不仅局限上述四家。说丁香，最早，在社稷坛南，曾经种有七百余丛丁香，浩浩荡荡，一起参与对社稷的祭祀之中。在长椿寺妙光阁下有丁香一片，因为妙光阁是顾横波所建，顾是和董小宛、柳如是等并列一起的秦淮八艳之一，又是清初大诗人龚鼎孳的爱妾，那丁香便人带花香分外浓，有了别样的意思，趋之者若鹜。

说海棠，《行素斋杂记》中说："崇文门外法华寺佛殿前后海棠数株，独殿后一株每年春秋两番作花，亦理不可解者。"如此一年春秋两季花开两次的海棠，成为一时之奇与之谜。《日下旧闻》中说清明圣驾到回龙观赏海棠，想那时回龙观里的海棠，恐怕也是非常可观。

说杏花，大觉寺的杏花，也曾经有过一时的烂漫似海。

说早春赏玉兰，更有大觉寺和潭柘寺，大觉寺的玉兰是明朝的，历史之久，为京城之首，一直绵延至今；潭柘寺的玉兰一株双色，号称"二乔"，花和美人一体化，引人遐想。

但大觉寺、潭柘寺和回龙观，毕竟在很远的郊外了，而上述四家古寺却都是在今天的城中心附近。就近赏花，就跟那时候看戏一样，戏园子就在家附近，抬脚几步就到，看戏就方便，便于一般平民。再美若天仙和富贵骄奢的花，在这时候都要表现得亲民一些，如同旧时王谢堂前燕，飞入寻常百姓家一样，便成为京都花事的一大特色。所以，如今回龙观早已不存，变成一大片社区，慕名前往大觉、潭柘二寺看玉兰的人虽然不少，但更多的人还是到颐和园看玉澜堂的玉兰，毕竟去那里更方便些。

去年春天到劳动人民文化宫，看到太庙大门外两株高大的玉兰，不像别处玉兰，只是在瘦削的干枝上开几朵料峭的花朵，而是花开满树，一朵压一朵，密不透风，盖住了几乎所有的枝条和树干，像是涌来千军万马，陡然擎起一树喷吐着白火焰的火炬在迎风招展，气势不凡。心想，这两株玉兰的年头也不少了，只是，来这里看玉兰的人，远不如到大觉、潭柘二寺和玉澜堂的人多。人们大多还是慕名，而愿意舍近求远。看玉兰，到这里更近，人也少，格外清静，花和人便各得其所，相看两不厌，应该是个不错的选择。

三

老北京的花，除了寺庙，还开在自家的院落里。这是北京人的讲究。真正讲究有花可种、可赏的，得是有权有钱、独门独户居住在那种典型四合院里的人家，这样的人家，不为官宦，起码也得家境殷实。其他讲究种花的，得是小康人家，衣袋里即使没有十足的"兵力"，起码也得有些碎银子才行。

鲁迅当年买了八道湾的房子后，在日记里记"晚庭前植丁香两株"。买西三条房子后，又"种紫白丁香各二，碧桃一"。

张恨水买砖塔胡同的房子后，院子里已经有了两株海棠，两株月季，还是到白塔寺庙会上买了牵牛、凤仙、茉莉和红花豆角回家种上。

看鲁迅和张恨水两位文人买花，可见性格差异。一个愿意种木本，一个愿意种草本。看到张恨水的女儿回忆她父亲买花的情景，想起我曾经住过的大院里的人家，平民百姓，腰包不鼓，房前隙地不多，一般也只是种这些牵牛、凤仙和茉莉花、夜来香。更有多户人家买来或向邻家要点儿扁豆籽种上，既可以看那蓝色的花开在风中如翩翩飞舞的蝴蝶，还可以在扁豆熟了时候，为家里餐桌上添一道菜。便更觉得张恨水接地气。

写过《燕都丛考》一书的留日归来的陈宗蕃，也是爱花之人，又另有一番风光。他在地安门内的米粮库胡同，置地十亩，自己设计建造起了一座淑园，在他自己所撰写的《淑园记》中，光是花木便种有"桃杏李栗葡萄萍婆樱桃，海棠玫瑰蔷薇玉簪木槿紫薇芍药"等，如此众多，尽管他自己说"旅京二十年，节衣缩食，薄有余禄"，除此节衣缩食之外，但也得是有钱人家。毕竟他在官府中做事，官员要抵过文人，哪怕是如鲁迅和张恨水这样的大文人。

当时，另一户殷实人家，清光绪年间的进士、晚清的翰林、民国的书法家，又是北京电灯公司的大老板冯恕，一手务实，一手务虚，双管齐下，自然是腰包鼓满。不说别的，仅是书法已经名噪京城，当时流传这样一则民谚：有匾皆有恕，无腔不学程。程，指的是程砚秋；恕，说的就是他冯恕，当时京城大买卖家的匾额多是请他书写，这笔润笔的收入自是不薄。他家住西四羊市大街71号，院子里的凌霄花，有百年历史，京城大小四合院里不乏别的名花古木，如此百年凌霄，独此一家。

社会存在阶级或阶层的分野，现实便有抹不去的贫富差别。赏花，也不可能一律平民化。在老北京，老舍先生写过《柳家大院》

里的那种大杂院里，连吃窝窝头都犯愁，院子里一般是没有什么花可种、可赏的。

我小时候住在前门楼子西侧的西打磨厂老街一个叫作粤东会馆的大院里。这个大院要比柳家大院强许多，是清朝留下的一座老宅院，占地两亩，典型的老北京的三进三出有二道门和影壁的大院。尽管年久失修，人多杂乱，不少花木被破坏，但院子里还有三株老枣树和两株老丁香，那两株丁香，一株开紫花，一株开白花，春天开花的时候，一树紫色如云，一树洁白如雪。春天的时候，再破败的院子，有了花开，让人心里觉得日子有些朝气和盼头。丁香花的香气，特别的浓郁，每天放学，走进院子的大门口，就能闻得到那股子香气直蹿鼻子。即使如今几十年过去了，那股香气依然扑面。

我们大院里那两株丁香，在"文化大革命"到来的那一年春天，是最后一次开花。那一年的"红八月"，一群女红卫兵闯进大院，揪出一位解放前当过舞女的女人不说，还把她的女儿一起揪了出来，让娘俩就站在她们家前的丁香树下。她的女儿和我一般大，长得很漂亮，个子很高。那一群女红卫兵是初中生，个头儿都没有她高，看她那样高的个子，又总是不服气地昂着头，有一个红卫兵，看着不顺眼，从背后一脚踹上去，踢在她的小腿肚子上，冷不防，她一下子跪倒在地上，个子突然矮了半截。我实在看不下去，扭头跑出大院，一直跑到前门大街，坐上5路公共汽车，来回地坐，一直坐到天黑才回家。那一天丁香树下她突然被踹倒跪在地上的情景，深深地刺激了我，一直到现在难以忘记。大院的丁香，总会和这样的一幕，一起浮现在我的记忆里。

那一天之后，没过多久，"破四旧"，大院里的那两株丁香，连同前院的影壁和后院带月亮门的院墙，一起被除掉了。

四

小时候还没有上学，开春时节，我哪儿都不去，看花，一般到中山公园。走着去，过前门楼子的城墙根儿，穿过天安门广场，十几分钟就到。

那时候，家长花五分钱买一张门票，带我到中山公园，为的是看牡丹。如今，哪个公园里都有牡丹，但我敢说哪一处也没有中山公园的牡丹是出自名门，且年头最为久远，中山公园的牡丹才真正是魏紫姚黄，国色天香。崇效寺的牡丹，就是在那时候，也就是解放初期，都移植到了中山公园。新中国更重视公园的建设，崇效寺的牡丹，也算是找了个好人家。后来，发展到有牡丹一千余株，算是蔚为壮观。

这几年，再到中山公园，怎么都觉得牡丹少了许多，远不如小时候看到的那样的壮观景象。或许，是我的错觉，也或许是这几年引进了郁金香，面积越来越大，喧宾夺主，遮住了牡丹昔日的风光？在我看来，再花姿别样的郁金香，也无法和风采绰约的牡丹相比，因为中山公园的牡丹都曾经摇曳在历史的风中，尤其是掩映着建国初期百废俱兴的时代影子。只是，如今的年轻人更愿意在郁金香前摆弄着姿势照相。

在其他的日子里，家长也常带我到中山公园里来，看花是到唐花坞。在我的童年，觉得唐花坞是最漂亮的室内花园了，简直就是我的圣地。因为那时候北京还没有室内植物园，另外，我的见识也少，从来没有见过其他的室内花园。因此，每一次去唐花坞，都会让我兴奋，好像去参加花仙子邀请的盛会，总会给我意外的惊喜。

尤其是冬天，大雪纷飞的日子里，那里温暖如春，会看到还有很多从来没有见过的花在争奇斗艳，真的是感到神奇无比。

北京有这么一个中山公园和公园里的唐花坞，要感谢朱启钤。他当时任内务部总长兼北京市政督办（应该就是北京市的市长），有这份权力，1914年，在一个多月的时间里，就将这座皇家的园林建成人民的公园。如果没有他，不知道在北京要晚多少年才能建成一座公园。

当然，除了权力，还得有眼光和公心，将权力化为私利者，从古到今都大有人在。这便越发显得朱启钤的难得了。当时，他向政府各部要求捐款改建这个公园，每个部都捐了一千块银圆，朱启钤一个人捐的也是这个数，足见他这个人和一般的官府之人不尽相同。

朱启钤本人不仅是官员，还是建筑家，中国营造学社就是他创建的。中山公园改建之初，他新建了一些亭台楼阁，唐花坞便是第一批建的，中间是一座八角亭，两则呈扇面式，上铺蓝色琉璃瓦，中西合璧，分外醒目。建了唐花坞之后，据说，他家有一株珍贵的昙花，高达五尺，每到花期，他都会让人把昙花搬至唐花坞，供众人观赏昙花一现的珍贵一刻。这从另一个侧面，见识了朱启钤这个人。

如今唐花坞前的荷花池和荷花池边上的水榭，也都是当年朱启钤主持挖的、建的。尽管有人批评水榭建得太偏于里面，不大显眼，发挥不了其作用，但是，当年有这样的设计，为百年后的今天留下这样的景观，也实在是不容易了。

如今，外地游客到故宫的人多，到中山公园来的很少。我几次去，那里都非常清静。在北京市内所有的公园里，我爱去中山公

　　京都花之什

园，独自一个人走走，想一墙之隔的天安门广场上的人山人海，这里像是远避万丈红尘之外，有别处难有的清静。

每一次来这里，我几乎都会忍不住地想起上小学三年级的那一年夏天，我和同院住的小伙伴一起到唐花坞前的荷花池，下到池子的边上偷摘荷花和莲蓬的情景。荷花摘到了，莲蓬没有够着，再探身伸手摘莲蓬的时候，一脚打滑，落进水中，被公园的工作人员发现后救上，不客气地把浑身湿淋淋的我们带到办公室，一通数落之后，通知家长来公园领人。这成为我童年最羞愧的一件囧事。

但是，这并没有阻挡我去中山公园的兴致，以至以后我上了中学，还常常会独自到唐花坞去看花。记得初三那一年的寒假，学校高三的一位学长，取笔名"园墙"，写了一篇散文《水仙花开的时候》，发表在当年的《北京文艺》杂志上，很是让我羡慕。他这篇散文写的就是唐花坞里的水仙花，那水仙花我也见过，好多更好看更新鲜的花，在唐花坞里，我也见过，为什么我写不出这样漂亮的文章，也能发表在《北京文艺》上呢？那时候，我仿照着他这篇散文的笔法，又参照着当时正流行的杨朔的散文《雪浪花》和《荔枝蜜》的写法，写了好多篇唐花坞，却没有一篇成功。

从唐花坞中看花，我喜欢上了花。我曾经专门跑到大栅栏南口路西的公兴文具店，买过一本很精致的美术日记本，在扉页上自己题写了"花的随笔"几个美术字，专门记述看花的笔记。那时，我已经不只是到中山公园的唐花坞看花了，哪个公园里举办花展，我都要去看。我有公交车的学生月票，每月两元钱买一张，坐车便不用再花钱了，无形中，拓宽了我看花的半径。记得上高一那一年秋天，北海公园里有菊花展览，我跑去看。各式各样的菊花，几百盆，上千盆，铺铺展展，争奇斗艳，摆放在公园的山上山下，角角落落，简直成了菊花的海洋。我是第一次见到这样多的菊花，让我叹为观止，回家后在日记本上赶紧写笔记，自以为收获不少。

老来之后，看邓云乡老先生的书，他在一篇文章中写北京的菊花时，说菊花是隐逸之花，然后，他写道："千百盆摆在一起，并没有什么看头，因为显示不出其风格，况且千百个'隐逸'聚在一起，那还叫'隐逸'吗？弄不好还有聚众闹事、图谋不轨的嫌疑呢？"想起自己中学时代专门跑到北海公园去看菊花展览，不禁哑然失笑。

五

在北京所有花中，我对六月盛开的合欢最是情有独钟。

说来，也许有些可笑。我刚上小学的时候，每天清早上学的路上，几乎都能碰见一个三十来岁的女人，迎面向我走来。我觉得她人长得特别漂亮，就像我母亲一样的漂亮。那时候，我母亲刚刚去世不久。我知道，这只是我的一种心理上的错觉，甚至是幻觉。但是，错觉也好，幻觉也罢，每天清早上学的路上，能够见到她，是我最大的愿望。

那时，那条路上种的街树就是合欢。我记得非常清楚，每年一到六月，树上便开满绯红色的花朵，绒毛细细的，很柔软的感觉，像一片红云彩似的，惹人怜爱。这时候，迎面看着她走在这样绯红色的云朵下，感觉她更漂亮了。或许，一定是感觉到我在注意看她，每一次和我擦肩而过的时候，她都会冲我和蔼地笑笑。真的，那时候，我特别的可笑，甚至有些傻气。每一次和她擦肩而过看到她冲我笑的时候，我都希望她能伸出手，在我的头上轻轻地抚摸一下，就像母亲总爱摸我的头一样。

后来，我知道，她就在我们学校附近的另一所小学当老师，那是一所私立小学。我痴心妄想能够转到那所小学去读书，就可以天天见到她，没准儿，她还能教我呢。可是，这是不可能的，家里没有钱供我去私立学校的。读中学的时候，我写过一篇作文，题目就叫作《合欢》。我写了对她、对合欢的想象。如果有什么花可以象征一个人的童年，合欢几乎成为我童年之花。

还有更可笑的事情，从北大荒插队回到北京，我重回读小学的学校，因为待业在家，母校的校长好心地邀请我去代课。重新走在这条小时候走过无数次的老路上，我渴望能够像当年每天早晨上学一样，还能见到她。但是，这样的奇迹，怎么可能会出现呢？那条老街上，我没有能见到她，合欢树也一棵都没有了。

如今的北京街树中，有名的是夏天南池子的槐荫夹道，秋天钓鱼台的银杏铺地，我再也没有见过哪一条街道两旁种有合欢树了。

北京最老的合欢树，我看到书中记载的，大概应属崇效寺，曾经有过一株合欢，为清初吏部尚书宋牧仲手植，五十年后，有合抱之粗，清诗写着："五十年来重俯仰，当檐一树马缨花。"马缨花，就是合欢花。崇效寺的这棵合欢树起码长了五十余年。

后来，有人对我说故宫御花园、宋庆龄故居的合欢，年头都挺长，长得都不错，花开的时候很好看。这是当然了，那里的树，会有人专门打理，自然比别处的好活，过得滋润了。况且，也不是街树。

再后，读清诗："正阳门外最堪夸，王道平平不少斜；点缀两边风景好，绿杨垂柳马缨花。"说明种合欢为街树，早在清时就有了，前门大街两旁，当年种的是合欢。

又借到一本芥川龙之介写的《中国游记》，在这本书里，他两次提到了合欢树。一次是从辜鸿铭家出来，朝着东单牌楼他住的旅店走的路上，说是"微风吹拂着街边的合欢树"。另一次是他说："合欢与槐树的大森林紧紧环绕着黄色琉璃瓦的紫禁城。"后者说明当时北京城的合欢树的茂盛，前者则说明东单大街两旁当时是种着合欢树的。

还看到邓云乡先生的文章，说景山前街曾经种的街树也是合欢。

这样就可以佐证，合欢树在北京是有历史的，曾经一度辉煌，而且作为街树，并非是我童年时见过的孤例。芥川龙之介是 1921年从日本来到北京的，邓云乡说的是二十世纪五十年代的事，也就是说，合欢树作为街树，曾经从清末民初一直到北京和平解放之后，存在过很长的一段时间，而且是很长一段时间一道美丽的风景，盛放在北京的夏季。只是不知道为什么如今被冷落在一旁。

我所见到的合欢树作为街树的街道，除了童年的那条小街之外，就是台基厂。可以毫不夸张地说，在我的眼里，这是满北京城最漂亮的一条街道了。特别是每年六月合欢树开满一树树绯红色绒花的时候，让你感到北京城一种别样的色彩，觉得那是北京整个夏天开放的最漂亮的花了。那时，我家离台基厂不远，去王府井，必须穿过台基厂。走在这样开满轻柔的绒花的树下，斑驳的花影洒在身上，人就像踩在绯红的云彩上面一样，有一种梦幻的感觉，仿佛整条街都在这样一片绯红色的花海中飘飘欲飞。也许，这只是青春期似是而非的感觉吧。

"文化大革命"中，嘈杂喧嚣之中，顾不上看合欢花了。一别北京六年，1974 年从北大荒回到北京，重住老院，重去王府井，重走台基厂老街，才忽然发现一街的合欢树竟然荡然无存，一株都不剩了。一下子，心里感到是那样的失落，忙打听，才知道早在"文化大革命"中，这一街的合欢树就被砍光了，说它们开这么缠绵悱恻的花，是资产阶级的树。这让我分外吃惊。想起景山的那棵崇祯皇帝上吊的古槐，顺治皇帝看着它不顺眼，说它是"罪树"的陈年往事。莫非树之中真的有什么"罪树"吗？仅仅因为花开得漂亮，开得缠绵，就必须得是"罪花"吗？纵观北京林林总总的花木，再没有比这更荒唐的事情了。台基厂的合欢，和景山的古槐，真是一对难兄难弟，遥望并沉没在三百年的历史长河里。

如今，在北京，不仅街道上见不到合欢了，就是在老院子里，或在新建的小区里，也很少能见到合欢树。

十多年前的夏天，孩子买房时，看中的是小区里有一片合欢树，去看房时正是夏天，满树毛茸茸绯红色的花朵，看得人爽心悦目，让我想起童年和青春时期难忘的合欢树，便替孩子做了主。如今，那一片合欢树，只剩下两株苟延残喘，树干被锯掉一大截，树枝被剪掉的更多，希望能够在抢救中救活。到了夏天，孤零零地开着零散的花朵，再看不到十多年前的风光了。

在离宣武门不远的校场口头条，那是一条闹中取静的小胡同，在这条胡同的 47 号，是学者也是我们汇文中学老学长吴晓铃先生的家。他家的小院里，有两株老合欢树，不知道如今是否还活着。那年夏天，我特意去那里，不是为拜访吴先生，因为吴先生已经仙逝，而是为看那两株合欢树。合欢树长得很高，探出墙外，将毛茸茸的粉红色的花影，斑斑点点地正辉映在大门上一副吴先生手书的金文体门联"宏文世无匹，大器善为师"。那花和这字，才如剑鞘相配，相得益彰，如诗如画，世上无匹。

不过，这也是十多年前的事情了，如今，不要说不知道吴先生双楹书屋的那个小院里的那两株合欢树是否健在，就是那座小院、那条胡同是否还在，都让人隐隐担忧了。那么美丽却也柔弱的合欢花，能够经得起这样的折腾吗？

六

北京一年四季有花。菊花，是秋天的花。以前，宣武门外下斜街土地庙秋天有庙会的时候，会有从丰台花乡来的花农，挑着担子，专门来卖菊花，"殿春花好压担卖，花光浮动银留犁"，成为颇为热闹的都市一景。丰台养菊之名，一直延续至今。乡野陶元亮式的隐逸者之菊，早已步入都市，成为大众之花。当时下斜街土地庙庙会中的花市成名，难怪朱彝尊会从海波寺街搬家到下斜街，还特别写过这样一句诗："老去逢春心备惜，为贪花市住斜街"。

《酌中志》中记载，北京秋天，除了赏菊之外，还有茉莉、栀子兰、桂花、秋海棠、玉簪花之赏。可见，秋天的花，虽比不上春天的花开得灿烂，但也足有一番看头，而且，这样秋天赏花的传统由来已久。不过，《酌中志》里所说的这些花，除了桂花和秋海棠是和菊花同时节开之外，茉莉玉簪在夏末甚至更早一些就已经开过了。

夏天里的花，在北京开的品种要比秋天多，而且可以从夏天一开始绵延到整个夏季。《帝京岁时纪胜》一书说："榴花似火，家人摘以簪头；凤仙飞红，绣女敲打而染指；江西腊五色芬芳，虞美人几枝娇艳，则又为端午佳卉也。"

在这里，把这几种花都统统并之于端午名下，也不确切。确切说，这几种花都是夏天里的花。石榴花，为端午的代言，曾经一度作为女儿花，摘以簪头，应该是没有任何问题的。它是夏初之花，五月端午前后盛开，笼统说花红似火，当然可以，实际是有红白紫粉四色之分。只不过，老北京人更喜欢那种红红的石榴花，象征着日子红火，所以，石榴树成为老北京典型四合院的标配，有民谣为人所熟知：天棚鱼缸石榴树，先生肥狗胖丫头。

其实，老四合院里，和石榴树差不多一样多的，还有夹竹桃，和天棚鱼缸一样为标配。民国时有不少竹枝词写有四合院里的夹竹桃，其中一首："夹竹桃开列中庭，卷篷高覆午梦醒，鱼缸配上数尾鲤，鲜花无语亦清馨。"这是因为那时候的夹竹桃很便宜，而且开花又久。

以前，在我们的大院里，《帝京岁时纪胜》里说的这几种花都有过。凤仙花几乎很多家都养过，或种在墙角，或种在盆里面，甚至种在小碗里，很好活。在我的印象里，凤仙花和喇叭花、扁豆花，是我们大院里种得最多的花了。

江西腊，现在好像种的人家少了，当时，我们大院里有人家专门种这种花，我一直不清楚，为什么叫江西腊？干吗要把一种花和一个地名绑在一起呢？莫非这是来自江西的花吗？江西腊，有点儿像小点儿的菊花，又比那种满天星的小菊花大。花的颜色有好几种，草本，不值钱，很好活。

在我们的大院里，除了江西腊，还有美人蕉、鸡冠花、西番莲，都是夏天晚一些时候开花，都不值钱，都很好活，又都特别好看。也有人家养夹竹桃，是种在挺大的花盆里。大人们说夹竹桃有毒，不让我们摸。当时，我也不知道这话是真的呢，还是故意吓唬我们，怕碰坏了人家的花。天冷了，人家就把夹竹桃搬进屋子里

肖复兴散文

了，到来年天暖的时候再搬出来。

虞美人，名字透着几分艳丽，甚至暧昧，因为这花只养在大院里一位从良的老太太家里。解放初期，共产党把她从妓院里解救出来，她嫁给了一个建筑工人。其实，虞美人就是丽春花，并没有多么特殊，花有单瓣、重瓣两种，只是这种花有点儿难伺候，因此大院里没有别的人家养过。我一直猜想，这种花难伺候是原因之一，更主要的是大家不愿意和她一致或相似，下意识中要和她拉开点儿距离吧。老太太死之后，我再也没有见过这种花。前几年到法国，专程去巴黎郊外吉维尼的莫奈故居参观，在莫奈花园里，才又看到这种花。想起早已经逝去的那位老太太，不禁感慨命运，命运那么凄苦的老太太，偏偏爱养这种娇艳欲滴的花。

冬天里看花，只能到唐花坞。虽然诗里说是"梅花欢喜漫天雪"，但是，真正到了冬天，在北京室外，是很难见到迎着漫天大雪开放的梅花。要看梅花，只能到唐花坞，看到的只能是梅花的盆景。

当然，这是指我的小时候。自从香山植物园有了温室，自然，可以到那里看梅花。不过，那里太远，不如中山公园的唐花坞近便。前几年，一个中学同学到位于龙潭湖公园西侧的北京教学植物园当园长，邀请我到那里参观，我才第一次知道在北京闹市里居然闹中取静，也有一座植物园，而且里面也有一个温室，比唐花坞还要大。并且早在1957年就在这里了。建国初期，时任北京市市长的彭真指示，在这里辟出十一万多平方米的地方，专门给中小学生建一个植物园，让城市里的孩子们认识并接近大自然。现在大门前的"北京教学植物园"几个大字，还是彭真当年亲笔题写的。想起彭真市长，禁不住想起民国初年的市长朱启钤。如果没有这两位市长，也就没有了眼前的这个植物园和以前的唐花坞。

如今，冬天里看梅花，又多了一个去处。

七

在北京，老院子里种海棠和紫藤的居多。我一直不明就里，为什么对此两种春花情有独钟。

据说，海棠最早最盛，在如今的公主坟。辽代的哪位公主死后埋葬在那里，在坟前种植了一片海棠，逐渐繁殖，越来越茂盛，在每年的清明前后争奇斗艳，成为京都海棠花艳和传说凄美的独一处。

可以说，以后步入园林和四合院里的海棠，都是从公主坟来的。久负盛名的海棠有多处，其中南城有阅微草堂，相传那里的海棠为纪晓岚手植；西城有李释戡院落，在黄羊胡同，原是一座灵官古庙，有海棠两株，年头老矣，花开甚茂，因花命名，李将自己的这个院落称之为双棠馆，后来成为中美文化办事处。

如今，李释戡这个名字显得有些陌生，但说起齐如山来，知道的人更多些。民国时期，李和齐同为梅党，都是梅兰芳的文案，为梅兰芳写过很多新派京剧的剧本。当时，李请陈师曾为他的这个双棠馆题写匾额。这帧书法作品在 2007 年以三十万元价格拍卖出去。在"双棠馆"三字后，陈师曾还写了几行小字："释戡所居有海棠两株，犹吾三槐堂也。"让双棠馆和三槐堂为一副有趣的对仗，成一时的佳话。

在老北京的院落里，讲究种植海棠之外，还有讲究种植紫藤的。紫藤和海棠不同，海棠单株而立，紫藤铺展成片，需要搭架，占更大的地方才行。所以讲究种紫藤的，大多出自名人之家，尤其在宣南，似乎更多。所以，龚自珍称之为"宣南掌故花。"

宣南一带，最老最大的一株紫藤，在给孤寺之东一户姓吕的人家。给孤寺的位置在如今珠市口之西，陕西巷南口之东。清人有诗这样形容这株紫藤："一庭芳草围新绿，十亩藤花落古香。"说其十亩，自然是夸张，但说它是古香，却是实在的。

在宣南，仅我所知道的，就有杨梅竹斜街梁诗正（时任吏部尚书）的清勤堂、虎坊桥纪晓岚的阅微草堂、海柏胡同朱彝尊的古藤书屋、孔尚任的岸堂、琉璃厂夹道王渔洋的故居，这五家的紫藤最为出名，据说这五家的紫藤都为主人当时亲手种植。"满架藤荫史局中"；"庭前十丈藤萝花"；"藤花红满檐"；"海柏巷里红尘少，一架紫藤是岸堂"；"诗人老去迹犹在，古屋藤花认旧门"。这五句诗，分别是写给这五家紫藤的，也是后人遥想当年藤花盛开如锦的凭证。

好多年前，我分别造访过这五处，王渔洋旧居和孔尚任的岸堂已无处可寻，古藤书屋正被拆得七零八落，清勤堂的院落虽然破败却还健在，阅微草堂被装点一新，成为晋阳饭店。前些天，我又去那里一趟，阅微草堂的紫藤，因修两广大街时扩道，大门被拆，本来藏在院子里紫藤亮相在大街上，一架紫色花瓣翩翩欲飞，倚门卖俏，成为一街的盛景。杨梅竹斜街已经改造，焕然一新，只是街东口的清勤堂越发低矮破旧，老态龙钟，大门洼陷下很多，院子里的人家搬空，肯定会被整修，只是不知道会不会补种一株紫藤，再现"满架藤荫史局中"的繁盛。

海棠和紫藤两者皆可食，只不过，一个食果，一个食花。有意思的是，海棠花开得越是漂亮的，结出的果越是不好吃。院子里栽

67

的西府海棠，人们一般都不会吃，落在地上，任其烂掉，或者被小孩子捡起来玩。要吃，吃西山或怀柔密云的海棠树结的果子，被小贩挑着担，穿街走巷卖。以前，有专门卖一种熟海棠的，毕竟再好的海棠也有一点儿酸味，用水煮熟，再加一点儿糖，味道和生海棠大不一样。我还喜欢吃用熟海棠果做成的冰糖葫芦，海棠果压得扁扁的，甜酸之中，还有一种面面的感觉，和山里红不一样。

春末时分，蔷薇谢去，荼蘼开罢，紫藤是春天最后的使者了。紫藤的花期比较长，花开之余，用花做藤萝饼，是老北京人的时令食品。如今，老四合院里的藤萝少见了，藤萝饼，以前在春末时遍布京城，很容易买到，并不是什么新鲜的点心。那是京城春天花事舞台的变幻，是花的精魂另一种形式的再现。当然，也可以说人们从观花到吃花，是浪漫主义到实用主义的转移。春天里热热闹闹的京城花事，到此落幕，最后竟吃进肚子里，一点儿都没糟践。

八

在北京，有海棠树的四合院很多。其中有一座小院，最让我难忘，便是前辈作家叶圣陶先生家的小院，院子里有两株西府海棠。几乎每年春天开花的时候，叶圣陶先生都和冰心、俞平伯等几位老友约好，到小院里一起看海棠花。一时，这两株海棠树很有名。

我第一次走进东四八条这座西府海棠掩映的小院，是1963年的暑假，我还只是一个初三的学生。那一年，北京市少年儿童征文比赛中，我的一篇作文获奖而得到叶圣陶先生的亲自批改，并得到叶圣陶先生的接见和教诲。那个下午，是叶至善先生站在门口，因为个子高，他弯着腰，和蔼地掀开竹门帘，带我走进叶圣陶先生的客厅。这印象很深。那时候，我不知道，是他从二十四篇作文中选了二十篇给交他父亲，其中有我的那一篇，要不我不会和这座小院结缘。

我和叶至善先生的女儿小沫同岁，同属于"老三届"，"文化大革命"中，都去了北大荒，彼此有信件往来。第一次回家探亲，我和她约好，想到她家看望她父亲和爷爷，因还在"文革"之中，怕给两位老人带来麻烦，谁想到他们欢迎我们的造访。我和我弟弟，还有一位同学一起来到那座熟悉的小院，叶至善先生已经到河南潢川"五七"干校放牛去了。只有叶圣陶先生在，见到我们很高兴，要我们每人演一个节目，老人看得津津有味。时值冬日，大雪刚过，白雪红炉，那情景真是难忘。聚会结束，叶圣陶先生还走出小院陪我们照相，就站在西府海棠的下面。只是那海棠已是叶枯干凋，积雪压满枝头，一片肃然。

1972 年的冬天，在北大荒得罪了生产队的头头，我被发配到猪号喂猪，成天和一群猪八戒厮混，无所事事，一口气写了十篇散文，寄给小沫看，她转给了她的父亲。那时，叶先生刚刚从河南干校回来，赋闲在家，认真地帮我修改了每一篇单薄的习作。我们便有了整整一个冬天的信件往来，他对每篇都提出了具体的意见，有的还帮我一遍遍修改，怕我看不清楚，又特意抄写一份寄我，然后在信中写道："用我们当编辑的行话来说，基本可以'定稿'了。"如他说的一样，我将十篇中一篇《照相》寄了出去，真的"定稿"了，发表在那年复刊号的《北方文学》上。这是我的处女作，可以说，是叶先生鼓励并具体帮助我走上了文学之路。

"四人帮"被粉碎不久，中少社恢复，他重新走马上任，着手《儿童文学》杂志复刊的时候，曾经推荐我去那里当编辑。《儿童文学》杂志的同志找到我，我刚刚考入大学，没有去成。那时我并不知道是他推荐的我，一直到很多年过去了，才知道这件事情，也才体会到他的为人，让我感动的同时，也让我感慨，因为今天这样的人已经越来越少。叶先生地位不可谓不高，但他总是这样平易近人、谦和、严于己而宽待他人，替别人想却润物无声。在他家的墙上，曾有这样一副篆字联：得失塞翁马，襟怀孺子牛。此联是叶先生撰，请父亲写的。我想这是叶家父子达观的人生态度和一生追求的境界。

叶家小院，我虽不常去，偶尔还是拜访。前些年秋天的一个下午，我走进那座熟悉的小院，又看见了那两株西府海棠。这两株西府海棠很有意思，叶先生说是"很通人性"，"文革"开始时，小沫、小沫的弟弟，还有先生，先后离开了家，海棠枯萎了，后来，家人陆续回来，它们又茂盛了起来。如今的海棠依然绿意葱茏，只是有些苍老，疏枝横斜，筛下斑斑点点的阳光，被风吹得摇曳，似乎将往昔的岁月一并摇曳了起来，有些凄迷。

我的心里有点不安，生怕打扰了叶先生的午睡，小沫招呼我进屋，说我爸爸早就醒了，等着你呢！叶先生从他父亲睡过的床上下来，走出卧室，伏在他家的旧餐桌上，和我交谈。坐在我对面的叶先生已经是银髯飘飘，让我才恍然觉得白云苍狗，人老景老，老人的身体已经大不如以前。这些年，他一直疲于忙碌，编完二十五卷《叶圣陶集》，又以每天五百字的速度写父亲的回忆录，马不停蹄地整整写了二十个月，一共写了四十万字。漫说是一位八十多岁的老人，就是壮汉又如何。在这部回忆录的自序中，他这样写道："时不待我，传记等着发排，我只好再贾余勇，投入对我来说肯定是规模空前，而且必然绝后的一次大练笔了。"

那天，临别走出屋子，来到院里，我和小沫在那两株熟悉的西府海棠树下站了很久，说了一会儿话。午后的阳光很温暖，能看见枝头上青青的小海棠果在阳光中闪烁。我想起叶圣陶去世之前的春天，叶先生陪着父亲和冰心先生一起在这座小院看海棠花的情景。那天风很大，却在冰心到来的时候停了；那天，海棠花开得很盛。

如今，海棠依旧，年年花开。叶圣陶和叶至善两位老人都已经不在了。

九

读中学的时候，非常喜欢看花，由此连带爱读有关花的书，其中对苏州前辈作家周瘦鹃很感兴趣。因为他不仅自己莳弄花木，而且是盆景专家，同时他又能把养花的体会和对花卉的介绍融为一体，写成漂亮的文字。我曾经买过他的《花花草草》几本书，爱不释手。

想起周瘦鹃，便想起北京的文人，从"五四"时期起，新老几代，似乎都没有一位如周瘦鹃一样，一辈子独守在他的紫兰小筑里，钟情并致力于花木的养植和书写的作家。以前，看过老舍写的《养花》，只是片言只语；也读过郭沫若的《百花齐放》，每一朵花配一幅木刻画，配一首诗，画不错，诗却近似口号。这多少有些遗憾。大概京派文人，天子脚下，更钟情时代宏观的主题，对这些花花草草，有些看不上眼吧。而周瘦鹃却说："愿君休薄闲花草，万园衣冠拜下风。"

一直读到蔡省吾的《燕市货声》一书，看到书后附录他的学生李霈为他画的肖像，和为他写的传记，方知道北京居然也有和周瘦

京都花之什

鹃一样的奇人。尽管他比周瘦鹃要早很多年，是清末民初的人物。小传说他是清世族，八国联军入侵北京城的时候，逃城未果，不忍屈辱，曾经奋不顾身而拔剑自刎，表现了强烈的民族气节。

他后被救活，自此越发偏于爱好花木。他家居于城北柏林寺，走半里地，过一石桥，树林旷野豁然，便于隙地"为菜畦花圃，榜其园曰闲园。尝慕晋陶渊明，故植佳菊数百种，每当金风送爽，篱菊飘香，看花人户限穿其，雅人深知也"。还说他一生一无所能，别无他好，唯性爱菊，"佳种恐其不传也，则研丹敷粉，坐东篱下为花写照，虽久暴风日不以为苦，积数年得工笔写真菊花百余页。即一筋之微与原花无少异。并按花名各系一诗，分为四巨册，题曰'闲园菊谱'。"

后读《天咫偶闻》，里面有一则轶事，提到蔡省吾，便格外注意。说清末时有一个叫德续的镶黄旗人，"少无赖，习市井事，所居与蔡省吾邻。省吾教其为善，且授之书，遂为善事，及闻城破登城持刀作据守状，遂中炮死。"秉承如此善意和爱心与耐心的人，才会对花事这样地倾情相投，由人及花，一样的道理，一样的心思。爱花之人，都是有爱心之人。

蔡省吾又号称闲园菊农，写有《燕市货声》之外，还有一部《燕城花木志》。有此一书，可以填补京城文人没有专写花木书籍的空白，也可以和周瘦鹃的《花花草草》相媲美了。稍稍有些遗憾的是，这本书太薄了些，说是书，其实只是一本很薄的小册子。他本可以写得更多些，却只是如此简约，不过，涉及的面却很广，不仅记录花的品种，连同花木的莳弄栽培的方法和注意细节，从种子、分根、压条、培插、粘接、暖熏，都写到了。在此之前，还未曾有人写过京城花事这样的书来。

　　　　　　　　肖复兴散文

人们知道更多的是他的《燕市货声》，又叫《一岁货声》，前些年曾经翻印出版，不少谈老北京卖货吆喝的书和文章，都少不了引用这本书中的文字。知道《燕城花木志》一书的人少些，近些年来也未曾见过这本书的出版。

因为是从心底里爱花，又有着自己不辞辛苦的亲力亲为，这本书写得很有意思。比如，他介绍我们常见的莲花有十种，分为苏州白、苏州红、棉花白、莺莺唤红娘、千叶莲、品字莲、锦边睡莲等，并说这些品种"多自外省各府邸购得"。如今，北海公园每年一度的荷花大会，不知还有没有这些品种？

他说蜀葵花色有五六十种之多，论形状，有马蜂窝、一碟肉、馒头朵等；论颜色，有纯白、荤绿、浓淡红粉、深浅藕荷、紫色白边、粉色红边、深浅黄边、金红褐墨等。黑色土中花易变为紫黄色……不厌其烦，格外细致。如今，北京蜀葵很多，我住的小区里就有野蜀葵自生自灭，不知道在哪里还能看得到这样五六十种花色繁多的蜀葵？

他说石榴中有翻心石榴花，其花红白相间；有百子石榴，小盆栽，一株可得石榴十余枚；有榴银红色，其果实最大最甜。如今，小区里种植石榴的很多，但我们确实没有见过他所说的这样几种石榴。市场卖的石榴，大多不是北京本地产的，多是来自山东和云南蒙自。

他说马兰花浅蓝藕荷两种颜色最为常见，黄色、红碧桃色、翠蓝色、上白下藕、上藕下黄、深元青色，难得一见。为求纯白深黑如葚两种马兰花，他要跑南苑旧宫去买回家。不是花痴，谁能做得到？

还有一段文字，蔡省吾写得最为有趣："予先茔在东郊孙河花梨

京都花之什

坎地，名马家村。蔡家坟马氏皆坟丁也。旧产一种异草，名草木笔，叶似牡丹，花艳绝似辛夷，大至二寸许，蕊中俨然如笔。坟外他处绝无，移之数次不活。庚戌春，命侄友梅傍坡处并方圆尺余连根移置盆内携归，连岁皆开，但不敢分根另置耳。又谓之草辛夷。"

这里所说的辛夷，又叫木笔花，即楚辞里说的"朝饮木兰之坠露兮"的木兰，属于古老的名花。所以，他说那花的花蕊俨然如笔。所谓草辛夷也好，草木笔也好，是他自己的命名。这里所说的他的侄子友梅，是民国时有名的京派小说家蔡友梅。如今，孙河这个地方还在，早已经不是一片坟地，而成为高档社区。世事沧桑之中，想一百多年前，为了一朵野花，奔波那么老远，连挖几次回家养不活，又命自己的侄子去连根带土挖出一大片，直接装入盆中，那盆得有多大方才可以将花装下呀！不是骨灰级的爱花之人，谁可以做到如此这般？

民国期间，张江裁先生主持印制蔡省吾著作的时候，在蔡省吾线描绣像后，有张江裁的题词赞曰：静如止水，动若云行；岸然道貌，浑穆心灵；克矜水物，克谨视听；高山仰止，坚贞先生。

想蔡省吾是当得起"坚贞先生"这样的称号。起码在对北京货声和对北京花木这样两方面的研究与书写方面，起到了开先河的作用。我理解的"坚贞先生"，是对一件事物长时间由始至终而非始乱终弃的坚持。蔡省吾活到了七十九岁，一直钟情于此，不是所有人都能做得到的 。

读蔡省吾《燕城花木志》，便想起了周瘦鹃的那句诗："愿君休薄闲花草，万园衣冠拜下风。"

2019 年春节写毕于北京

胡同的声音

一

　　胡同的声音，就是胡同里的叫卖声，北京人管它叫吆喝声。稍微上了点儿年纪的北京人，谁没有在胡同里听见过吆喝声呢！有了穿街走巷的小贩那些花样迭出的吆喝声，才让一直安静甚至有点儿死气沉沉的胡同，一下子有了生气，就像安徒生童话里说的，一只手轻轻地一摸，一朵冻僵的玫瑰花就活了过来，伸展开了它的花瓣。没有了吆喝声，胡同真的就像没有了魂儿。全是宽敞的大马路，路这边房子里的人，要到路那边房子里去，得过长长的过街天桥，当然，就听不见了吆喝声，只剩下了汽车往来奔跑的喧嚣声。

　　关于老北京胡同的吆喝声，张恨水曾经充满感情这样写过："我也走过不少的南北码头，所听到的小贩吆喝声，没有任何一地能赛过北平的。北平小贩的吆喝声，复杂而谐和，无论其是昼是夜，是寒是暑，都能给予听者一种深刻的印象，虽然这里面有部分是极简单的、如'羊头肉'、'卤肥鸡'之类，可是他们能在声调上，助字句之不足。至于字句多的那一份优美，就举不胜举，有的简直就是一首歌谣。"

　　张恨水不是北京人，但他说得真好。没错，有的吆喝声，真的就是一首好听又上口的歌谣。

　　比如，过年的时候，卖年画春联小贩的吆喝："街门对，屋门对，买横批，饶喜字。揭门神，请灶王，挂钱儿，闹几张。买的买，捎的捎，都是好纸好颜料。东一张，西一张，贴在屋里亮堂堂；臭虫他一见心欢喜，今年盖下过年的房……"合辙押韵，朗朗上口。这里吆喝的"闹"就是买的意思，他不说买，而是说"闹"；这里说的"过年"，不是说眼前过春节的过年，说的是来年，是下一年。他不这么说，而是说"过年"；都是只有老北京人听着才能够体会得到的亲切劲儿。

再比如，那年月火柴还没有行市，有卖火镰的小贩沿街这样的吆喝他卖的火镰好使："火绒子火石片火镰，一打就抽烟，两打不要钱——"真的像是歌谣一样，生动，形象，又悦耳上口，一听就记住了。

再比如，老北京有一种卖糖㧁麦的儿童小食品的小贩，吆喝起来别有一番味道："姑娘吃了我的糖㧁麦，又会扎花又会纺线；小秃儿吃了我的糖㧁麦，明天长短发后天扎小辫……"夸张，却让人感到亲切，不管是大人还是孩子听了，都能会心一笑。

再比如，冬天卖白薯的小贩也能吆喝出花儿来："栗子味儿的白糖来——是栗子味儿的白薯，烫手来，蒸化了，锅底儿，赛过糖来，喝了蜜了，蒸透了，白薯来，真热乎呀，白薯来……"一个炉白薯，让他一唱三叠，愣是吆喝成了珍馐美味。

再比如，秋天卖秋果的小贩吆喝："秋来的，海棠来，没有虫儿的来；黑的来，糖枣来，没有核儿的来……"用最简单却又最形象的语音，把要卖的海棠和黑枣的优点突出了出来。

再比如，夏天卖酸梅汤的小贩吆喝声："又解渴，又带凉，又加玫瑰，又加糖，不信您就闹一碗尝一尝！"小贩手里打着小铜板做的冰盏，就跟说快板书一样，颇有些自得其乐的意思。

还有卖油条的小贩的吆喝，更是绝了："炸了一个脆咧，烹得

肖复兴散文

一个焦咧，像个小粮船儿的咧，好大的个儿咧，锅里炸的果咧，油又香咧，面又白咧，扔在锅里就漂起来咧，白又胖咧胖又白咧，赛过了烧鹅的咧——一个大个儿的油炸果咧!"极尽夸张，用了各种比喻，在语文课上，可以作为教孩子修辞方法的教材了。

这些吆喝声，真的太遗憾了，由于年龄的限制，我没听到过。这几个例子，都是从光绪年间蔡省吾的《一岁货声》中看到的。

在这本老书中，还有这样一种吆喝，让我格外感兴趣，是卖盆的。"卖小罐呕，喂猫的浅呕，舀水的罐呕，澄浆的盆啊啊哦……"引我兴趣的，在于这样的吆喝声后，还要有一段注解，卖盆的小贩"一边学老鸹打架，先叫早，后争窝，末请群鸦对谈，嬉笑、怒骂中，有解和意。无不笑者。"这样吆喝声就更为丰富了，夹带着民间艺术，简直就是口技，没有一点儿能耐的，还真的卖不了这些看似简单的盆。所以，有俗话说是，卖盆的，满嘴是词儿(瓷儿)!

这些歌谣一样美丽动听的吆喝声，随着胡同的一天少于一天的逐步消失，也快消失殆尽了。

我听到的吆喝声，从小时候，一直延续到二十世纪七十年末。那时候，听到最多的是剃头师傅伴随着唤头的声响的吆喝声，是手里摇着长长一串的铁片，或者是吹着一把小铜号，叫喊着"磨剪子来——戗菜刀"的吆喝声。所谓戗菜刀，是给刀开刃。每每听到这样的叫喊，我们一帮孩子就会站在院子里，模仿着磨剪子师傅的样子，一手捂着耳朵，齐声吆喝起来："磨剪子来——戗菜刀"，故意和磨剪子的师傅比赛谁的嗓门儿高。那是我们在找乐儿，也是我们的童谣。

那时候，卖冰棍儿推着小推车，有的老太太卖冰棍，索性把她家的婴儿推车推了出来，是那种藤条编的小推车。没有冰柜，都是装在大号敞口的暖水瓶里，再在外面裹上层棉被，"冰棍儿——败火，红果冰棍儿，三分一根儿！"短促，沙哑，有力，成了我最熟悉也最亲切的吆喝声。我们胡同里卖冰棍的基本都是老太太，即使她们掉了牙豁了缝儿的嘴巴吆喝出来的声音，再含混不清，我们也能一耳朵就听得出来是卖冰棍的来了，伸手冲着家长要完钱，一阵风似的跑出院子。

七十年代后期，还有木匠扛着工具在胡同里吆喝："打桌椅板凳，打大衣柜来……"在《一岁货声》中，也有这样木匠的吆喝声，他是放在"工艺"一栏里，把他们放在工艺人行列里，和一般的小商小贩有区别。《一岁货声》这样写他们的吆喝声，和我听到的不尽一样："收拾桌椅板凳！"这里所说的"收拾"，更多指的是"修理"的意思。在后面特别注明："在行者，背荆筐，带小家具者，会雕刻其器，统括二十八宿。其外行者，背板匣。"这里说的"带小家具"，我以为应该是"带小工具"之误。这里说的在行者与外行者，很像齐白石说他年轻当木匠时有小器作和大器作之分。一个"背荆筐"，一个"背板匣"，将这种区分说得很是形象。

那时候，我插队回北京不久，从北大荒带回来不少黄檗罗木，是当地老乡送我的，对我说："回去结婚时好打大衣柜用。"他们替我想得很周到，那时候，买什么都需要票证，大衣柜更是紧俏的商品。听见木匠的吆喝声，我跑了出去，是个外地来京的木匠，背着个简单的背包，里面装着锯斧凿刨简单的工具。我把他请进院子，让他给我打了一个大衣柜，一个写字台，一连干了几天的活儿。

记得很清楚，那木匠一边打这个大衣柜，一边对我说："你这

肖复兴散文

木料可够好的了，这可都是部队用来做枪托的料呢，打大衣柜可有点儿糟践材料了!"我告诉他，着急准备结婚用，要不也舍不得。那时候，流行一个顺口溜:"抽烟不顶事儿，冒沫儿(指喝啤酒)顶一阵儿，要想办点儿事，还得大衣柜儿。"这个大衣柜打好了，一直到结完婚了，都有孩子了，柜门还没安上玻璃。买玻璃得要票，我弄不到票。

二

我对胡同里的吆喝声，没有研究，但对这样一些的吆喝声特别的感兴趣——

卖花生——芝麻酱味儿的。

卖烤白薯——栗子味儿的。

卖萝卜——赛梨味儿。

卖甜瓜——冰激凌味儿。

卖西瓜——块儿大，瓤儿高，月饼馅的来!

要不就是——管打破的西瓜，冰核儿的来哎!

要不就是——斗大的西瓜，船大的块儿，青皮红瓤，杀口的蜜呀!

还有这样吆喝的——块儿大呀，瓤就多，错认的蜜蜂儿去搭窝，亚赛过通州的小凉船的来哎!

这样的吆喝声，真的体现了吆喝的艺术，它们绝不做梗着脖子青筋直蹦直白的喊叫，而总能恰如其分地找到和他们所要卖的东西相对衬、相和谐的另一种比喻，透着几分幽默，又透着一丝的狡黠，让自己所卖的东西一下子活灵活现，吸引众人。

79

尤其是卖西瓜的。那时候，哪个街头巷尾，不站着个卖西瓜的小摊，要想吸引人们到自家的摊子前买瓜，吆喝声就得与众不同，你说是月饼馅的一个甜，我就说是带冰核儿的一个凉；你说是蜜一般的甜，我就说是蜜蜂跑到我的西瓜错搭了窝——更甜；我还得特别再加上一句，我的西瓜块儿大得赛过了小凉船，而且，是从通州来的小凉船。这是大运河从通州过来，一直能流到大通桥下（如今的东便门角楼下）的情景，是带有指定性的具体场景，是那时候人们都看见的熟悉情景，才会让人感到亲切，如在目前。

　　那时候，站在胡同里，不买西瓜，光看他们耍着芭蕉扇，亮开了大嗓门儿吆喝，也非常有趣，是那时候我听到的胡同里的演唱会，个个嘴皮子赛得过如今的郭德纲。

　　我对这样的吆喝声，除了《一岁货声》，在其他书中，只要是看见了，赶忙记下来，曾经做过大量的笔记。我觉得这应该属于民间艺术的一种，是吆喝声中的高级形式，是研究老北京文化不可或缺的一种带有声音的注脚。

　　比如卖菜的小贩，卖韭菜的喊"野鸡脖儿的盖韭来——"；卖菠菜的喊"火芽儿的菠菜来——"；卖大白萝卜的喊"象牙白的萝卜来，辣来换来——"。小贩们不会只是单摆浮搁地喊出所要卖菜的菜名，总要给所要卖的蔬菜前面加一个修饰语，就像往头上加一顶漂亮的帽子。如果只是吆喝所要卖菜的菜名，也得像是侯宝林相声里说的"茄子扁豆架冬瓜，胡萝卜卞萝卜白萝卜水萝卜带嫩秧的小萝卜……"一串连在一起的贯口，一口气吆喝出来，水银泻地。

　　比如卖桃的小贩，同样不会只是吆喝"卖桃来，谁买桃来——"，而是要吆喝"玛瑙红的蜜桃耶来——"；"大叶白的蜜桃呀——";"鹦鹉嘴的鲜桃哎——";"王母娘娘的大蟠桃来——";"一汪水儿的大蜜桃，酸来肉来还又换来……"

即便只是一个简单的五月鲜的嫩玉米，小贩也得这样吆喝才行："活了秧儿的嫩来，十里香粥的热的咧——"。

即便只是一个小小的甜瓜，小贩也得这样吆喝才行："甘蔗味儿的，旱秧的，白沙蜜的，好吃来——"。

即便只是很普通的马牙枣呢，小贩也得特别吆喝说："树熟的大红枣来——"，强调他的枣绝对不是捂红的。

哪怕只是一碗豆腐脑呢，小贩也要加上一句："宽卤的豆腐脑，热的呀——"。一个宽字，一个热字，把他家的豆腐脑好的地方，言简意赅，说得突出又恰当，吆喝得抑扬顿挫，那么诱人。

哪怕是冬天里到处都在卖的糖葫芦呢，小贩们都会这样叫喊："冰糖葫芦，刚蘸得的——"。让你听得出"冰糖"和"刚蘸得"，是他突出要的效果。

哪怕只是清一色的关东糖呢，小贩也得把自家的糖夸上一番："赛白玉的关东糖哟——"。这夸得有点儿过分，关东糖是带有浅浅的奶黄色，哪里会赛过白玉一样的白呢？但是，他的夸张，会让你会心一笑，即使不走过去买，也会佩服他真的是能够想得出来这样比喻，把一根稻草说成金条一样，把一块关东糖说成了汉白玉，夸得那样的溜光水滑。

再看卖的哪怕是再简单的樱桃呢，再笨拙的小贩，也会加上一个修饰词："带把儿的樱桃来——"。想到齐白石画的那些鲜艳欲滴的樱桃，哪一个不是带把儿的呢？你就得佩服这些小贩们的审美心理，是和齐白石一样的。一个"带把儿"的樱桃，就像是带露折花一样，那么的可爱了起来。

我真的对这样的吆喝声充满兴趣，对这些小贩很是佩服。他们不仅将货声吆喝得那样悠扬悦耳，还让这样吆喝的词语那样有琢磨的嚼劲儿。要让胡同里有了魂儿，所要求的元素有多种，不可否认的是，吆喝声是其中重要的一种。可以设想，在以往的岁月里，如果缺少了这样丰富多彩的吆喝声，胡同里只是风声雨声，倒泔水的哗哗声，老娘们儿吵架的詈骂声，该会是一种什么样的成色？该会少了多少的精神气儿？如今的老人们又会少了多少怀旧色彩的回忆？

三

有了这样的吆喝声，让胡同一下子色彩明亮了起来，生动了起来，让我想起我的童年和少年。记得那时候有打糖锣的小贩，打着小铜锣，老远就能够听见，一声声，清脆悦耳，让人心动，紧接着听见的便是他的叫唤声，更像是伸出了小手，招呼着我们一帮小孩子跑出院子，簇拥到他的担子前，听他接着唱歌一样的吆喝。我记不住他都吆喝什么了，后来看到民国时有北平俗曲《打糖锣》，里面这样唱道："打糖锣的满街的叫唤，卖的东西听我念念：买我的酸枣儿咧，炒豆儿咧，玉米花儿咧，小麻子儿咧，冰糖子儿咧，糖瓜儿咧……纸扇子儿，沙燕儿，风琴的纸风筝的儿，压腰的葫芦儿花棒儿……"

我见到的打糖锣的，嘴里唱得没有那么复杂，卖的东西也没有那么多样，不过是一些我们小孩子爱玩的洋画呀玻璃弹球呀之类简单的东西，曲子里唱的那些吃的有的倒是有，至今留给我印象最深的是酸枣面，一种像黄土的东西，用手一捏就能捏成粉末，吃进嘴里，酸酸的感觉，我特别喜欢吃；有人可以用来冲水，是那时我的饮料。

后来，看到清末民间艺人绘制的《北京民间风俗百图》，其中有一幅就是"打糖锣"。图中有几行小字说明："其人小本营生，所卖者糖、枣、豆食、零星碎小玩物，以为哄幼孩之悦者也。"和我小时候见到打糖锣的所卖的东西相差无几，看来这样的传统由来已久。画面画着打糖锣的人，身前摆着是一个很大的筐，元宝形，里面是一个个的小方格子，每个格子里放着不同的零星碎小玩物。我没有见过这样元宝形的筐子，觉得挺新奇。再后来，读《清稗类钞》，说清末民初时兴这种元宝形的筐子，连卖煤球的装煤球都用这种元宝形的筐子。

我见到的打糖锣的小贩，是背着一个担子，一头一个小木箱，一个木箱里装的是这些吃的玩的，一个木箱上放着一个薄木头板做的圆圆的转盘，你花几分钱，可以转一次，转盘停下来，转盘的指针指向一个格子，这个格子里有什么东西，你就可以拿走，但是如果格子是空的，你就等于白转了。这个游戏，让我们小孩子每一次转时都瞪大了眼睛，不错眼珠儿地看着，充满期待，却总是转到空格子的时候多，不知道小家雀儿怎么会斗得过老家贼呢？

长大以后，读泰戈尔的小说《喀布尔人》，看里面的那个来自喀布尔的小贩，每天摇晃着拨浪鼓，同样吆喝着走街串巷，是那样的辛苦，甚至为了生活而不得不背井离乡的那种心酸，和对自己小女儿思念的那种心碎，心里很是感动。想起自己小时候见过的那些打糖锣的小贩，其实和这位喀布尔人一样，都是生活在最底层的贫苦人，自有人生的苦涩与艰辛。想起曾经认为是小家雀儿怎么会斗得过老家贼，便心怀歉意。吆喝声中，含有人世间的辛酸，不是小孩子能够懂得的。那些吆喝声中凄凉的声调和无尽的韵味，更是小孩子难以体会得到的。

还有卖花的吆喝声，格外悠扬好听，不过，我们不会特意跑出院子去凑热闹，一般都是大院里大姑娘小媳妇，爱去买点儿纸花或绒花，插在发髻上；要不就是一些爱莳弄花草的老人，买盆鲜花，放在自家的门前或窗台上养。后来读清诗，有这样一首绝句："颇忆千年上巳时，小椿树巷经旬时。殿春花好压担卖，花光浮动银留犁。"诗里写的是小椿树胡同挑担卖花的情景。民国时，有人作诗"一担生意万家春"，说的也是挑担卖花，可见这一传统一直绵延下来。

读柴桑《京师偶记》，里面有这样一条记载："千叶榴花，其大如茶杯，园户人家摘入掷筐中，与玉簪并卖。但听于街头卖花声便耳心醉。"如此大朵的石榴花，我是没有见过的，也没有见过有这样的花卖的，即便有，我们院子的大姑娘小媳妇也不会买的，因为院子里石榴树，五月花开的时候，随便摘几朵插在头发上就行，何必再花那冤枉钱呢。不过，他说的听见街头卖花声就耳朵和心一并醉了的情景，还是让人那么的向往。卖花声，大概所有吆喝声尤其是那些带有凄凉或哀婉调子的吆喝声中的一抹难得的亮色。《燕京岁时记》里说："四月花时，沿街叫卖，其韵悠扬，晨起听之，最为有味。"说的真是，确实有味。

四

吆喝声，尽管里面有不少美好的韵味在，但在时过境迁之后怀旧情绪的泛滥中，很容易被美化。毕竟吆喝声不是音乐，不是诗，是底层人为生活而奔波发出的声音，内含人生况味，和诗人笔下"小楼一夜听春雨，深巷明朝卖杏花"，和《天咫偶闻》里记载皇上八月隔墙听到吆喝声而写下的诗句："黄叶满街秋巷静，隔墙声唤卖酸梨"，并不一样。

读到的很多关于吆喝声的诗句，其中有这样两首，让我为之心里一动。

一首是夏仁虎《旧京秋词》中一句："可怜三十六饽饽，霜重风凄唤奈何"，让我感动。下面还有一句注解："夜闻卖硬面饽饽声最凄惋。"起码这里面触摸到了吆喝声中的人生的无奈与辛酸的痛点。

一首是一位不如夏仁虎出名，叫金煌的人写的《京师新乐府》中的一首《卖饽饽》："卖饽饽，携柳筐，老翁履弊衣无裳，风霜雪虐冻难耐，穷巷踽立如蚕僵。卖饽饽，深夜唤，二更人家灯火灿，三更四更睡味浓，梦中黄粱熟又半……"写那寒夜里吆喝着卖饽饽的老人凄凉的情景，让我感动，

想想那时候的胡同，无论什么时候，哪怕是数九寒天，哪怕是深更半夜，也是少不了一两声吆喝声的，就像京戏里突然响起的一两声"冷锣"，即使你是住在深宅大院里，也能隐隐约约传到你的耳朵里，轻轻的，却也沉沉的一震在你的心里头。在那些物质贫乏天气又寒冷的夜晚，那吆喝声，诗意是让位于夏仁虎所说的"凄惋"和金煌所言的"难耐"的。人生中沉重的那一部分，世事苍凉的那一部分，往往弥散在夜半风寒霜重甚至雨雪飘落时这样的吆喝声中。

记得看张爱玲曾经写过每天天黑时分一位卖豆腐干老人的吆喝声，她是这样说的："他们在沉默中听着那苍老的呼声渐渐远去。

这一天的光阴也跟着那呼声一同消失了。这卖豆腐干的简直就是时间老人。"张爱玲说的是上海弄堂里的吆喝声，北京胡同里的吆喝声也是一样的，半夜里那一声声的吆喝声渐渐消失的时候，一天的光阴也就过去了。那些不管是凄清的还是昂扬的、是低沉的还是婉转的吆喝声，都是胡同里的时间老人。它们的苍老乃至消失，是见证胡同历史沧桑的时间老人。

还看到过一篇民国时期的文章，作者是一位在战争年代里被迫离开北京流落异乡的北京人，深夜里听见了同样如同时间老人一样的吆喝声，只是和张爱玲说的不同，不是卖豆腐干的吆喝声，而是卖花生的吆喝声："至于北风怒吼，冻雪打窗的冬夜，你安静地倒在厚轻的被窝里，享受温柔的幸福，似醒似睡中，听到北风里夹来一声颤颤抖抖的声音：'抓半空儿多给，落花生……'那时你的心头要有一个怎样的感觉呢？"

面对夜里的吆喝声，他的感受，和张爱玲是那样的不同。张的感受更多是客观的，冷静的，而他则是感性的，充满着感情。特别是在远离北京听不到熟悉的吆喝声的时候，这种吆喝声，更加让人怀念，更加撩人乡愁。

无论是夏仁虎笔下的卖硬面饽饽的吆喝声，还是张爱玲笔下的卖豆腐干的吆喝声，或是最后那位无名者笔下的卖半空儿的落花生的吆喝声，作为从农耕时代步入城市化初始阶段诞生的吆喝之声，听者和吆喝者的意味是不尽相同的。特别是在寒冷的深夜，在荒寂的胡同，在漂泊的乱世，那些吆喝之声，更多凄清，甚至凄凉，含有对人生无尽的感喟，也还有对世事无奈的慨叹。那是逝去的那个时代里飘荡在北京胡同上空的画外音，或是一丝无家可归的游魂。

如今，这样的吆喝声几近于无，让人们对它连同对胡同不断消失的怀念情感之中，夹带着更多的乡愁。那种画外音，只可以模拟，却不可以再生；只徒有其声，却难得其魂。

关于北京胡同的吆喝声，把它们作为一门独有的学问，真正做过认真系统一些研究的，我所知道的，只有两个人。一位是近代的蔡省吾，他的《一岁货声》，是对此梳理研究的开山之作。周作人曾称赞道："夜读抄《一岁货声》，深深感到北京生活的风趣"；"自有其一种丰富的温润的空气。"

一位是现代的翁偶虹。翁先生在蔡省吾的基础上，进行深入的研究和收集，所录胡同里的吆喝声多达到三百六十八种，比蔡所录有的一百余种吆喝声，多出了两百种。这是非常不容易的，是对北京的胡同和与之连根生长在一起的吆喝声饱含感情，并舍得花费气力，才可以做得到的。因为这样的学问，不是高居在上，仅仅从典籍之中得来，而是要远至江湖，深入民间。一般学问家，或不屑于做，或根本做不来。

关于北京胡同的吆喝声，把它们上升为艺术的，我所知道的，也只有两个人。一位是侯宝林，一位是焦菊隐。侯宝林将以前从不登大雅之堂的胡同吆喝声，第一次编成了相声段子，让世人所知，并让人们为之惊叹吆喝声之美。焦菊隐在排演话剧《龙须沟》时，带领演员到胡同里收集那时已经日渐稀少的吆喝声，并将这些吆喝声动人心弦地运用在《龙须沟》里，和日后的《茶馆》里，让这些含有人生辛酸之味的吆喝声，不仅成为剧情幕后人物心情的衬托，同时也成为这两部京味话剧中不可缺少的京味艺术的一种演绎，成为话剧重要的画外音，成为艺术的一种可以缅怀前世、抚慰人生的动人的音乐。

蔡省吾在《一岁货声》的自序中说："虫鸣于秋，鸟鸣于春，发其天籁。"他是将这些街头里巷的吆喝声视作是天籁之声的。可以说，侯宝林和焦菊隐两位先生，深谙蔡先生其中三味，将这种天籁之声，不止于纸面，而搬到舞台，使之成为艺术的一种。可以说，这是北京独有的艺术的一种。

在这篇序中，蔡省吾还说："一岁之货声中，可以辨乡味、知勤苦、纪风土、存节令，自食于其力而益人于常行日用间者，固非浅鲜也。"

这一番话，对于一百多年后的我们，依然有着现实的意义。他道出了胡同里的吆喝声的文化内涵与情感价值，起码包括有怀旧的乡愁，前辈的辛劳，风土人情，和节气时令民俗的钩沉这样四部分。尽管随着时代的大踏步前进，胡同的大量消失，这种农耕时代诞生的吆喝之声，已经基本消失殆尽。但是，如果我们认同蔡省吾一百多年以前对吆喝之声的论述，那么，起码他所说的这四点，依然可以让我们存有对吆喝之声的一份认知和情感，以及对它们深入一些的研究。其意义与价值，"固非浅鲜也"，便会让我们像珍惜历史文化遗产一样，珍视并珍存它们。它们曾经是胡同的声音，也是历史的一种特别的回音。

2018 年 4 月 2 日写毕于布鲁明顿

门上沧桑

一

门联特别能见老北京的特色。这种特色，成为北京的一种别致的文化，和作为砖木结构的四合院最是匹配，而彰显古老浓郁的京都之味。国外的城市里，即便有古老宏伟而结实的石头建筑，建筑有沧桑浑厚而苔藓厚重的门庭，但它们没有门联。就像它们的门庭内外有可以彰显它们荣耀的族徽一样，北京的门联，就是和这样的族徽一般醒目而别具风格。这个风格，便是中国的风格，更是老北京的风格。

十多年前，也就是本世纪之初，我偶然路过前门，在城南东西两侧原来的崇文、宣武两区的老街巷里，看到很多依然健在的老门联，如见故人一般惊讶并惊喜。很多老门联，在我读小学和中学的时候，就曾经见过它们，几十年过去了，时代的风云变化，尤其是又经历过"文化大革命"的"破四旧"运动，它们居然还能劫后余生，那一阵子，只要我有空，就会往这一带跑，在本子上抄录下那些被岁月剥蚀的沧桑老门联。

二

我想把我那几年跑街串巷所看到的一些门联，赶紧介绍给大家，有兴趣者，可以前往一观，兴许过不了多久，它们便再也看不见了——

　　好善最乐，读书便佳（前孙公园 65 号）

　　多文为富，和神当春（西兴隆街 53 号）

　　东壁图书，西园翰墨（冰窖斜街 35 号）

　　诗书修德业，麟凤振家声（草厂三条 5 号）

　　百年周礼乐，千载汉文章（安国南巷 15 号）

　　图书存汉魏，礼乐备周秦（永生巷 43 号）

　　忠厚培元气，诗书发异香（南芦草园 12 号）

　　宏文世无匹，大器善为师（校场口头条 47 号）

　　清华词作云霞彩，典重文成金石声（栾庆胡同 14 号）

　　绵世泽不如为善，振家业还是读书（庆隆胡同 3 号）

　　文章雅夺山川秀，华美分来日月光（潘家胡同 10 号）

　　芳草瑶林新几席，玉杯珠柱旧琴书（保安寺 10 号）

　　这些门联，都是讲究读书的。我们的祖先崇尚万般皆下品，唯有读书高。所以，老北京的门联里，这类居多，最多的是"忠厚传家久，诗书继世长"。上面抄录的这些门联，意思是一样的，但特色不一样，要我来看，"多文为富，和神当春"，写得最好。如今，讲究一个"和"字，但谁能够把"和"字当作神与春一样虔诚看待呢？又有谁能够把文化的多少当作决定着你未来富有的基础来对待呢？

　　最有意思的是，"宏文世无匹，大器善为师"，是前辈学者吴晓铃先生家的门联，其内容与吴先生相匹配。"忠厚培元气，诗书发异香"，以前院子的主人是一个卖姜的，你想想，一个卖姜的，和学问家吴先生无法相比，但都讲究诗书，让现在我们的大小商人多少都感到脸红。

而"图书存汉魏，礼乐备周秦"这副门联，是在永生巷里看到的。永生巷，以前叫黄鹤楼，盖因在胡同的西口有座二层的小木楼而已（我造访那里的时候，那座小木楼摇摇欲坠还在）。如此称之，是那时的黑色幽默，北平和平解放以前，那里矮屋一片，是三四等妓女之娼寮丛集之地，杂居着破烂不堪的贫民窟，恐怕连小人书都很少看，居然"图书存汉魏，礼乐备周秦"，那一份追求不亚于吴先生。尽管应该允许那里也应该有这样的追求，但这门联比胡同的名字叫黄鹤楼，更黑色幽默。

三

> 经营昭世界，事业宸寰球（长巷头条58号）
> 祥开修骏业，升立建宏图（王皮胡同40号）
> 及时雷雨舒龙甲，得意春风快马蹄（长巷头条20号）
> 恒占大有经纶展，庆洽同人事业昌（大蒋家胡同70号）

上面这四副门联，"祥开修骏业，升立建宏图"和"恒占大有经纶展，庆洽同人事业昌"，将商家的字号各嵌在第一个字里，分别叫作"祥升"号和"恒庆"号。这样的门联很多，关键看字嵌的水平了。

同为商家，"吉占有五福，庆集恒三多"（冰窖斜街12号），写得略好，"吉庆"也是商家的字号，嵌在联里面；五福即寿、富、康、德和善终，三多即多福多寿多子孙，都是世俗的吉利话，但具体了一些，心底的愿景明朗了一些。

　　　　源头得活水，顺风凌羽翰（南柳巷 35 号）
　　　　源深叶茂无疆业，兴远流长有道财（南晓顺胡同 16 号）
　　　　道因时立，理自天开（南柳巷 29 号）
　　　　合聚春秋管鲍业，德祥史记货殖风（得丰西巷 22 号）

　　这四副，前两副都说到了经商之"源"，后两副都说到了经商之"道"，第一副比第二副说得要好，好在含蓄而有形象；第三、第四副比第一、二副说得也好，第三副门联的院子原来是一家当铺，后来当过派出所，不管干什么，都得讲究个道和理，好就好在把道和理说得与时世和天理相关，让人心服口服，有敬畏之感。第四副门联的人家不知开的是什么买卖，看门脸不大，院落也不大，猜想买卖也不会很大，但用典很古，便又猜想定是请人撰写的门联。用的是春秋时代管仲和鲍叔牙的典故，讲究的是重义轻利的合作精神。

　　再看，"定平准书，考货殖传"（东珠市口大街 285 号），"平准"和"货殖"均用典，货殖即是经商，货殖一词见于《史记》，所以上面得丰西巷的门联说"德祥史记货殖风"；平准，则是在汉朝时就讲究的经商时候价格的公平合理，那时专门设立了平准官；虽然显得有些深奥，但讲的是经商的伦理道德。

　　"生财从大道，经营守中和"（东八角胡同 12 号），说得朴素，一看就懂，讲究的同样是经商的一个道德，前后对比，一雅一俗，古朴兼备，见得不同的风格，却是一样的经营之道。

　　能够将门联既作得有学问，又能够一语双关，道出自身的职业特点，是这类门联的上乘，也是更为常见的。

"义气相投裘臻狐腋，声名可创衣赞羔羊"（新开路4号），一看就是经营皮货买卖的，是户叫义盛号的皮货商。新开路，就在我家近旁，很多老街坊都知道这家皮货商，和同仁堂的乐家住对门。

"恒足有道木似水，立市泽长松如海"（苏家坡89号），一看就是经营木材生意的。只是门联比院落破败得还要厉害，字迹模糊不清，我趴在门板上仔细瞅了半天，才勉强辨认出来，也不知道是否准确。

从院里出来好几位老街坊，指着门联，热情地告诉我，每一句的头一个字连起来，就是这家木材厂的商号，那么，木材厂叫"恒立"号，这副门联就是他们家漂亮而别致的名片。街坊又指着门旁的一扇白墙，问我看见上面那两个"隆庆"大字了吗？那原来是一家酒馆，也是这家木材厂的老板开的买卖。我心说，"恒立"和"隆庆"，还真有些对仗呢。

将门联作为自己的名片，让人一眼看到就知道院子主人是干什么的，也是北京门联的一个特点，一种功能。可惜的是，这里好多在小时候还曾经看到过的门联，如今已经难得再见。我见到的，只有北大吉巷43号的："杏林春暖人登寿，橘井宗和道有神"。那是老中医樊寿延先生的老宅。还有钱市胡同里几副："增得山川千倍利，茂如松柏四时春"；"万寿无疆逢泰运，聚财有道庆丰盈"；"聚宝多流川不息，泰阶平如日之升"，都是当年铸造银锭的小作坊。

四

在门联中，一般住户，不在意那些一语双关，或者用典的深奥，着意家庭的更多，或祝福家声远播，家业发达——

河内家声远，山阴世泽长（长巷头条70号）

世远家声旧，春深奇气新（洪福胡同16号）

五云蟠吉地，三瑞映华门（珊瑚胡同13号）

颍水潆洄绵世泽，川原缭绕映春晖（草厂头条3号）

或祝福合家吉祥，太平和睦——

吉羊云拥，福鹿星临（草厂五条17号）

居安享天平，家吉征祥瑞（西打磨厂45号）

家祥人寿，国富年丰（梁家园西胡同25号）

瑞霞笼仁里，祥云护德门（兴胜胡同12号）

或期待兄弟子孙和睦相亲相助——

慈晖永驻，棣萼联芳（花市上头条53号）

世泽渊源三恪老，德门兄弟两名齐（后兵马街7号）

子孙贤族将大，兄弟睦家之肥（北大吉巷47号）

瑞日芝兰光甲第，春风棠棣振家声（铁树斜街77号）

94

或期冀山光水色，朋友众多，陶冶性情：

> 山光呈瑞泉，秀气毓祥晖（杨梅竹斜街 33 号）
> 门阑生喜气，山水有清音（长巷三条 21 号）
> 圣代即今多雨露，人文从此会风云（群智巷 53 号）
> 林花经雨香犹在，芳草留人意自闲（草场三条 13 号）

我要格外说一下最后一副门联。草场三条 13 号这家主人的儿子是我的发小，读小学的时候，我常到他家去玩，他自幼喜欢书法，如今是位书法家。他家经商，但重视孩子的文化学习。这副门联虽然也是笼而统之写意式的祝福，但这是一副集宋诗的门联，并非随意为之，体现了他家的文化向往，有文人气，无商人的俗气。

也有并非一般的过年话，有具体明确的指向，多是忠孝仁义这样的传统道德情操。

"恩泽北阙，庆洽南陔"（草厂七条 12 号），《诗经》里有"南陔"篇，讲的还是一个孝字。

"文章移造化，忠孝作良图"（中芦草园 3 号），讲了一个孝字，又讲了一个忠字。

"入孝出则悌，坐言起而行"（东河漕 8 号），讲的依然是一个孝字。

"立德齐古今，藏书教子孙"（三福巷 4 号），说的是一个德字，古人所说的立德、立功、立言这"三立"，首位是要立德。

"传世惟清德，居家尚素风"（培英胡同 37 号），说的也是一个德字，心有清德，方才能家有素风。一个清字，一个素字，用得真好。

"德心绵世泽，合志振家声"（得丰东巷 29 号），说的还是一个德字。

"槐华衍庆，树德滋荣"（东唐洗伯街 47 号），说的依旧是一个德字。

"韦修厥德，长发其祥"（南芦草园 17 号）；

"文章华国，道德传家"（南芦草园 19 号）；

"江夏勋名绵旧德，山阴宗派肇新声"（西河沿 154 号）；

"守身如执玉，积德胜遗金"（栾庆胡同 11 号）；

"宝为贤作国桢干，恒其德涉世准绳"（前孙公园胡同 19 号）；

讲的都是一个德字。在门联之中，孝和德两字，大概是出现最多的，这两个字确实是作为一般百姓心中道德与伦理的准绳的。

"安且吉兮，怀其德也"（同乐胡同 21 号），将德字和吉字连在一起，心怀其德，方才可以让日子安详和吉利。

"高才食旧德，流藻垂华芬"（北芦草园 46 号），将德字和才字连在一起。有德有才方为高，有才无德，则华芬难垂。

"厚德家声振，积善世泽绵"（栾庆胡同 17 号），将德字和善字连在一起。有德才会有善，德善兼备，家声方可以清远绵延。

"惟善为宝，则笃其人"（草厂五条 27 号），讲的是一个善字。

"中口且和征骏业，义以为利展鸿猷"（廊房二条 65 号），讲的是一个义字。

"忠厚留有余地步，和平养无限生机"（草厂横胡同 33 号）；讲的是一个忠字与和字。

"门前清且吉，家道泰而康"（培英胡同 33 号），讲的则是做人的清白。

"芝兰君子性，松柏古人心"（西打磨厂58号），讲的则是心地品性。

"廉俭世泽，忠厚家风"，讲的是廉洁勤俭和忠厚，则是普通百姓人家最朴素最直接的愿望了。

也有希望多福多寿多子孙的："大富贵亦寿考，长安乐宜子孙"（洪福胡同21号），"寿考"即高寿，朱熹说："文王九十七乃终，故言寿考。"这样的门联很多。"登仁寿域，纳福禄林"（草厂七条3号），便也是一种。

最有意思的是，草厂五条27号的门联"惟善为宝，则笃其人"，不是在大门上，而是刻在大门两旁的塞余板上，很特殊，很少见。这个院子原来是湖南宝庆会馆，很深的左右两层大院，高台阶，黑大门，进大门洞，可以看见大门的后面，还挂着一块1993年文明标兵的牌子，经历了这么多年，玻璃镜框还在。想一想，讲究"惟善为宝，则笃其人"的院子，应该得文明标兵的称号。想十几年前第一次来这里看这副门联时，正是夏日中午时分，院落安静异常，槐荫里蝉鸣如阵，能听见屋子里传出午睡的人的打鼾声。现在想来，不觉恍然如梦。

五

北京老门联中，还有一种内容是关于择邻的，说明人们在买下这座院子，或者最早买下这里的地皮盖房子的时候，是讲究择邻的。这是可以理解的人们一种普遍的心态和愿景，从古至今，概莫能外。所谓千金买宅，万金择邻。这让我们想起孟母三迁的古老故事。

"德门呈燕喜，仁里灿龙光"（好景胡同 16 号），就是这样的一副门联。好景胡同在南深沟以西，离我童年住家很近，我中学的一个同学就住在那里，这副门联，我很熟悉。龙光即君子，邻居住的是君子，邻里方才称之为仁里，院门方才称之为德门，这是在老门联中常出现的词，甚至也出现在胡同名中，能仁里就是其中之一，晚年的赛金花，就是凄惨地死在那里。

"天开寿域，德洽芳邻"（东河漕 30 号），说的也是择邻的重要，甚至认为选择一个好邻居，会直接影响自己的寿命。所谓芳邻，说的是有个好邻居，就像入芝兰之室，住久了，自己也跟着一起芬芳起来。所谓芳邻，是在《颜氏家训》里的说法。芳邻，德门，仁里，三位一体，是老北京独有的特色，是老北京人对居住的理想状态。

原来宣武门外东河沿街还在的时候，有一家的门联是"里仁为美，长发其祥"，说的也是这个意思，只不过说得更古雅一些。"里仁为美"，出自《论语》；"长发其祥"，出自《诗经》；选择一个好邻居，可以让日子长久安康吉祥。好邻居就是这样的重要，好邻居是龙光之炫目，是芝兰之芬芳，合在一起，便是孔子说的"里仁为美"。

面对这样用词典雅古朴而意思美好深远的老门联，常让我叹服前人的文化修养。如今文化随着胡同一并衰落，老门联大多弃之如敝屣一样，是葬送在我们自己的手里。这常让我感到悲叹而无奈。

北京老门联中，也有一些看起来刺目的，甚至是我不大喜欢的。旧文化中，不会都是尽善尽美的，那是老一代人的文化审美与认知选择。

草厂三条十三号发小家门联

比如："永藏周鼎商彝古，宝列秦璆汉璧多"（草厂四条43号）；

再比如："翠羽明珠罗异宝，琪花瑶草衍遐龄"（陕西巷56号）；

又是这宝贝那宝贝的，在自家珍藏着、罗列着就是了，何必这般张扬，自吹自擂？老北京话叫"嘚瑟"，显得他们家很"趁"。有些暴发户的感觉。

又比如："龙图世泽，虎关家声"（西晓市13号）；

还比如："钟鼎勋庸大，弓裘世泽长"（锦绣头条10号）；

都说到了世泽和家声，但是，显示的是自己显赫的世泽和非凡的家声，龙图、虎关、钟鼎、弓裘，都是大词，有些吓人。

还有明目张胆祈求仕途功名的——

"桐为奕世承恩树，杏是春风及第花"（长巷头条16号），前一句是求官做，后一句是梦想中第，所谓"春风得意马蹄疾，一日看尽长安花"。

"笔花飞舞将军第，槐树森荣宰相家"（西河沿152号），写得更为明晰露骨，梦想是做将军和宰相，当然，这没什么不好，也是人生的一种梦想。不过，我看到门楣上有难得一见的横幅"帝泽如春"（一般门联中很少有像对联一样的横批），意思更加明显，倒不遮遮掩掩，渴望的是皇上的恩泽，而不是自己的笔花，自家的槐荫。当然，不应该苛求，门联是老的，打上过去的烙印是再正常不过的，不能用新的道德标准去框架。不同的时代，不同的阶层，必然会有不同的理想和不同的追求。

在北京的老门联中，也有新一些的，尽管不多见，毕竟时代在前进。"古国文明盛，新民进化多"（草厂八条25号）；"长春麓永，泰运维新"（得丰西巷33号），则明显可以看出完全是紧跟清末民初时期的新潮步伐了。

六

遗憾的是，我所看到的，仅仅是老北京门联的一小部分了，不知还有多少精彩的，已经和我失之交臂。在我有意识专门寻找门联之前，很多门联早就消失，是我来得太晚了；也是我走街串巷的功夫下得还不够，会有一些漏网之鱼。况且，我仅仅走的是南城，东西两城，肯定藏龙卧虎，还有很多精彩的老门联。

有一阵子，我迷上了老门联，胡同串子似的到处乱串，像寻宝一样寻觅门联。因为我心里隐隐感觉到，这样的门联，也许快要成为"夏季里最后一朵玫瑰"了。每一次发现没有见过的老门联，都要兴奋一阵。那一次，偶然路过西打磨厂，这条老街，在这十几年中，不知走过多少次，街上有人都认得我，老远就和我打招呼：又来了！但是，那一次，在路南的50号，我才发现有一副老门联：锦绣多财原善贾，章图集腋便成裘。这门很小，而且，陷落下一截，整个小院凹下去，很不起眼，我一次次走过，一次次漏掉。那天，我还没有带纸笔，那时也还没有时兴带照相功能的智能手机，赶紧跟路人借了一支圆珠笔记在手心上，回家抄录下来，不觉自己笑自己。

还应该补充这样几个门联，都是独眼一般半副。

一在南柳巷林海音故居对面51号，右边半扇门上：

香光随笔是为画禅

100

一在杨梅竹斜街 90 号，左边半扇门上：

合力经营晏子风

前者，原来的大门在另一条胡同上，这是后开的门，开了门，却一时找不到门板，便随便找了一块安上了，找到的这块，却是棒打的鸳鸯，只找到一块，另一块门板，不知飘向何方。

另一在长巷五条路东一个小院，只剩下半扇门，摇摇欲坠，破裂得木纹纵横，但暗红色漆皮隐隐还在，凸刻着"荆楚家风"四个勾边颜体大字，端庄有力。院子很小，我问老街坊：那半扇门哪儿去了？老街坊摇摇头说：谁知道呀？早就没有了！他们告诉我，最早这院子住的一户是摇煤球的。摇煤球的也讲究"荆楚家风"，让我不禁想起南芦草园卖姜的家那副门联"忠厚培元气，诗书发异香"，尽管煤球和姜的味道、诗书的异香完全不一样，但他们愿意把这几种不同的气味连接一起。这就是北京的老门联，只有这样的老门联，才能够将文学样式中最典雅高级的诗，乃至更为古老而艰深的典籍，飞入寻常百姓家，迅速接上地气，贯通血脉，成为四合院的硬件之一，成为居住在这里的人们行为与思想规范的范本。起码，在我们小时候，这些司空见惯的老门联，不仅是识字的启蒙，也是基本传统道德礼数的启蒙。

真的，在越来越多的四合院和胡同的拆迁中，在越来越多的高楼挤压下，我觉得这样的门联快要看不见了，或者说要看以后得去博物馆里看了(但愿拆掉四合院时这些老门联能被博物馆所收藏保存)。要看真得抓紧了。

门上沧桑

前些天，我路过棉花胡同，想顺便去母校戏剧学院看看，路过31号院，忽然看到门上有一副门联：总集福荫，备致家祥。

那天，我陪来自美国芝加哥大学的宝拉教授和她带来的一群美国学生看前门。在廊坊三条12号，还看到一副老门联：宝刀赠客交游广，和璧连城钟毓奇。

前者，在戏剧学院读书和教书的时候，天天路过这里，我居然没有注意这副门联。后者，我没少到这里来，却没有发现它。这么多年过去了，很多房子不是拆了，就是改建了，这两副老门联沧桑斑驳，却依然顽强健在，也算是奇迹了。当然，也说明北京的老北京真是多，真的是生命力强盛，这么拆，这么折腾，总还能和我们邂逅。

老北京的门联啊！

2018 年 11 月 29 日改毕于北京

瓦浪如海

老北京四合院的房顶铺的都是鱼鳞瓦。灰色，一片灰色的瓦，紧挨着一片灰色的瓦，连接着一片浩瀚的灰色，铺铺展展，犹如云雾天里翻涌的海浪一样，一波又一波，直涌到天边。

这种由鱼鳞瓦组成的灰色，和故宫里那一片碧瓦琉璃，做着色彩鲜明的对比。虽不如碧瓦琉璃那般炫目，那般高高在上，但满城沉沉的灰色，低矮着，沉默着，无语沧桑，力量沉稳，秤砣一般压住了北京城，铁锚一样将整座城市稳定在蓝天白云之下。难怪贝聿铭先生那时来北京，特别愿意到景山顶上看北京城这些灰色的鱼鳞瓦顶，对此情有独钟。

同样作为建筑师，张开济之子张永和先生，对于这些由鱼鳞瓦所呈现的灰色，拥有着和贝聿铭先生同样由衷的情感。这位从小在奶子胡同里长大的建筑师，对这样的鱼鳞瓦再熟悉不过，他说："我成长于一个拥有低矮地平线的城市中。从空中俯瞰，你只能看到单层砖屋顶上灰色的瓦浪向天际展开，打破这波浪的是院中洋溢着绿色树木以及城中辉煌的金色。"

他说得真好，特别是他说的"灰色的瓦浪向天际展开"，真的是太好了。是的，只有北京房屋上面那些瓦，才能成为一片瓦浪如海。那些绿色的树木和城中辉煌的金色，只有在这样一片灰色的瓦浪中，才会显示出自己的力量。而这样的力量，是在灰色的层层瓦浪的衬托下，才呈现，才拥有的。

在我的童年，即二十世纪五十年代，北京的天际线很低，不用站在景山上面，就是站在我家的房顶上，从脚下到天边，一览无余，基本上是被这些起伏的鱼鳞瓦顶所勾勒。因为那时候成片成片的四合院还在，而且占据了北京城的空间。想贝聿铭先生看见这样的情景，一定会觉得这才是老北京，是世界上任何一座城市都没有的色彩和力量吧？

想想，真的很有意思，那时候，四合院平房没有如今楼房的阳台或露台，鱼鳞状的灰瓦顶，就是各家的阳台和露台，晒的萝卜干、茄子干或白薯干，都会扔在那上面；五月端午节，艾蒿和蒲剑要插在门上，之后也要扔到房顶，图个吉利；谁家刚生小孩子，老人讲究要用葱打小孩子的屁股，取葱的谐音，说是打打聪明，打完之后，还要把葱扔到房顶，这到底是什么讲究，我就弄不明白了。

那时候对于我们许多孩子而言，鱼鳞瓦的灰色房顶，就是我们的乐园。老北京有句俗话，叫作三天不打，上房揭瓦，说的就是那时我们这样的小孩子，淘得要命，动不动就跑到房顶上揭瓦玩，是那时司空见惯的儿童游戏。

我刚上小学，跟着大哥哥大姐姐们一起从院子的后山墙爬上房顶，弓着腰，猫似的在房顶上四处乱窜，故意踩得瓦噼啪直响，常常会有大妈大婶从屋里跑出来，指着房顶大骂：哪个小兔崽子呀？把房踩漏了，留神我拿鞋底子抽你！她们骂我们的时候，我们早都踩着鱼鳞瓦跑远，跳到另一座房顶上了。

鱼鳞瓦，真的很结实，任我们成天踩在上面那么疯跑，就是一点儿也不坏。单个儿看，每片瓦都不厚，一踩会裂，甚至碎，但一片片的瓦铺在一起，铺成了一面坡的房顶，就那么结实。它们是一片瓦压在一片瓦的上面，中间并没有什么泥粘连，像一只小手和另

带抄手走廊的四合院

一只小手握在一起，可以有那么大的力量，也真是怪事，常让那时的我好奇而百思不解。

漫长的日子过去之后，大院里有的老房漏雨，房顶的鱼鳞瓦换成波浪状的石棉瓦，或油毡和沥青抹的一整块平整的坡顶，说实在的，都赶不上鱼鳞瓦。不仅质量不如，一下大雨接着漏，也不如鱼鳞瓦好看。少了鱼鳞瓦的房顶，就如同人的头顶斑秃一般，即使戴上颜色鲜艳的新式帽子，也不是那么回事了。

十几年前，听说老院要拆，我特意回去看看，路过长巷上头条，看见那里已经拆光了大半条胡同。一辆外地来的汽车拖斗里，装满了从房顶上卸下来的鱼鳞瓦。那些鱼鳞瓦，一层层，整整齐齐地码在车上，和铺铺展展在屋顶上的景象完全不一样，尽管也呈鱼鳞状，却像是案板上待宰的一条条鱼，没有了生气，更没有浪瓦如海，翻涌向天际展开的气势了。

我望着这满满一车的鱼鳞瓦，经历了一百多年的雨雪风霜，还是那样的结实，那样的好看。又有谁知道，在那些鱼鳞瓦上，曾经上演过童年那么多的游戏和游戏带给我们的欢乐呢？还曾经有过比我们的游戏和欢乐更多更沧桑的故事呢？

其实，那时在房顶上踩着鱼鳞瓦疯跑的游戏，平日里并没有任何内容，但形式带给我们的快乐大于内容，能惹得邻居大骂却又逮不着我们，便成为我们的一乐。当然，要说它带给我们最大的乐，一是秋天摘枣，一是国庆节看礼花。

那时，院子里三棵清朝就有的枣树，我们可以轻松地从房顶攀上枣树的树梢，摘到顶端最红的枣吃，也可以站在树梢上，拼命地摇树枝，让那枣纷纷如红雨落下，噼噼啪啪砸在房顶的瓦上，溅落在院子里。比我们小的小不点儿，爬不上树，就在地上头碰头捡枣，大呼小叫，可真的成了我们孩子的节日。

打枣一般都在中秋节前，这时候，国庆节就要到了。打完枣，下一个节目就是迎接国庆了。

国庆节的傍晚，扒拉完两口饭，我们会溜出家门，早早地爬上房顶，占领有利地形，等待礼花腾空。那时候，即使平常骂我们最凶的大妈大婶，也网开一面，一年一度的国庆礼花，成为那一天我们上房的通行证。由于那时没有那么多的高楼，晚霞中的西山一览脚下。我们的院子就在前门东侧一点，前门楼子和天安门广场都看得真真的，仿佛就在眼前，连放礼花的大炮都看得很清楚。看着晚霞一点点消失，等候着夜幕一点点降临，就像等待着一场大戏上演一样。我们坐在鱼鳞瓦上，心里充满期待，也有些焦急，不住问身边的大哥哥大姐姐：礼花什么时候放呀？

此时谁心里都清楚，让我们期待和焦急的，不仅仅是礼花点燃的那一瞬间，更是礼花放完的那一刻。由于年年国庆都要爬到房顶上看礼花，我们都有了经验，随着礼花腾空会有好多白色的小降落伞，一般国庆那一天都会有东南风，那些小降落伞便会随风飘过来。燃放礼花的一瞬间，我们会稳稳地坐在那里，看夜空中色彩绚丽的礼花，绽放在我们的头顶。但降落伞飘来的那一刻，我们会立刻大叫着，一下子都跳了起来，伸出早已经准备好的妈妈晾衣服的竹竿，争先恐后去够那些小小的降落伞。

当然，够得着够不着，全凭风的大小和运气了。因为那一刻，附近四合院的鱼鳞瓦顶上站满和我们一样的孩子，在和我们一样伸着竹竿够降落伞。风如果小，就被前院的孩子够走了；风要是大，降落伞就会像诚心逗我们玩似的从头顶飞走。记得国庆十周年，那时我上小学五年级，属于大孩子了。那一天晚上，不知是天助我也，

肖复兴散文

还是那一年国庆放的礼花多，降落伞飘飘而来，一个接着一个，让我轻而易举就够着一个，还挺大的个儿，成为我拿到学校显摆的战利品。

也就是从那一年以后，我不再上房玩了。也许，是认为自己长大了吧，便也就此和鱼鳞瓦告别。一直到十几年前，重返老院，又看到童年时爬过的房顶，踩过的鱼鳞瓦，才忽然发现和它们这么久没有相见了，也才发现瓦间长着一簇簇的狗尾巴草，稀疏零落，枯黄枯黄的，像是年纪衰老的鱼鳞瓦长出苍老的胡须，心里不禁一动，有些感喟。

其实，这种狗尾巴草，童年时就曾经见过，它们一直都是这样长在瓦缝之间。风吹日晒，瓦缝之间一点点可怜的泥土早就风干，变得很硬，不知道狗尾巴草是怎么扎下根的，一年又一年，总是长在那里，它们的生命力和鱼鳞瓦一样强而持久。

去年秋天，我路过草厂胡同一带，那里的几条胡同已经被打理一新，地面重新铺设的青砖，四合院重新改造，有老房子的房顶被改造成露台。顺着山墙新搭建的梯子，爬到房顶，楼房遮挡得远处看不到了，但附近胡同四合院里房顶的鱼鳞瓦，还能看得很清楚，尽管已经没有了张永和先生说的"灰色的瓦浪向天际展开"的景象，却还是让我感到亲切，仿佛又见到了童年时候的伙伴。真的，这和看惯各式各样的楼顶，哪怕是青岛那样漂亮的红色楼顶的感觉是不一样的，因为这种灰色的鱼鳞瓦，才能带给我老北京实实在在的感觉，是一种家的感觉。

我还看见眼前不远处屋顶上鱼鳞瓦之间长出的狗尾巴草，迎着瑟瑟秋风，摇曳着枯黄的颜色，和鱼鳞瓦的灰色，吟唱着二重唱。我忽然想起刚刚逝去的余光中先生写过的一首题为《狗尾草》的

瓦浪如海

小诗：

> 最后呢，谁也不比狗尾草更高，
> 除非名字上升，向星象看齐，
> 去参加里尔克或李白。
> 此外——
> 一切都留在草下。

在我的眼前，在那一片灰色的鱼鳞瓦前，这首诗的最后一句应该改成这样：

此外——

一切都留在瓦浪下。

2018 年 5 月 3 日于布鲁明顿

天坛的门

一

天坛的建筑很有讲究。它是以祈年殿、皇穹宇和圜丘三点连接一体的轴线为中心，向四面辐射开来的一个基本圆形的皇家园林。说基本圆形，是我们逛天坛时的感觉，尤其是绕着内垣和外垣走一圈，这种感觉会更明显。其实，天坛北面是圆形的弧线，南面则是方形，即古人所说的天圆地方。

由于天坛始建时在外垣内又设置了内垣一道围墙，在皇穹宇、祈年殿之间，还有一道东西走向的隔墙，为通行便利，内垣设立了西天门、北天门、东天门，外加广利门和泰元门共五座，隔墙还有另外三座门。再加上各种殿阁之门，天坛，一共有各种门八十五座。每座门都有自己专属的名字。

如今，天坛最古老的门是祈年门和祈谷门。它们是当年建天坛时就存在的明朝老门，到今年整整有六百年的历史。

祈谷门，是今天的天坛西门，当年皇上来天坛祭天的时候，走的就是这道门，也是天坛唯一的入门。今天的天坛东门、北门、南门，都是近几十年为方便游客而后开的。祈谷门是地道的皇家坛庙的老门，三间开阔，红墙红门，拱券式，歇山顶，特别是黑琉璃瓦铺设，在天坛独此一份。由于门前的永定门大街拓宽，如今的祈谷门临街。原来的永定门大街很窄，祈谷门藏在街东侧，有长长的甬道，甬道两旁有茂密树木遮掩，突兀得像今天站街迎客的门童。

祈年门，比祈谷门要堂皇而轩豁。因为进入这座大门便是祈年殿，是天坛的重头戏。在天坛所有的门里，祈年门在玉栏雕砌簇拥下，最是高大威武。在台阶下面仰望祈年门，很有些巍峨的样子，平展的红漆大门一下子像仰头抖着脖颈上一色金色鬃毛的高头烈马或雄狮。门两侧有长长的红墙逶迤拱卫，如一条绶带飘逸，延长了祈年门的身段。这里游人众多，拍照的、歇息的、观赏的，摩肩接踵。可以说，和天坛所有的门相比，这里不仅最堂皇，还最热闹。

通往祈年殿，如今，东西南北四面都可以上。朝西有一扇门，叫花甲门，这个门是乾隆三十七年（1772）开的，那一年，乾隆皇帝年整六十，正值花甲之年，来天坛祭天，再从丹陛桥走个来回，有些力不从心，便开了这个门，从祈年殿下来直接从此门外出，少走好多道，便将这个门称之为花甲门。

和花甲门这样别致名字有一拼的，在皇乾殿里还有一座门，叫古稀门，比花甲门矮小，是乾隆皇帝七十岁那年，有拍马屁的官员建议修这样一座门，可以免去皇上来天坛祭天之前，进皇乾殿先行礼数时多走的路。看来不管什么章程，哪怕是老祖宗传下来的祭天章程，也是能因人而异，可以改变的。在这里，天并没有比人或者说权大。可以说，花甲门和古稀门，在天坛门中，是一对意味别致的对仗。

二

天坛的门多，花甲门是我的独爱，因为那里安静，门前有一片古柏，夏季密荫匝地，尤其凉爽。我常坐在门前的椅子上，对着那些几百年历史的古柏画画。那些树干纵横枝叶沧桑的古柏，让我想

天坛神库

起美国诗人罗伯特·弗罗斯特一首题为《劈柴垛》的诗，其中有这样一句：

> 身前身后能见到的，
> 都是一排排整齐的又细又高的树。

弗罗斯特站在劈好的柴垛前，见到的不是柴垛，而是"一排排整齐的又细又高的树"。这些曾经"整齐的又细又高的树"，变成了眼前的柴垛。

一百多年前，八国联军入侵北京的时候，他们把兵营安扎在天坛，砍伐了眼前的柏树林当柴烧。那可不是"一排排整齐的又细又高的树"，而是拥有几百年树龄的粗壮的柏树呀。

弗罗斯特在这首诗的最后一句写道：

> 树躺着，
> 烘暖着沼泽，
> 狭窄的山谷无烟地燃烧。

天坛里，那些柏树也曾经燃烧，不是无烟，而是翻滚着浓烟。

三

在天坛，有两座柴禾栏门。不知道为什么叫这样的名字，像乡下的小孩子没有正式的名字，随便叫狗蛋、丫蛋之类一样的意思，和祈年门、祈谷门不可同日而语，和高大上的天坛不大匹配。

天坛的门

可能这里离神厨和宰牲亭近，祭天时宰杀牲畜和烹饪食物需要柴禾，这里是堆放柴禾的地方吧。这只是我望文生义的猜想。漫长的农业时代，即使在皇家园林，也顽强存在着田园的乡土气味和痕迹。

柴禾栏门，在祈年殿围墙根儿东西两侧，各有一座，比天坛所有的门都低矮许多，尤其眼前就是祈年殿，如同伊索寓言里的长颈鹿和小山羊，相比之下，显得更不起眼。不过，那里异常清静，别看和祈年殿近在咫尺，游人往往一眼看到的是祈年殿，会立刻爬上高高的台阶，奔向祈年殿，便很少会注意墙根儿底下而且是挤在角落里的柴禾栏门。

我常到西柴禾栏门前画画。如今，门里面不放柴禾，成了办公的场所。它的门朝北，夏天的时候，东边的围墙将阳光遮挡住，这里一片阴凉。门前不远处，有个宽敞的石台，是以前插旗杆的旗台，正好可以坐在上面画画。我喜欢这里，门前草坪如茵，沿门往西，有三棵粗大的古柏，树龄都很老了，一棵五百六十年以上，两棵六百二十年以上。它们枝叶茂密，浓绿得如深沉的湖水，在红墙的映衬下，色彩似铁锚一样沉稳，是只有中国才有的典型色调。

那天下午，我的画本上忽然剪纸一样闪现出一个小小脑袋瓜的影子，我抬头一看，是个小姑娘，大概有八九岁，她在专心致志地看我画画。她身边站着一个男人，显然是她的爸爸。小姑娘很可爱，梳着羊角辫，穿着花裙子，抿着薄薄的嘴唇，目光一直落在我画中的柴禾栏门和那三棵古柏上面。

我问她从哪儿来的。

她回答我，但由于讲的是方言，我听不懂。

她父亲在一边用普通话告诉我一个地名，那个地方，我没有听说过。

我们是从江西老区来的。父亲进一步向我解释道。

那么远，得坐几天车，才能到北京？

现在有动车，好多了。不过，从我们那个县城坐大巴到火车站，要一天的时间。

哦，来一趟北京真不容易。

孩子磨着我，一直想到北京来，这不放暑假了，带她来了，实现了她的愿望。

在北京都到哪儿玩了？

去了北海、故宫、圆明园和颐和园，还去天安门看了升旗，这不又来了天坛。明天，我们就回去了。

压轴戏，放在了天坛？

父亲笑了，点点头。

一直都是我和她父亲在讲话，小姑娘默默听着，最后，有些不耐烦了，对我说了句话，我还是没有听懂。他爸爸翻译我听：她是说你怎么不画了呢。我笑道：好，我赶紧接着画！

一边画，一边听父亲讲：这孩子从小也爱画画！

那是好事呀。说罢，我把画本和笔递给她：你来，也画一画，好不好？

她羞涩地一转头，扑到爸爸的怀里。

画完了这张柴禾栏门和门前的那三棵古柏，我把画撕下来，送给了这个可爱的小姑娘。

四

　　成贞门和祈年门相对，隔着长长的丹陛桥。成贞门西侧，有一个座椅，正对着成贞门一角，今年元月二十日的下午，我坐在那里画成贞门。那天，除了工人在挂红灯笼，搭建春节的广告牌，天坛里人不多。一位清洁工提着扫帚，走到我身边，好奇地看我画画，还特别称赞了几句，我便投桃报李和他闲聊，问他是哪里人，过年休息几天？他告诉我是山西人，说过年是最忙乎的时候，等过完年，再请假回家。

　　这天回家，晚上电视里看到钟南山，说武汉的疫情出现了人传人，真是没有想到，这个春节过得紧张。如今，疫情渐渐平息，生活恢复正常，前两天又去天坛，过成贞门，我想起了这位清洁工，不知道他现在情况怎么样，回没回老家？

2020 年 10 月 21 日

　　　　　　　　　　　　　　　　　　肖复兴散文

来今雨轩

　　中山公园里，我一直觉得最美的风景在来今雨轩。那里门外有宽敞的亭台，上面罩着一个大大的铁罩棚（这是洋玩意儿，在一百多年前是独一无二的，只有大栅栏里的瑞蚨祥学它也罩了同样的铁罩棚），四围有雕栏玉砌，栏外是一片牡丹花畦和芍药花坛，再前面有青竹翠柏。春天，花香鸟鸣，分外惬意；冬天，白雪覆盖，格外幽静；夏天，这里有藤萝架，一片阴凉，是来这里最好的时节。坐在亭台上，望西看，有蜿蜒的长廊萦绕，让你的视线绵延远去；望东看，正好可以看到故宫端门一角，夕阳西照时分，绿树烘托中的端门那一角，一派金碧辉煌，是来今雨轩最美的景致了。来今雨轩，选在这里，借景的功夫了得！

　　来今雨轩的建立，同唐花坞的建立一样，都要感谢朱启钤，他懂建筑，中国营造学社，就是他创建的。来今雨轩这个名字，也是他取的。正是他的努力，一年之后的1915年，在中山公园里，有了来今雨轩这样一处漂亮的新风景。正因为风景漂亮，又可以在此品春茗喝咖啡，还有中西美食相佐，到这里来的人很多。不少名人，尤其是文人，比如柳亚子、鲁迅、陈寅恪、沈从文、叶圣陶、周作人、张恨水、林徽因等人，还有秦仲文、周怀民、王雪涛等一列画家，都愿意到此。可以说，京城今昔，再没有一个能吸引如此众多文化人的雅集之地了。前几年，画家孙建平画过一幅《那些年在来今雨轩的文人聚会》的油画，这是我看到的唯一再现当年盛景的画作，难得的是，画得现代感胜过怀旧感。

据说，"五四"时期，李大钊倡导的少年中国学会、中国画研究会，以及鼎鼎有名的文学研究会，都是在这里相继成立的。胡适当年宴请杜威，选择来这里；张恨水有名的京味小说《啼笑因缘》，也是坐在这里慢慢写成的。自古美景都是需要名人的频频登临，就如同美人配英雄，名马配雕鞍，葡萄美酒夜光杯，两相映衬一样。

来今雨轩门外廊檐上的抱柱联是"莫放春秋佳日过，最难风雨故人来"，觉得比以前最老的老联"七度卢仝碗，三篇陆羽茶"要好。来今雨轩的老匾额，一直到二十世纪六十年代还在，那是当过民国时期大总统的徐世昌题写。我开始不大明白，不过是一个文人聚会地，大总统怎么会对此青睐有加？后来明白了，当时中国画研究会在此成立，每月要在这里聚会两次，每月出一期会刊，不定期还要在这里举办画展。这些经费都是由徐世昌资助。文化人也会借水行船，懂得攀附权势和资本。那时候，投桃报李，每次聚会，每位画家要在来今雨轩画一幅扇面送给徐世昌，徐世昌为每人写一副楹联作为回赠。徐世昌为来今雨轩题写匾额，便是再水到渠成不过的事情了。

曾经有一年多的光景，我工作的办公室设在中山公园，在五色土西南侧的一座古色古香的大殿里，离来今雨轩很近，午饭时分，常到那里吃包子。来今雨轩的冬菜包子，在北京十分出名，可以和天津的狗不理包子相媲美。从民国到新中国建立以后很长一段时间，包子馅里包着来今雨轩建立以来悠久而绵长的历史。冬菜包子几乎成为来今雨轩的代名词。

不过，我并没有觉得那冬菜包子如何与众不同，只是包子的馅是用冬菜和肉末做成，与北京常见的猪肉大葱馅的包子味道不大一样罢了，而面皮加了一些白糖，吃起来甜甜的。愿意常到那里吃冬菜包子，主要是便宜，也方便。那时候，来今雨轩已经变为茶座和小卖部，不再卖炒菜和西点，中午只卖冬菜包子。有朋友来找我，中午到了饭点儿，我都是带他们到这里来吃冬菜包子，物美价廉，还可以坐在亭台上看看风景。因有了历史和风景以及记忆多重元素的加入，冬菜包子吃起来，便不只是肉末和冬菜两种味道了。特别是想起"文革"期间，来今雨轩前面的花坛里，改种棉花的奇景，会格外感慨世事茫茫难预料。再想想那时候，伴随来今雨轩半个世纪的"来今雨轩"老匾额，竟卸下来当作厨房的面板，就更会令我们拍案惊奇，觉得来今雨轩像个神奇的魔方。这算是来今雨轩的一段变奏曲吧。

我第一次到来今雨轩，是上小学一年级的时候。那一年开春，到内蒙古工作的姐姐结婚，和姐夫一起来到北京，带我和弟弟逛中山公园。中午的时候，就是在来今雨轩吃的冬菜包子。姐夫爱照相，带来一架海鸥牌的立式照相机，他端着照相机给我和弟弟、姐姐照了好多照片。那时候，照相机还是稀罕物，我看着好奇，姐夫就把照相机递给我，让我给他和姐姐拍照。我拿着照相机，很紧张，怕拍不好，更怕拿不稳，搞不好会把照相机摔在地上。姐夫对我说："没关系的，你按动快门的时候，憋着一口气，别动就行了。"这句话，过去快六十多年，记得还那么清楚。

那时候，家在前门，离中山公园不远，便常和大院的孩子一起到这里玩。公园有一个室内游乐场，里面有旋转木马，五分钱玩一次，每一次来，我们都要玩一次，玩完之后，到假山上疯跑。玩到中午，到来今雨轩买个包子一吃，接着疯玩，仿佛中山公园是我们的后花园，来今雨轩是我们的食堂。

长大一点，看书上介绍，知道来今雨轩这名字出自杜甫说的"旧雨来今雨不来"。觉得这句话说着别扭，便自作主张改成"旧雨不来今雨来"，说着顺嘴，一直说到今天。反正都是说旧雨新知，这里应该是新老朋友和亲人故旧相聚的好地方。真的，在北京众多的地方，这样一个名副其实的地方不多见。很多朋友从外地来北京，我都愿意带他们到这里来看看。姐姐和姐夫每一次来北京，也都会带我到这里来玩，顺便在来今雨轩吃两个冬菜包子，坐在亭台上看看四周的风景。

世事沧桑中，小小的来今雨轩，意味不同寻常起来；和来今雨轩历史一样漫长的冬菜包子，滋味也不同寻常起来。

2007 年的春天，姐夫来北京。这时他已经年近八十，退休之后，很多年没有来北京，这一次是在孩子的陪护下来北京看病。他的病已经不轻，要不，他那么强悍的一个人，是不会让孩子特意请假送他来北京的。可惜，那时，我车祸摔断了腰椎骨，正躺在病床上起不来，无法去医院看望，心里很内疚。和姐夫通电话，他还在关心我的腰，连说他自己的病没有什么大事。他说这一次没法来看我，过两天安顿好，让孩子来看我。

几天过后，姐夫的孩子来看我，带给我一包东西，打开一看，是包子。孩子让我尝尝，是不是原来的味儿。我吃了一个，原来是冬菜包子。孩子告诉我，是他爸爸一定要他到中山公园的来今雨轩，买那儿的冬菜包子。我知道，如今来今雨轩旧址还在，却不再卖包子了，来今雨轩新址迁到中山公园的西边，专门经营红楼菜品，冬菜包子已经沦为附属品的点缀而已。孩子人生地不熟，到中山公园能买到冬菜包子，不大容易呢。我赶紧给姐夫挂通电话，谢谢他让孩子特意去来今雨轩买包子。话筒里传来他爽朗的话声：谢

118

我什么呀，我也想吃那里的冬菜包子了！

一年以后，姐夫去世。

我再也没有去过来今雨轩。

2020 年 8 月 26 日于北京

来今雨轩

桥湾儿归去来

桥湾儿是北京的一个老地名。如今七号地铁线，在这里专门设立一站，站名就叫桥湾。

既然叫桥，说明这里以前必得有水，便是有名的三里河。《京师坊巷志稿》里说："正统间修城壕，恐雨水多水溢，乃穿正阳桥东南洼下地开濠口以泄之。"说得很清楚，明朝正统年间，为了泄洪，在前面楼子东侧的护城河斜着往南挖出一条泄洪沟，穿过西打磨厂街的洼地，沿北孝顺胡同以东、长巷头条以西冲出了一条人工河，流经豆腐巷、芦草园、桥湾儿，进入左安门的护城河，一直流向大通河再到大运河。这条泄洪河，大约三里长，就叫成了三里河。现在这一带小桥、水道子、薛家湾、鲜鱼口的地名，都可以看出当年水的影子。桥湾儿就是这样沿河流淌出来的一个地名，也是这条河的一个重要节点，因为河水在这里打了一个弯儿，往东南方向流去，所以叫桥湾儿。

桥湾儿，于我非常熟悉，童年到金鱼池或天坛玩，必要经过这里。读中学以后，也常常从汇文中学后门出来坐 23 路公交车，在这一站下车，穿过芦草园和草厂胡同回家。那时，水是早就没有了，只剩下三里河和桥湾儿的地名，和这一片铺铺展展纵横交错的胡同。这一片胡同，大多是在干涸的旧河道上渐次建起来的，起码都是明朝就有的老胡同了。地理的肌理，就是这样在历史的皱褶中形成。

那时候，不懂历史，只关心桥湾儿这儿有家正明斋老点心铺。

长大以后，知道它的历史很久，最早于清同治三年（1864）在大栅栏西的煤市街开业，生意做得不错，于同治九年（1870）在桥湾儿开了这家分店。下23路公交车，往北一拐弯儿，就是桥湾儿的南口，把口路东是一家挺大的副食店，对面路西便是正明斋。只要路过这里，就有浓浓的点心香味飘过来。后来，这家的门市搬到前门大街鲜鱼口西口东边，这里成为糕点制作车间，香味似乎更浓。那时确实很馋，也是肚子里油水太少，买点心得要点心票，每人每月半斤，点心有些高高在上，可望而不可即。

再一次常去桥湾儿，是1974年春从北大荒调回北京之后。偶然一次晚上坐23路在那里下车回家，四周暗着，忽然看见正明斋西侧有一家挺大的理发店，灯火辉煌。店名"尽开颜"用霓虹灯管镶嵌，一闪一闪，眨着眼睛。觉得这名字取得挺有趣的，理完发，刮完脸，可不是"尽开颜"了嘛。正巧头发长了想理发，就拐进理发店。店里人不多，为我理发的是个年轻的姑娘，年龄应该比我小几岁，鹅蛋形的脸庞，俏皮的鼻头，爱说爱笑，一笑露出两颗小虎牙，特别是一条李铁梅式长长的辫子，怎么看怎么像在北大荒一位曾经的女友。忽然忆起，已经是劳燕分飞很久。似曾相识的理发员，让青春的无花果之恋，变得一下子惆怅而令人怀念。

以后，每次理发，我都会到那里，专门找这个姑娘给我理发。渐渐熟起来，一边理发，一边聊天，我知道她是顶替她母亲到这里来理发的。她家就住在桥湾儿，对这里很熟悉，就是她告诉我这里真有一座桥，汉白玉的，叫三里河桥。1953年，修路的时候，就在理发店的大门前挖出来的。那时候，她妈妈就在这里工作，亲眼看见桥挖了出来，又被原地埋下。她对我说，现在要是挖，还能把桥挖出来呢！

她还对我说，理发店西边一点，把着靠山胡同南口，那儿有个公共厕所，厕所旁边有一家卖粮食的粮食店，是原来的铁山寺，问我是否知道。我还真不知道，摇摇头。她告诉我，现在大殿和东西配殿都还在，还有两棵老槐树，她小时候，还见过庙里的和尚呢。那时候，我不关心这些，也不懂得这些的珍贵，只是听她说的语气挺骄傲的。现在想起来，一个地方，从小在这里长大，和路过这里的过客，感受毕竟是不一样的。

1975 年的夏天，我搬家之后，再没有去"尽开颜"理发店理发了。一直到三十年过后的 2005 年开春，我写《蓝调城南》一书的时候，才再一次来到桥湾儿。我已经从书中查到，在理发店大门前，确实挖出过一座汉白玉的三里河桥，十三米长、八米宽，可以想象，那时候的河有多么宽。在这样宽敞而风光旖旎的河两岸，各有一座庙宇相互呼应，南岸是明因寺，北岸就是铁山寺。

桥湾儿的路口还在，没有任何变化，只是路东的副食店没有了，但对面路西的正明斋糕点制作车间的老房子还在，大门和窗户都紧紧关闭，不知里面做什么用了。奇怪的是，我依稀闻得出从里面飘散出的点心的香味。我知道，那只是我一时的幻觉，那扑鼻而来的味道，也只是少年记忆的味道而已。

"尽开颜"理发店不在了，但是，它西边不远的铁山寺还在。铁山寺旁边的那个公共厕所居然也在，实在让我有些惊讶。时间，在那一瞬间仿佛定格，甚至回溯到三十多年之前再之前。

由于铁山寺的院子和大门都不在了，正殿露出在小马路牙子前。原来的那两棵老槐树没有了，一株石榴树，没有发芽的枯枝干摇曳在风中，虽然也有年代了，但肯定是后来栽下的。不过，正殿屋檐房脊的雕刻，斗拱飞檐，特别是正面窗户上面房梁的彩绘，依然非常清晰，虽然扑满尘土，颜色还是很鲜艳，难得透露着一些历史的隐语，多少还闪动着一点沧桑的旧日容颜。

从院子里走出一位要去上公共厕所的老街坊，我拦住了他请教，他告诉我那两株古槐，1999年扩路的时候才没的，东西配殿也是前两年才拆掉的。可惜了，他摇摇头说：已经有人考证出来，是明朝正德年间修的呢，快五百年历史了。他说的没错，是1515年一个叫宗洪的和尚募化修建的，和尚的法号叫铁山，以后人们就把庙叫作铁山寺。

2006年初，我再次来到桥湾儿，铁山寺前一片废墟。寺的东边停着一辆十轮大卡车，车上满满装载着木料，五六个工人在往上面装着。都是从铁山寺拆下的木料，真想不到一座铁山寺竟然有这么多木料，而且，后殿粗粗的梁柁还没有拆下来。木料都有百年以上的历史了，但拆开的新口，显得那么新，略微发黄发红的切口，像是小树，似乎还湿润，含有水分。工人告诉我这些木料挺结实，还可以用，没有问题。

前不久，我再次来到桥湾儿，已经是又一个十五年过去了。故地重游，恍然如梦。桥湾儿路西的正明斋老屋居然还在，它的身后新建起来一座高楼，所占的地方，是当年"尽开颜"理发店旧地。西边的铁山寺已经翻修一新，只是大门紧闭，无法进去参观。再往西走一点儿，是新拓宽的草厂三条，过了马路，就可以看见前几年新挖成的三里河了。河水蜿蜒，蒹葭苍苍，只是由于草厂三条这条新马路相隔，这条簇新的新河盲肠一样到此为止，无法如旧三里河一样，可以流淌到桥湾儿了。

2021年1月19日雪后北京

第三辑　北大荒断简

豆秸垛赋

在北大荒，豆秸垛和麦秸垛，是秋天和夏天的两种意象。不过，我只留意过豆秸垛，没有怎么留意麦秸垛。那时候，我们二队每家的房前屋后最起码都要堆上一个豆秸垛，很少见有麦秸垛的。我们知青的食堂前面，左右要对称地堆上两个豆秸垛，高高的，高过房顶，快赶上白杨树了。这些豆秸，要用整整一年，烧火做饭，烧炕取暖，都要靠它。麦秸垛，一般都只是堆在马号牛号旁，喂牲畜，不会用它烧火做饭取暖，因为它没有豆秸经烧，往灶膛里塞满麦秸，一阵火苗过后，很快就烧干净了，只剩下一堆灰烬，徒有热情，没有耐力。

返城后很多年，看到了梵高的速写，和莫奈以及毕沙罗的油画，很多幅画的是麦秸垛，一堆堆，圆乎乎，胖墩墩，蹲在收割后的麦田里，闪烁着金子般的光。才发现麦秸垛挺漂亮的，只不过当初忽略了它的存在。只顾着实用主义的烧火做饭烧炕取暖，不懂得它还可以入画，成为审美的浪漫主义的作品。

后来看到文学作品，大概是铁凝的小说，她称麦秸垛是矗立在大地上女人的乳房。这样的比喻，我从来没有想到过，尽管我在北大荒经历过好几年麦收，但我不得不承认，这个比喻新鲜，充满乡土气息和人情味，让我忍不住想起当年在北大荒一望无际的麦田里，弯腰挥舞着镰刀抖动着大乳房的当地能干的妇女。

再后来，看到聂绀弩的诗，他写的是北大荒的麦秸垛："麦垛千堆又万堆，长城迤逦复迂回，散兵线上黄金满，金字塔边赤日辉。"这写得要昂扬多了，长城、黄金和金字塔一连串的比喻，总觉得压在麦秸垛上，会让麦秸垛力不胜负。不过，也确实让我惭愧自己当年在北大荒收麦子时缺乏这样的想象力。

但是，对于豆秸垛，我多少还是有些想象的，那时看它圆圆的顶，结实的底座，阳光照射下，一个高个子胖胖的女人似的，健壮挺拔，丰乳肥臀，那么给你提气。当然，比起麦秸垛的金碧辉煌，豆秸垛灰头灰脸的，像土拨鼠的皮毛。只有到了大雪覆盖的时候，我才会为它扬眉吐气，因为那时候，它像我儿时堆起的雪人，一身洁白，站在各家的门前，像守护神。

用豆秸，是有讲究的。会用的，一般都是用三股叉从豆秸垛底下扒，扒下一层，上面的豆秸会自动地落下来，有节奏地填补到下面来，绝对不会从上面塌下来。在这一点上，无论绘画还是文学再如何美化的麦秸垛，都无法与之相比。很简单，如果是麦秸垛，早就像一摊稀泥一样，坍塌得一塌糊涂，因为麦秸太滑，又没有豆秸枝杈的相互勾连。所以，就是一冬一春快烧完了，豆秸垛都会保持着原来那圆圆的顶子，就像冰雕融化时候那样，即使有些悲壮，也有些悲壮的样子，一点一点地融化，最后将自己的形象湿润而温暖地融化在空气中。

因此，垛豆秸垛，和垛麦秸垛，是完全两回事。垛豆秸垛，在北大荒是一门本事，不亚于砌房子，一层一层的砖往上垒的劲头和意思，和一层一层豆秸往上垛，是一个样的，得要手艺。大豆收割完了之后，一般我们知青能够跟着车去地里拉豆秸回来，但垛豆秸垛这活儿，得等老农来干。在我看来，能够会垛它的，会使用它的，都是富有艺术感的人。在质朴的艺术感方面，老农永远是我的老师。

不能怪我偏心眼儿，对豆秸垛充满感情。这样的感情，不仅来自艺术感方面，也来自情感方面。

我从北京来到北大荒第二年，刚刚入秋的时候，厄运降临在我的头顶。因为为队上三位被错打成"现行反革命"的当地老农鸣冤叫屈，队上头头联手工作组的组长，在全队大会上说我是过年的猪早杀晚不杀。一时，黑云笼罩，我成了不可救药的坏蛋，二队几乎所有的人都不敢再理我，躲我唯恐避之不及。

那一年的秋收，便成为我一个人的秋收。那时，每天天不亮，就要顶着星星，出工割豆子，每人一条垄，一条垄，八里长，割完一条垄，快手能赶在日落前，慢手得要到月亮出来。

我属于慢手，常常是全队的人都割完，收工回家吃晚饭了，我还撅着屁股，挥着镰刀，在地里忙乎着。直直腰身，望望还是一眼望不到头的豆地，黑乎乎地笼罩在迷蒙的月光中，心里涌出一种绝望的感觉。偌大的豆子地里，只剩下我孤零零的一个人，秋风掠过豆秸梢，干透的豆子在豆荚里哗啦啦直响，想去年秋收第一次割豆子时自己曾经写过的"大豆摇铃"之类的诗句，不禁哑然失笑。

这倒不是工作组或队上的头头对我有意的惩罚，每个人都是割一条垄，只能怪我手太笨，干农活实在不行。但是，没有一个人肯伸把手帮我一下，即使连平常和我关系还不错的人，都不见了踪影，只是将他们怜惜的心情在暗中传递，不敢明里伸出援手。这让我感到有些悲哀，有一种天远地远孤零零被抛弃的感觉。

有一天的晚上，由于头天刚下过一场雨，地里有些泥泞，割豆子更显得艰难。人们都已经收工了，我还在豆地里盘桓。上弦月早就升起来，由于有雾，光线不亮，朦朦胧胧地洒在已经结霜的豆秸上，斑驳之中，银光闪闪的，像眼泪晶莹在闪烁。已经是阴历的九月初，北大荒的天气很冷了，晚风吹过，更多凉意和凄清的感觉。豆秸上有刺，上霜后变得坚硬扎人，我没有戴手套，手心手背扎得火燎一样疼。

咬咬牙，还得继续往前割，一定要割到头，否则更会遭人嘲笑。现在想想，那一晚的情景，多少有些悲凉。一片割不完的豆地，一弯凄清的月牙，一个孤独的人影，真的，还不如把我关在草棚里写检查更好受些。

就在这时候，我听见前面不远的地方传来了唰唰的声音。起初，我以为是风渐大了，吹过豆秸的声响；但仔细听，不像，因为那唰唰的声音很有节奏。我站在豆地里，有些奇怪，想再好好听听，怕是钻出来一条獾或狐狸。这在北大荒的秋夜里，是常有的事。

很快，一个人头在豆秸上浮动，是一头长长的秀发，暗淡的月光下勾勒出朦胧的轮廓。是个女人。很快的速度，她前面的豆子纷纷倒地，她扬起脸来，站在我的面前，笑了，露出两颗小虎牙，秀气的脸上淌着汗珠，月光下，晶莹透亮。娇小玲珑的身材，和四围阔大无边的豆地和幽幽的黑夜，对比起来那么不成比例，那么醒目。

我认出她来，是刚从北京到我们队上六九届的小知青，那一届的北京学生，连锅端，都去各地插队，她班上大多同学来到我们二队。她刚到我们队才两个多月，我没有和她说过一句话，甚至叫不出她的名字。很久很久以后，她对我说，她刚来到我们队上，第一次见到我，是我独自一人坐在树下笨手笨脚地缝衣服，我们队上的农业技术员老韩远远地指着我对她说：他是北京二十六中的高中生，很有才，工作组正整他！就是这简单的"很有才"三个字，害了她，让她竟然割完了自己的那一垄豆子之后，又跑过来帮助我割。

我在北大荒整整六年，割过很多次豆子或麦子，这是第一次也是唯一一次有人帮助我割豆子。是这样一个娇小的小姑娘，刚来我们队两个多月的小姑娘，和我从来没有说过话的小姑娘。

割完了一垄豆子，要往回走八里地，才能回到队上吃晚饭。路上，她把她手上戴着的一副手套递给我，说豆子扎手，戴上手套好些。我看看手套，是一副白线手套，但每个手指上都粘有一小块黑色的胶皮。刚要对她说："给了我，你戴什么？"她就说话了："我还有。"就这样，我们一起走了八里地的夜路，上弦月在我们的头顶，无边的荒原，在我们的脚下。我们再没有说一句话，就这样默默地走着。

那时候，我不知道，她更不知道，为此她要付出代价。

事后，我才知道，因为她和我的接触，引起队上头头和工作组的注意。他们的联想和想象力，远比我更为丰富。一对年轻男女在旷野豆地又是在幽暗的黑夜里相遇，八里地的长途漫步，以后又频繁往来，接下来发生的事情，不是顺理成章，还要费口舌再去说吗？男女关系，在那个时代里，是一件最见不得人的事情，也是最容易置人于死地的杀手锏。

于是，工作组找她谈话，为了增加震慑力，也为了确保一战功成，工作组特意请来了农场保卫科的科长坐镇。如果这个男女关系的问题坐实，我就真的成了一头过年的猪，只能老老实实引颈等候处理的那最后一刀了。

那一晚，是数九寒冬北大荒最冰冷的时候，纷纷扬扬的大烟泡，没有阻挡保卫科长从十六里外的农场场部赶到我们的队上。在

豆秸垛赋

和知青宿舍一道之隔的队部里，一盏昏黄的马灯前，保卫科长、工作组长、我们二队的队长，几个大老爷们儿，对付一个娇小的小姑娘。尤其让我无法想到的是，保卫处的科长居然掏出他的手枪，一把拍在桌子上，叫喊着，非要让她交代出和我有男女关系的事情。尽管她知道这不过是为了吓唬她而用的道具，她还是被吓得直哭。再逼问，她说了句：根本没有的事，我交代什么。任凭他们怎么红白脸轮番上阵，她只是哭，再不说一句话。

在政治化的年代里，即使再偏远的地方，余波荡漾中，人心也容易被扭曲。在压力面前，有人选择顺从，有人选择屈服，有人选择背叛，有人选择躲避，有人选择坚持。并非清者自清，浑浊泛滥之下，清水也能被搅浑，脏水也可以浇在自己的头顶。那一年，我二十二岁，她还不到十七岁。很多时候，我会想，如果那个风雪呼啸的夜晚，那盏昏黄的马灯下，那把拍在桌子上的手枪前，换成是我，我会怎么样？我能和她一样吗？

二队的队部，在以后的日子里，包括我在二队的时候，也包括1982年和2004年我两次重返北大荒回到我们二队，路过这里的时候，我都没有再进去过。我对它充满厌恶，在我的眼里，它成为那个时代黑暗与罪恶的象征。难道不是吗？可以在毫无根据、凭空想象中随便质问一个人男女关系的事情吗？而且，可以毫无顾忌地拍出手枪吓唬一个还不到十七岁的小姑娘？

由于她的坚持，我幸免于难。

第二年，刚刚开春的一个黄昏，我独自一人拿着饭盒，依然如丧家犬一样，垂着头往队上的知青食堂走，忽然觉得四周有许多眼睛聚光灯似的都落在我的身上。那种感觉很奇怪，其实我并没有抬头看什么，但那种感觉像是毛毛虫似的，一下子爬满我的全身。抬

1968 年，北大荒的青春纪念

头一看，在我前面不远食堂的豆秸垛旁，站着一个姑娘，手里拿着一个铝制的饭盒。我不敢确定，是不是在那里等着我。

是她，她可真会找地方，她身后的豆秸垛，是那样的醒目，让我想起秋收她帮我割豆子接垄时相遇的那个结霜的夜晚。似乎那是一场戏的开头，这时候的收割完的豆秸垛起来的豆秸垛，成了她特意选择的一个明亮的收尾。

那一刻，那个褐色有些像是经冬后发旧狍子皮的豆秸垛，被晚霞照得格外灿烂，映照得像着了火一样红。

食堂前是两大排知青宿舍，那一刻，宿舍所有的窗户都打开了，从里面探出了一个个脑袋，露出一双双惊愕的眼睛，望着我们，仿佛要演什么精彩的大戏。我的心里都有些发毛，觉得芒刺在身，站在那里一动不动。她就那样向我走了过来，在众目睽睽之下，一直走到我的面前。我的脑子里一片空白，只是在想她的胆子也太大了，这种时候还和我那么亲热地讲话，就不怕沾包儿吗？

那时候，她才刚满十七岁啊。

什么叫作旁若无人？那一刻，我记住了这句成语，也记住了她和那个北大荒落日的黄昏，并且记住了那个在晚霞映照下像是着了火一样的豆秸垛。

那是 1970 年的春天，整整五十年前的春天。北大荒的豆秸垛！

2020 年 5 月 1 日写毕于北京

嘟柿的记号

　　在北大荒，有一度我对嘟柿非常感兴趣。原因在于没来北大荒之前，曾经看过林予的长篇小说《雁飞塞北》，和林青的散文集《冰凌花》，两本书书写的都是北大荒，都写到了嘟柿。来到北大荒的第一年春节，在老乡家过年，他拿出一罐酒让我喝，告诉我是他自己用嘟柿酿的酒。又提到了嘟柿，让我格外兴奋，一仰脖，喝尽满满一大盅。这种酒度数不高，微微发甜，带一点儿酸头儿，和葡萄酒比，是另一种说不出的味，觉得应该是属于北大荒的味。

　　这样两个原因，让我对嘟柿这种从未见过的野果子充满想象。都说家花没有野花香，其实，家果也没有野果味道好。在北京，常见的是苹果、鸭梨、葡萄之类的果子；到北大荒，常见的是沙果、苹果和冻酸梨；也在荒原上，见过野草莓和野葡萄（我们称之为"黑珍珠"）；只是从未见过嘟柿。在想象的作用力下，常见的水果，自然没有未曾见过的野果那样有诱惑力，便觉得嘟柿应该属于北大荒最富有代表性的果子了吧？

　　非常好笑，起初因为嘟柿中有个柿字，望文生义，我以为嘟柿和北京见过的柿子一样，是黄色的。老乡告诉我，嘟柿是黑紫色的，吃着并不好吃，一般都是用来酿酒；并告诉我这种野果，长在山地和老林子里。我所在的生产队在平原，很难见到嘟柿。这让我很有些遗憾，老乡看出我的心情，安慰我说什么时候到完达山伐木，带我去找嘟柿，那里的嘟柿多得很。可是，一连两年都没去完达山伐木，嘟柿只在遥远的梦中，一直躺在林予的小说和林青的散文里睡大觉。

一直到 1971 年，我被借调到兵团师部宣传队写节目，秋天，宣传队被拉到完达山下的一个连队体验生活，嘟柿一下子又活蹦乱跳地出现在我的面前，仿佛伸手可摘。

有一天，吃饭的时候，我说起嘟柿，问宣传队里的人谁见过，大家都摇头，队上吹小号的一个北京知青对我说："我见过，那玩意儿在完达山里多的是，不稀罕。"

我和他不熟，我们俩人前后脚进的宣传队，彼此认识不久。他比我小两岁，六七届老高一，从小在少年宫学吹小号，有童子功。我知道，他就是从这个连队出来的，常到完达山伐木、打猎、采蘑菇，自然对这里很熟悉，便对他说：哪天你带我去找找嘟柿怎样？我还从来没见过这玩意儿呢。

他一扬手说：那还不是手到擒来的事情！

宣传队有规定，不许大家私自进山，怕出危险，山上常有黑熊（当地人管熊叫黑瞎子）出没。休息天，吃过午饭，悄悄地溜出队里，他带我进山。宣传队来到这里以后，进过几次完达山采风，都是大家一起，有人带队，说说笑笑的，没觉得什么。这一次，就我们两个人，虽说正是秋天树木色彩最五彩斑斓的时候，但越往里面走，越觉得完达山好大，林深草密，山风呼呼刮得林涛如啸，好风景让位给了担心。待会儿还能找回原路走回去吗？在北大荒的老林子里迷路，是常有的事，当地人称作是"鬼打墙"，就是转晕了也走不出这一片老林子。那可是非常可怕的事情。要是到了晚上，还走不出来，月黑风高，再碰上黑熊，可就更可怕了。即使没出什么危险，让大家打着手电筒、举着马灯，进山来满世界找，这个丑也出大了。

我忍不住，将这担心对小号手说了。他一摆手，对我说："你跟着我就踏踏实实把心放进肚子里，我在这一片老林子里走的次数多了，敢跟你吹这个牛吧——脚面水，平蹚！"

看他胸有成竹的样子，我的心踏实了一些，问他怎么有这么大的把握，他告诉我："你看这里的每一棵树长得都相似，其实每一棵树跟咱们人一样，长得都不一样，都有它们各自不同的记号。每条被人踩出来的小路，也有不同的记号。凭着这些记号，我就能找到回去的路。"

我称赞他："可真了不得！"

他倒是很谦虚，对我说："都是跟当地老乡学来的本事。"

他说得没错，这确实是一种本事，是人们经年累月从农事稼穑伐薪猎山中积累下的本事。小号手就是凭着这些林中的记号，带我找到嘟柿的。这些记号，在他的眼睛里司空见惯，像是熟悉的接头密语，呼应着、带着他走向这一片嘟柿地，而我却不认识其中一个记号，正如他所说的，在我的眼睛里，每一棵树长得都很相似，这里的每一条小路，尽管曲曲弯弯，也都很相似。

这是一片灌木丛，旁边是一片有些干涸的沼泽，想夏天雨季的时候会有不少积水，是林子里的小鹿野兔饮水的好地方。湿润的泥土，让四周杂草丛生得格外茂密，椴树、柞树、白桦、红松、黄檗罗、紫叶李多种树木，高大参天，遮住烈日。蓊郁的林色笼罩，有些幽暗，有从树叶间投射进来的阳光，会显得特别明亮，似舞台上的追光，照亮在花草上，小精灵般跳跃，金光迸射。

扒拉开密密的草叶，终于看见了久违的嘟柿，一颗颗，密匝匝的，长在叶子的上面，而不像葡萄缀在叶下。叶子烘托着嘟柿个个昂头向上，很有些芙蓉出水的劲头儿。只是，嘟柿的个头儿不大，比葡萄珠儿还小，比黄豆粒大一点儿，椭圆形的叶子却很大，在这样大的叶子衬托下，它显得越发弱小。这样的不起眼，让我有些失望，觉得辜负了多年对其倾心的想象和向往。不过，它的颜色多少给我一点儿安慰，并不像老乡说的那样，是黑紫色，而是发蓝，不少是天蓝色，很明亮，甚至有些透明，皮薄薄的，一碰就会汁水四溢。没有成熟的，还有橙黄色甚至是微微发红的，摇曳在绿色的叶间，星星般闪烁，更是格外扎眼。

小号手告诉我，这玩意儿越到秋深时候，颜色越深，现在看颜色好看，但不好吃，经霜之后，颜色不那么明亮了，味道才酸甜可口。挂霜的嘟柿，像咱们老北京吃的红果蘸，样子和味儿都不一样呢！

我摘下几颗尝尝，果然不大好吃，有些发涩，还很酸。不过，我还是摘了好多，回去之后，学老乡也泡酒喝。不管怎么说，毕竟见到了嘟柿。北大荒的嘟柿！我想象多年的嘟柿！

回去的路，显得近些，走得也快些。小号手说得没错，凭着林中的记号，那些树木，那些小路，那些花花草草，甚至那些野兽的蹄印，都仿佛是他的朋友，引领着他轻车熟路地带我走下山，走出老林子。只是，我始终不知道在这样一片茂密的山林中，那些记号具体是些什么，都一一标记在哪里，仿佛那是对我屏蔽而唯独对他门户大开的秘境神域，是我不可见而唯独他可见可闻的魔咒或神谕。

流年似水，我离开北大荒已近五十年，一切恍然如梦，但那次进完达山寻找嘟柿的情景，仍记忆犹新。如今，我知道嘟柿其实就是蓝莓。在北京，作为水果，蓝莓已不新奇，但我敢说，如果说这是嘟柿，不少人会莫名其妙。市场上，新鲜的蓝莓果，以至蓝莓酒和蓝莓酱，或蓝莓做的蛋糕，都司空见惯。只是，那些都是人工培植的蓝莓，野生的蓝莓，才叫嘟柿。正如农村山野里柴禾妞进城，

嘟柿的记号

才将原来的丫蛋虎妞的名字，改成了丽莎或安娜。

野生的嘟柿，那些在完达山老林子里自生自灭的嘟柿，那些青春时节才会想象和向往得如梦如幻的嘟柿！如果达紫香可以作为北大荒花的代表，白桦林作为北大荒树的代表，乌拉草作为北大荒草的代表，嘟柿应该是北大荒野果当之无二的代表。

去年秋天，我在天坛，坐在双环亭的走廊里，画对面山坡上的扇面亭，一个戴鸭舌帽的老头儿站在我身后看。虽然画得不怎么样，因为常到这里来画画，已经练得脸皮厚了，不怕有人看，一般人看两眼，说几句客气话就转身走了。这个老头儿有点儿怪，一直看到我画完，都合上画本，起身准备走了，他还站在那里，盯着我看，看得我有些发毛，不知道身上有什么不对劲儿的地方，或者是他要对我讲什么。

他发话了："怎么，不认识我了？"

我望着这位显得比我岁数还要大的老爷子，问道："您是……？"

忘了？那年，我带你进完达山找嘟柿……

原来是小号手，我一把握住他的手。不能怪我，岁月无情，让他变得比我还显得一脸沧桑，真的认不出来了。同样近五十年没见，我的变化一样大，他是怎么一下子就认出我来的呢？

我把疑问告诉他，他呵呵笑道："你可真是贵人多忘事，我这个人没别的本事，就是记人记事记路记东西能耐大。是人是事是物，都有个自己的记号，你忘了在完达山，咱们是怎么进山找到嘟柿，又是怎么出山回来的了？"

我一拍脑门，连声说："没错，记号！记号！"然后，我问他："那你说我的记号是什么？"

他一指我的右眼角："你这儿有一道疤。"

没错，那是到北大荒第二年春天播种的时候，播种机的划印器连接的铁链突然断裂，一下子打在我的右眼角上，缝了两针，幸好没打在眼睛上。这么个小小的记号，当初居然被他发现，能一直记这么多年，也实在属于异禀，非一般人能有。

今年初以来，闭门宅家读书，读福柯的老书《词与物》，其中写道："必须要有某个标记，使我们注意这些事物；否则，秘密就会无限期地搁置。""没有记号，就没有相似性。相似性的世界，只能是有符号的世界……相似性知识建立在对这些记号的记录和辨认上。"福柯在说完"最接近相似性的空间变得像一大本打开着的书"这样比喻之后，引用了另一位学者克罗列斯的话："产生于大地深处的所有花草、植物、树木和其他东西，都是些魔术般的书籍和符号。"他还引用了克罗列斯的另外一句话：这些符号"它们拥有上帝的影子和形象或者它们的内在效能。这个效能是由天空作为自然嫁妆送给他们的"。魔术般的符号！自然的嫁妆！说得真是精彩，比福柯的论述还形象生动。

读完这几段话，我立刻想起小号手，想起五十年前他带领我进完达山寻找嘟柿的情景。我惊异于福柯和克罗列斯的话，竟然和小号手以及那天的事如此惊人地吻合，仿佛他们是特意为小号手和我所写的一样。我就是那些只看见了世界万物的相似性，却无法体认其中被搁置经年已久的秘密。小号手则记住了大自然中的那些记号，洞悉了产生于大地深处的所有花草、植物、树木和其他东西中那些魔术般符号，进而有滋有味地阅读那一大本打开的书。

2020 年 5 月 4 日于北京

我和小尹在猪号的日子

冬天猪号的记忆，对于我，总是和那口井，和那口锅，和小尹相连在一起的。

那口井，在猪号前面不远，我最怵头那口井。冬天，井沿结起厚厚的冰如同火山口，又滑又高，爬到井口已经很困难，偏偏打水时又常常把水桶掉进井里，那是我最尴尬的时刻。重新把掉下去的水桶捞上来，要用一个大铁钩子钩住水桶，井很深，挂钩子的井绳子飘飘忽忽的，不听使唤，要想捞上水桶，是比鱼上钩还难的事情。那时，我干活儿真的挺笨的。

每逢这时候，小尹总会出现在我的身后，轻轻地说句："我来吧。"好像他未卜先知，早知道我笨笨地又把水桶掉进井里。他双手攥着井绳，左右摆动几下，井绳悠悠像蛇一样蠕动着，铁钩就听话地钩住了水桶。每次小尹帮我把桶捞上来，我尴尬面对的常常是他抖动结满冰霜胡茬上宽厚的笑。

我是秋天来到猪号干活儿的，和他在猪号的一间小屋里，已经住了一个多月了。他不爱讲话，我们两人基本上是白天干活儿，晚上睡觉，谁也没什么多余的话。好像在此之前演出的都是哑剧，只有冬天到了，天寒地冻了，大雪飘落了，井口结冰了，水桶掉进井里了，人物才开始张口讲话，活了起来一样。

在我的印象中，小尹的胸前总是系着一个黑胶皮围裙，那围裙很长，几乎拖到了地。他走路像是没有腿，只有上半身飘浮在半空中。

肖复兴散文

那时候，我刚从建三江师部宣传队灰溜溜地回来，是心情最灰暗的时候，谁也不愿理，哪儿也不愿去，干完活儿，闷头在屋子里看书、写东西。冬天的荒原，显得越发荒凉，却也越发安静。特别是在猪号，远在二队偏僻的一隅，到了夜晚，除了风的呼啸和猪的哼哼叫声，没有一点儿声响，更有一种远离万丈红尘之外的感觉。滤就了几丝凄凉之后，我摆出一副死猪不怕开水烫豁出去的样子，躲进被窝，埋在书本中，打发时间，沉浸在万里荒原之外的想入非非中。我睡得晚，小尹睡得早，我们俩相安无事。那时，还没有电灯，一盏马灯如豆，万里荒原似海，心像是漂泊无根的小船，不知哪里可以拢岸。这是那时我写下的拙劣诗句。

我们住的小屋，和烀猪食大屋是连在一起的，中间只隔着一道木门。烀猪食的大锅硕大无比，猪食是一直在锅里煮着，灶火一直不灭。小尹一觉起来，看马灯还亮着，披衣下炕，跑出小屋。我以为他是跑到外面撒尿，回来的时候总会带来一块热乎乎的烤南瓜，塞在我手里，让我趁热吃。他是早在猪号烀猪食的大柴灶里塞进了南瓜，那种只有北大荒才有的又面又甜的南瓜，烤得喷香，面面的、甜丝丝的，味道很像北京的沙瓤白薯。

每天帮我捞水桶和烤南瓜，让我对小尹心存感激。谁能够几乎每天都这样想着你，帮着你，默默地伸出温暖的援手，像伸出一根缆绳，挽住你飘荡不定东倒西歪不知所以的小船？那一刻，我觉得万里荒原不那么荒凉，一灯如豆也有了跳动的生气。

我就是从这时候开始注意到他，开始和他交谈的。他是从山东跑到北大荒的，那时管这样的人叫盲流，从最开始开发大兴岛住地窨子的时候，他就在我们二队干活儿了，便也就从盲流转正，成为农场正式的农工。他的年龄比我大许多，那时得有三十多了。叫他

　　　　　　　我和小尹在猪号的日子

小尹，是因为他长得个矮，其貌不扬。小尹的命苦，儿子一岁多一点儿，老婆带着儿子突然不辞而别，甩下他像一条孤零零的老狗。在农村，老爷们儿甩女人可以看作是长脸的事，被女人甩掉是被人看不起的，脸一下子掉到地面上了。一气之下，他只身闯关东来到北大荒。开始在场院里干活，有好事的泼辣女人们常拿他寻开心，甚至当众解开他的裤带，说是看看他里面那玩意儿是不是有毛病，那女人才甩了他？他不吭声，死死地抓住裤子。拽不下来他的裤子，她们就往他裤裆里灌满鼓鼓囊囊的豆子。和我被发配到猪号来不一样，他是主动离开场院，要求到猪号来的——伺候猪八戒，不和那么多人打交道。

当我听他讲述了不凡的经历之后，非常后悔刚到猪号时对他的怠慢。每个人都是一本书，打开来，一页页翻开之后，才会发现每个人活着的不容易。我很惭愧，只是顾影自怜，舔着自己的伤口，没有发现睡在身边的小尹比我还不幸。

小尹是个扎嘴的葫芦，话都憋在心里头，能对我讲述他的伤心往事，很不容易。讲完这番话之后，我们的关系发生了根本性的变化，一下子亲近了许多，即使还像以前一样，一个晚上彼此一句话都不讲，但已经心思相通，知道了彼此心里想的是什么，要说的是什么。他还是早早地睡下，我还是点着马灯写字看书，一觉醒来，他还是起来，跑到外面撒泡尿回来，给我从灶火里拨出一块南瓜。有时候，他跑回来，躺在炕上睡不着，就抽一袋关东烟，问我一句：呛不呛你？我说句：你抽你的，不碍事！然后，不是我不知道他什么时候睡着了，就是他不知道我什么时候睡着。我们就这样相敬相近，两不相扰，我看我的书，写我的东西，他想他的心事，抽他的烟。

日后，我常常想起在猪号冬天的那些日子。在那些寂静的夜晚，朔风呼啸，大雪弥漫，都是万籁俱寂，静得你只能感受到夜的深处和荒原深处隐隐的律动，像是呼吸一样轻微而均匀，烟一样笼罩在你的心头，仿佛有女人的手心或鼻息似的，柔和地抚摩着你、吹拂着你，呵气如兰的那种感觉，让你哪怕是没有笼头的野马一样的心，也俯首帖耳地安静了下来。在以后的日子里，我再也没有如同于猪号里度过的那样安静的日子。我才发现，喧嚣其实是容易的，安静却是很难的，那需要天时地利人和的综合作用。

我也常常想起关东烟的味道。我不抽烟，但那关东烟的味道，说不上好闻，而是一种让我难忘的味道。只要一想起它的味道，就立刻把我拽回到猪号的日子，小尹，便系着拖地的围裙，浮现在我的身边。

很久很久以后，我听正读高一的儿子在房间里大声高唱一首叫作《味道》的流行歌曲，唱到这样几句歌词的时候：我想念你的笑，想念你的外套，想念你的袜子，和你手指淡淡烟草味道……不知怎么搞的，心里一热，很有些感动，禁不住想起了小尹。

想起小尹，不仅他手指间关东烟浓烈呛人的味道，还有那一年刚刚开春时节他从草垫子里抱回来的一只兔子，那是一只受伤的野兔。那时，积雪还没有化干净，春寒料峭，风还很硬。那只受伤的兔子，躺在猪号外面的荒草丛中，灰色的毛间有已经发黑的血迹。小尹放猪的时候，发现了它，把它抱了回来，在猪号烀猪食的大屋里，用破木板替它搭了个窝。每天，小尹有活儿干了，找些冻白菜叶子和胡萝卜，或者从猪食里拨拉出来兔子能吃的玩意儿喂它，甚至拿来南瓜喂它，甭管吃不吃，有了小尹操不完的心和好多说不出的乐。每天夜里起来跑到外面撒完尿回来，也不会忘记看看他宝贝的兔子。屋子很大，又暖和，野兔的伤很快就好了，能够满屋子跑，追着小尹玩了。那是小尹最开心的时候。

大约有一个来月之后，记得正是最后一场埋汰雪下过并化干净之后，那天清早起来，小尹照旧先去看他的宝贝兔子。那只野兔已经跑了，屋里屋外，我陪小尹找了一圈，也没有找到。不知它是怎么拱开了大门，跑了出去的。小尹自责说都怪自己，肯定是半夜跑出去撒尿回来没把门关好！然后，他又自我宽慰地说，早晚得走，这儿又不是它的家！尽管这样说，我看得出来，小尹心里有点儿伤感，挺舍不得的。

1974年，我离开北大荒的时候，小尹还在猪号喂猪。1982年，我重返北大荒，回到队里，找不到猪号了，那里只剩下一片茂密的野草。我很想念分别八年的小尹，打听他的下落，知道他到场部打更去了。我折回场部找他，他家的门敞开着，好像知道我要来似的。我大叫一声："小尹！"出门的是个二十来岁的小伙子，对我说："我爹不在。"

我愣在那里，小尹的儿子找到了！这个比小尹高出一头的小伙子，真的就是他的儿子吗？我简直不敢相信。我告诉小伙子，我是你爸爸一起在二队猪号干活儿的好朋友，让你爸回来晚上到场部的招待所找我，说我很想念他。说完这番话以后，我发现，小伙子无动于衷，愣愣地站在那里，好像他也不相信出现在他面前的我，真的是他爸爸的朋友。

天还没擦黑，小尹就跑到招待所找到我。那一晚，因为第二天我就要离开大兴岛，陆陆续续来叙旧告别的人很多，他一直默默地坐在旁边，等别人走尽，只剩下我们两人，他站起来，说："快歇着吧，你也怪累的了。"我说我不累，使劲儿拉他，他还是转身走出屋。

北大荒的猪号

我跟着他一起走出屋，递给他一包从北京带来的香烟。他说他不抽，我以为他抽惯了关东烟，不习惯这种香烟。一问，才知道他已经戒烟了。儿子来找到他之后，他就戒烟了。"省点儿钱，给他娶媳妇用。"说完这话，他笑了，笑得有些腼腆，像个小孩子。

我又问他："媳妇呢？怎么没跟孩子一起来？"

他说："儿子来了就行了！"

那一晚，星星特别多，低垂着，仿佛一伸手就能摸得到。站在明亮的星空下，很想和他多待一会儿，问问他新的生活。他却一再催促我回屋，不断说着同样的话："快歇着吧……"然后，转身离开了。望着消失在灿烂星光月下他瘦小的身影，我心里替他高兴，他说得也对，毕竟儿子来了，父子团圆了，这是他在这个世界上唯一有血缘关系的亲骨肉。有了年轻的儿子，再衰老的父亲也有了依托和支撑，日后的日子会逐步好起来的。

回到屋里，我才发现床头柜上放着一个大海碗，一看，是几块烤地瓜，尽管已经凉了，在灯光下，油光发亮，闪动着黄中泛红的光斑，散发着丝丝的甜味儿。这是记忆中的颜色和味道。

我没有想到，这竟然是我见到他的最后一面。

2004 年，我重返大兴岛，打听小尹的消息，乡亲告诉我，他已去世多年。他死得非常惨，是死在自家的炕上两天之后，才被人发现。

我问：他的儿子呢？

他的儿子早奔到外面挣钱去了！

乡亲说完，和我一起运气。要这个儿子有什么用，跟他妈妈一样，拔腿就走，就那么不管不顾，把小尹像条丧家犬一样孤零零地抛在家里。

有时，我会想，小尹还真不如一直在喂猪，起码还有一群猪八戒能够陪着他。

如今站在大兴岛上，我再也找不到小尹了。就像再也找不到小尹为我烤的南瓜，再也找不到猪号的那口井，再也找不到猪号一样。再也找不到那些风雪呼啸或星光灿烂的夜晚，再也找不到那些春寒料峭或埋汰雪尽后的野兔子。我会一阵阵感到莫名的悲伤。一切逝去的人和物，真的都不可能还魂似的重现在今天的面前了吗？

小尹！我的猪号睡在一铺热炕上的朋友小尹！

2018 年岁末于北京

椴 树 蜜

一

那年，我回北大荒，车子跨过七星河，来到大兴岛，又笔直地朝南开出大约十里地，开到三队的路口。青春时节最重要的记忆，许多都埋藏在这里。因此，车子刚刚往东一拐弯，我犹豫了一下，是集体的行动，怕影响大家整体行程的安排，但在那一瞬间，话还是忍不住脱口而出：要不让我下车去看看老孙家吧，下午我再到场部找你们。那声音突然响起，而且是那样的大，连我自己都有些吃惊。

回北大荒看望老孙，一直是我心底里的一种愿望。这种愿望自登上北上的列车，就越来越强烈，在三队路口一拐弯，更加不可抑制。

老孙，是我们二队洪炉上的铁匠，名叫孙继胜。他人长得非常精神，身材高挑瘦削，却结实有力。脸膛瘦长，双目明朗，年轻时他一定是个俊小伙儿。他爱唱京戏，"文革"前曾经和票友组织过业余的京戏社，他演程派青衣。

他是我们队上地地道道的老贫农、老党员，是在我们队上说话颇有分量的一个人。他打铁的时候，夏天爱光着脊梁，套一件帆布围裙，露出膀子上黝黑的腱子肉，铁锤挥舞之中，迸溅得铁砧上火星四冒，像有无数的萤火虫在他身边嬉戏萦绕着。能够找他为自己打一把镰刀，在我们二队是值得骄傲的事情。我曾经到洪炉找过他，请他给我打一把镰刀，他二话没说就答应了，没过几天就忙里偷闲替我打好了。我去烘炉取镰刀时，看到他光着脊梁干活的情景，觉得那是我们队上最美的一幅画。在二队的时候，我曾经写过一首诗《二队的夜晚》，里面专门写了洪炉夜晚老孙打铁这样美丽的情景。令人欣慰的是，当时，很多知青把这首诗抄在笔记本里，至今居然还有人能够背诵。其实，当时这首诗主要是为了写老孙，是记录我对老孙的一份感情。

这份感情，就像洪炉上淬火迸发出火热而明亮的火星一样，发生在 1969 年的冬天。那一年，我二十二岁。

二

我和同来北大荒的九个同学，为队里的三个所谓"反革命"鸣冤叫屈，得罪了队上的头头，他们搬来工作组，认为我是为首者，便准备枪打出头鸟，查抄了我的所有日记和写的所有诗。在那个鸡蛋里都能找出骨头的年代里，欲加之罪，何患无辞？他们轻而易举便找出了我写的这样的诗句：南指的炮群，又多了几层。明明是指当时珍宝岛战役之后要警惕苏修对我们的侵犯，却被认为那"南指的炮群"指的是来自台湾，最后上纲到："如果蒋介石反攻大陆，咱们北大荒第一个举起白旗迎接老蒋的，就是肖复兴！"现在听起来跟笑话似的，但从那时起，几乎所有的人都像是躲避瘟疫一样躲避着我。这时候，我知道，厄运不可避免，就在前头等着我呢。

那一天收工之后，朋友悄悄地告诉我，晚上要召开大会，要我注意一点儿，做好思想准备。我猜想到了，大概是要在这一晚上把我揪出来，和那三个"反革命"一勺烩了。因为早好几天前这样的舆论在全队就已经雾一样弥漫开了。队上的头头走路，都情不自禁像鹅一样昂起了头。

那一天晚上飘起了大雪。队上的头头和工作组的组长都披着军大衣，威风凛凛地站在食堂的台上，我知道躲过初一躲不过十五，硬着头皮，强打着精神，来到了食堂。就在前不久，也是在这里，我还慷慨激昂振振有词地为那三个"反革命"鸣冤叫屈，把当时的会场搅动得如同沸腾的锅，如今一下子却跌进了冰窖。我虽然做好了思想准备，心里还是忍不住瑟瑟发抖，不知道待会儿真的要揪到台上，我会是一种什么狼狈的样子，他们会不会也在我的脖子上挂链轨板？我一下子如同丧家之犬，只好无可奈何地等待着厄运的到来，才知道英雄人物和反革命这两类人物，其实都不是那么好当的。

谁能够想到呢，那一晚，工作组组长声嘶力竭地大叫着，一会儿说阶级斗争的新动向，一会儿重复着说如果蒋介石要"反攻大陆"真打过来了，咱们队头一个打白旗出去迎接的肯定是肖复兴……然后，又非常明确地指着我的名字，又拽出他刚进二队时说过的话，说我是过年的猪，早杀晚不杀。总之，他讲了许多，讲得都让人提心吊胆，但是一直讲到最后，讲到散会，言辞虽然激烈，也没有把我揪到台上去示众。我有些莫名其妙，今晚不揪了，也许放到明晚了？

我坐在板凳上一动不动，等着所有的人走尽，才拖着沉甸甸的步子走出食堂。忽然，看见食堂门口唯一的一盏马灯的灯光下面，很显眼地站着高高个子的一个人，他就是老孙。雪花飘落他一身，就像是一尊白雪的雕像。

那时，四周还走着好多的人，只听老孙故意大声地招呼着我：肖复兴！那一声大喝，如同戏台上的念白，不像青衣，倒像是铜锤花脸，字正腔圆，回声荡漾，搅动得雪花乱舞。

紧接着，他又大声说了一句："到我家喝酒去！"然后，大步走了过来，一把拉住我的胳膊，当着那么多人包括队上的头头和工作组组长的面，旁若无人地把我拖到他家里。

炕桌上早摆好了酒菜，显然，是准备好的。老孙让他老婆老邢又炒了两个热菜，打开一瓶北大荒酒，和我对饮起来。酒酣耳热的时候，他对我说："我和好几个贫下中农都找了工作组，我对他们说了，肖复兴就是一个从北京来的小知青，如果谁敢把肖复兴揪出来批斗，我就立刻上台去陪斗！"

谁肯艰难际，豁达露心肝？

算一算，快五十年过去了，许多事情、许多人，都已经忘却了，但铁匠老孙总让我无法忘怀。有他这样的一句话，让我觉得北大荒所有的风雪所有的寒冷都变得温暖起来。对于我所做过的一切，不管是对是错，都不后悔。什么是青春？也许，这就叫青春，青春就是傻小子睡凉炕，明知凉，也要躺下来是条汉子，站起来是棵树。

三

1982年，大学毕业那年的夏天，我回北大荒一次。回到大兴岛上，第一个找到的就是老孙。那是我1974年离开北大荒和老孙分别八年后的第一次相见。当时，他已经从二队调到三队，正在洪炉上干活，系着帆布围裙，挥舞着铁锤，火星四溅在他身子的周围。一切是那样的熟悉，那一瞬间，像是回到那年找他为我打镰刀时的情景。他一眼看到我，停下手里的活儿，我上前一把握着他的手，一句话也说不出，泪水模糊了我的眼睛。

他把活儿交给了徒弟，拉着我向他的家走去，一路上，什么话也没有说，只是用他那结满老茧的大手紧紧握住我的手。那手如此有力，如此温暖。刚进院门，就大喊一声：肖复兴来了！声音响亮如洪钟，让我一下子就想起那年冬天在队上食堂门前风雪中那一声洪钟大嗓的大喝：肖复兴！到我家喝酒去！

进了屋，他老婆老邢把早就用井水冲好一罐子椴树蜜的甜水端到我面前。一切，真的像是镜头回放一样，迅速地回溯到以前。自从那个风雪之夜老孙招呼我到他家喝的第一顿酒之后，在北大荒的那些日子里，冬天，我没少到他家喝酒吃饭打牙祭。他家暖得烫屁股的炕头，我没少和他面对面地坐在一起。春天，到他家吃第一茬春韭包的饺子，夏天，到他家喝从井里冰镇好的椴树蜜，是我最难忘的记忆了。

那春韭嫩绿嫩绿，从他家屋后园子里割下来，常常还带着露珠，根根亭亭玉立，像从泥土里钻出来的小美人。只要听见老邢在柞木菜墩上剁韭菜馅，就能闻见清新的香味，那种带有春天湿润气息和一种淡淡草药的气味，特别蹿，一下子就冲撞进我的鼻子里，然后像长上了翅膀一样，蹿得满屋子都是。老邢用她家鸡新下的蛋和韭菜拌在一起的饺子馅，真的特别好吃。返城以后的日子里，尽管也吃过无数次韭菜馅的饺子，却怎么也比不过老孙家的香。

椴树蜜，是北大荒最好的蜜了，在我们大兴岛靠近七星河底窑的老林子里，有一片茂密的椴树，夏天开白色的小花，别看花不大，但开满满树，雪一样皑皑一片，清香的味道，荡漾在整片林子里，会有成群的蜜蜂飞过来，也有养蜂人拿着蜂箱，搭起帐篷，到林子里养蜂采蜜。那时候，椴树开花前后，老孙爱到那片老林子里养几箱蜜蜂，专门整些椴树蜜。他家菜园子里，有他自己打的一口机井，他常常把椴树蜜装进一个罐头瓶子里，然后放进井下面，等收工回来的时候，把椴树蜜从井里吊上来喝，冰凉沁人，是那时候冰镇的最好法子，井就是他家的冰箱。

喝到这样清凉的椴树蜜，岁月一下子就倒流了回去，让你觉得一切都没有逝去，岁月曾经经历过的一切，都可以复活，保鲜至今。

四

如今，又是那么多个年头过去了，我不知道老孙变成什么样子了。算一算，他有七十上下的年龄。我真的分外想念他，感念他。

又到了三队，模样依旧，却又觉得面目全非，岁月仿佛无情地撕去了曾经拥有过的一切，只是顽固地定格在青春的时节里罢了。在场院上，看见了现在三队的队长，是当年我当小学老师时教过的学生。他带着我往西走，还是当年的那条土路，路两旁，不少房子仍是当年我见到的老样子，只是显得更加低矮破旧，大概前几天下过雨，地翻浆得厉害，拖拉机链轨碾过的沟壑很深，地更加的凹凸不平。由于是大中午，各家人都在屋子里吃饭休息，路上，没见一个人，只有一条狗和几只鸡，在热辣辣的阳光下寂寞地吐着舌头或刨土啄食。记忆中，1982 年来时，也是走的这条路，老孙拉着我的手就往他家走，一路上洪亮的笑声，一路上激动的心情，恍若昨天。

肖复兴散文

如果没有记错的话，前面就应该是老孙家。不过，在北大荒，各家的房子基本一样，又有那么多年没来，我不大敢保证，问了一下年轻的队长，队长说就是。正说着，走到老孙家前十来步远的时候，老孙院子的栅栏门推开了，从里面走出来一个女人，正是老孙的老伴老邢，仿佛她就像知道我要来似的，正在门口迎我。我赶紧走了几步，走到她的面前，她有些感到意外，愣愣地望着我。队长指着我问她：你还认识吗？看是谁？她只是愣了那么一瞬间，立刻认出了我来，一把抓住我的胳膊，眼泪唰地流了出来，我也忍不住哭了起来，我们俩什么话也没有说出来，只感到彼此的手都在颤抖。

　　走进老孙的家门，她才抽泣地对我说老孙不在了，我从她刚刚的眼泪里就已经意识到了。问起当时的情景。老孙一直有血压高和心脏病，一直不愿意看病，更舍不得吃药，省下的钱，好贴补给他的小孙子用。那时，小孙子要到场部上小学，每天来回走十六里，都是老孙接送小孙子上学。两年前的三月，夜里两点，老邢只听见老孙躺在炕上大叫了一声，人就不行了。小孙子整整哭了两天，舍不得爷爷走，谁劝都不行，就那么一直眼泪不断线地流着。

　　我想象着当时的情景，开春前后，正是心血管病的多发期，三月的北大荒，积雪没有化，天还很冷，就在这间弥散着泥土潮湿地气的小屋里，就在我坐的这铺烧得很热的火炕上，老孙离开了这里，离开1959年他二十六岁从家乡山东日照支边来到这里就没有离开过的大兴岛。那一年，老孙才六十九岁，他完全可以多活一些年。

　　望着老孙曾经生活过那么久的小屋，我的心里很不是滋味。那年，我来看老孙时，就是在这间小屋里，这么多年过去了，小屋没

椴树蜜

有什么变化，所有简单的家具，一个大衣柜、一张长桌子，还是老样子，也还是立在原来的老地方。一铺火炕也还是在那里，灶眼里堵满了秫秸秆烧成的灰。家里的一切似乎都还保留着老孙在时的老样子，只要一进门，仿佛老孙还在家里似的。那些简陋的东西，因有了感情的寄托，富有了生命，更像是有形的灵魂和思念。

一扇大镜框还是挂在桌子上面的墙上，只是镜框里面的照片发生了变化，多了孙子、外孙子的照片，没有老孙的照片，我仔细瞅了瞅，以前我曾经看过的老孙穿着军装和大头鞋的照片，和一张虚光的人头像，都没有了。那两张照片，都是老孙年轻时照的，那张虚光的照片是老孙外出唱戏的时候在富锦县城照相馆里照的。一定是他老伴老邢怕看见照片，触景伤情，取下了吧。

我小心翼翼地问老邢："老孙的照片还在吗？"

她说："还在。"说着，从大衣柜里取出了一本相册，我看见在里面夹着那两张照片。还有好几张老孙吃饭的照片，老邢告诉我：那是前几年给他过生日时照的。我看到了，炕桌上摆着一个大蛋糕，好几盘花花绿绿的菜，一大盘冒着热气的饺子，碗里倒满了啤酒。老孙是个左撇子，拿着筷子，很高兴的样子。照片中，老孙显得老了许多，隐隐约约的，能够看出一点病态来，他拿着筷子的手显得有些不大灵便。

我从相册取出一张老孙拿着筷子夹着饺子正往嘴里塞的照片，对老邢说："这张我拿走了啊！"她抹着眼泪说："你拿走吧。"

我把照片放进包里，望望后墙，还是那一扇明亮的窗户，透过窗户，能看见他家的菜园，菜园里有老孙自己打的一眼机井，我那次来喝的就是那眼机井里打上来的水冲的椴树蜜。似乎，老孙此时就在那菜园里忙乎着，一会儿就会走进屋里，拉着我的手，笑眯眯

肖复兴散文

地打量着我，如果高兴，兴许还能唱两句京戏。他的唱功不错，队里联欢会上，我听他唱过。

那一瞬间，我有些恍惚，在走神。人生沧桑中，世态炎凉里，让你难以忘怀的，往往是一些很小很小的小事，是一些看似和你不过萍水相逢的人物，是一些甚至只是一句却足以打动你一生的话语。于是，你记住了他，他也记住了你，人生也才有了意义，才有了可以回忆的落脚点和支撑点。我一直以为回忆的感动与丰富，才是人一辈子最大的财富。

当我回过神来，发现老邢不在屋了，我忙起身出去找，看见她在外面的灶台上为我们洗香瓜。清清的水中，浮动着满满一大盆的香瓜，白白的，玉似的晶莹剔透。这是北大荒的香瓜，还没吃，已闻到香味。

我拽着她说："先不忙着吃瓜，带我看看菜园吧。"

菜园很大，足有半亩多，茄子、黄瓜、西红柿、豆角……姹紫嫣红，一垄一垄的，拾掇得利利索索，整整齐齐。只是老孙去世之后，那眼机井突然抽不出水来了。这让老邢，也让所有人感到奇怪。有些物件，和人一样，也是有感情的，有生命的。生死相依，一世相伴，有时候，并不只局限于人。

空旷的菜园里，只有我们两个人，午后的风也凉爽了许多，整个三队安静得像是远遁尘世的隐士。前排房子的烟囱里有烟冒出来，几缕，淡淡的，活了似的，精灵一般，袅袅地游弋着。远处，是蓝天，是北大荒才有的那样湛蓝湛蓝的天，干净得像是用眼泪洗过一样，安静得连蜜蜂飞过的声音都听不见。

那一刻，我的心一阵阵发紧。这才真正发现，我此次回大兴岛最想见的人，已经看不见了。搂着老邢的肩头，我很想安慰她几句，说几句心里的悄悄话，觉得自己的嘴其实很笨拙，说不出什么来，眼泪忍不住又落了下来。

倒是老邢握住我的手，劝起我来：老孙在时，常常念叨你。可惜，他没能再见到你。他死了以后，我就劝自己，别去想他了，想又有什么用？别去想了，别去想了，啊！你知道，我比老孙小十岁，我就拼命地干活，上外面打柴禾，回来收拾菜园子……

想一想，有时候，万言不值一杯水；有时候，一句话，能够让人记住一辈子。年轻的时候，我们并不怎么珍惜青春，年老了以后，我们再来谈青春，往往容易显得矫情和奢侈，但无论怎么说，一个人青春时节奠定的来自民间的情感和立场，却是能够影响一个人的一辈子。如果说我们的青春真是蹉跎在那场上山下乡运动中的话，那么，曾经有过这样的一个人，有过这样一句话，那么，到什么时候都要相信，你的青春并不是一无所获。

那天下午，我从三队返回农场场部的时候，从车上搬下来一大塑料袋子香瓜。尽管队长说到场部也有好多香瓜，就不用带了，老邢却坚持一定要把这些香瓜塞上车，让他们一定给我带回来。她说："你们的是你们的，那是我的。"然后，她对我说："老孙要是在，还能给你带点儿椴树蜜，老孙不在了，家里就再也不做椴树蜜，就用这香瓜代替老孙的一点儿心意吧。"一句话，说得我泪如雨下。我已经好久未曾落泪了，不知怎么搞的，那一天，我竟然无可抑制。

一连几天，满屋子都是香瓜的清香。

2017 年 12 月 14 日于布鲁明顿

七星河和挠力河

一

北大荒的土地上，很有几座有名的岛，其中雁窝岛和大兴岛最有代表性。雁窝岛，是 1958 年十万转业官兵开发北大荒的代表作，可以说是北大荒开发出来的第一批荒原的佼佼者，至今岛上还矗立有国家副主席董必武题词"雁窝岛"的纪念碑，记载着那段不平凡的岁月。大兴岛，是 1965 年由第一批到北大荒的北京知青和复员军人、山东移民开发北大荒的代表作，1966 年 3 月，由开发作业区改名为农场，当时叫七星农场大兴分场。1967 年的冬天和 1968 年的夏天，连续来了几批北京、天津、上海、哈尔滨的知青，共同开发大兴岛，不断成立新建的生产队，成为知青一代和北大荒密不可分的一座地理坐标。

我是 1968 年 7 月去的大兴岛，有幸成为开发大兴岛的第二代人。

我们大兴岛，之所以被称为岛，是由于被两条河所包围。北面的一条河叫七星河，南面的一条河叫挠力河。这两条河都有些属于自己的古老历史，清时记载，七星河当时叫作西勒喜河；挠力河那时叫诺雷河和诺罗河，都是满语，说明清人入关主政后，这两条河在那时的版图和管辖的范畴。这两条河如同两条手臂，环绕着大兴岛，一直往东北方向流去，在红旗岭农场交汇。

1965 年之前，这里除了有少数当地农民之外，荒无人烟，是一片沉寂多年的亘古荒原。

1982 年，我大学毕业。暑假，我回北大荒一趟。七星已经改名为建三江，火车站马上就要建成。离开那里八年了，不能说是沧海桑田吧，变化还是挺大的。过七星河时，我请司机停了一下车，想看看桥和河。芦苇丛依然很茂密，只是，河水似乎瘦了很多，前面就是桥，那是我们用了几个冬天的时间修建起来的桥。桥下的水，并不显得浪花奔涌。桥的两侧栏杆前，各立有一座桥碑。说是桥碑，其实就是一个长方形的水泥柱子，和桥的栏杆连为一体，比栏杆高出一截而已，是当时七星河桥建成的纪念。我走到桥前，桥碑上居然还是当年刻上的"反修桥"三个凸出的大字。十几年过去了，时代发生了翻天覆地的变化，这三个凸出的水泥大字，依然顽强书写着岁月抹不去的痕迹，无语沧桑，独立斜阳。

那时，知青返乡热还没兴起，我是二队乃至全大兴岛第一个回去的知青，乡亲们都还健在，心气很高。我赶回曾经待过的二队的上午，队上特意杀了一头猪，在两家老乡家摆出了阵势，热闹得像准备过年。

几乎全队的人都聚集在那里，等着和我一醉方休。刚进农家小院，大家就围拢上来。挨个乡亲，我仔细看了一周遭，发现只有车老板大老张没有来。我问大老张哪儿去了，所有人都笑了起来，七嘴八舌地叫道：喝晕过去了呗！得等着中午见了！

大老张是队上有名的酒鬼。一天三顿酒，一清早起来，第一件事是摸酒瓶子，赶车出工的时候，腰间别着酒葫芦，什么时候想喝，就得闷上一口。有时候，去富锦县城拉东西，回来天落黑了，他又喝多了，迷了路，幸亏老马识途，要不非陷进草甸子里，回不了家。

不过，大老张干活不惜力，他长得人高马大，一身力气，麦收豆收，满满一车的麦子和豆子，他都是一个人装车卸车，不需要帮手。需要帮手的时候，他总叫上我。因为他爱叫我给他讲故事，他最爱听《水浒》。我们俩常常为争谁坐《水浒》里的第一把交椅而掰扯不清，我说是豹子头林冲，他非要说是阮小二，因为阮小二是打鱼的，他家祖上也是打鱼的。自从他爷爷闯关东之后，他就会赶马车。

　　我知道，谁都爱说过五关斩六将，谁爱说自己走麦城呀？大老张醉酒后闹笑话的事情多了去了，他不说，我当然不会去揭他的伤疤。那一次，他的老闺女病得发高烧，他赶着马车，拉着闺女往医院赶，老婆要跟着他一起去医院。他不让，也是，家里还有几个孩子需要人看呢。他老婆不去了，但是一再嘱咐他路上千万不要喝酒！他答应着，马车刚赶出大队不远，他就忍不住了，掏出酒葫芦开始往嘴里灌。一路赶车，一路喝酒，从二队到场部十六里地，这十六里地，他不知道赶过多少回马车，轻车熟路，闭着眼都能把车赶到场部，他心想会有什么问题。谁想到问题出来了，从二队到三队这八里地最难走，下雨后翻浆的土路，坑坑洼洼，颠簸不平，老闺女发着高烧一直昏睡，在马车赶到三队前面一点儿的时候，马车颠簸竟然把闺女给颠了出去，滚到车后身的泥路上。他把车赶到医院前，下车准备抱闺女时，才发现闺女没有了，惊出一身冷汗，酒也醒了。

　　那一次，幸亏二队前面的路没修成沙石路，还是土路，要不还不把他闺女给摔坏了。也幸亏那天夜里三队的人有事情，赶着马车往场部赶，刚出三队的队口，发现地上的孩子，一看发着高烧昏迷着，赶紧抱起孩子，赶着马车往医院奔，没等大老张的马车赶出场

159

部，就碰上了三队的车把式，大家都认识，一见大老张一脸汗珠子惊魂失散的样子，就知道怎么回事了。

有了这样事情的发生，几乎全队的人都数落大老张，劝他的，骂他的，一句话，都是劝他千万别再喝了。可他哪里听得进去！生就了骨头长就的肉一般，酒是无法从他的生活中像吃鱼剔刺一样将刺剔出。

知道我和大老张关系不错，大老张老婆老找我，让我劝大老张少喝点儿。其实，我没少劝，但效果不佳，劝他的话像雨水打在水泥地板上，根本渗不进他心里一点一滴。每一次劝，他都会说："停水停电不停酒！"然后，接着雷打不动地喝。

好几次，为了这个酒，我都差点儿和他绝交，但是，每一次，看到他酒后泪流满面的样子，我心里都非常痛。在二队那么多知青里，他和我的关系最为密切，很多人都因为他的醉酒而远离他，甚至讨厌他，我怎么可以离开他，让他成为孤家寡人呢？再说，他确实是一个重情重义的好人。

1974 年的春天，我离开二队回北京那年，他请我到他家吃饭，我说去不了，他说咱们只是吃饭，不喝酒！我说，不是喝酒的事，是我们同学已经定好了一起聚聚。他不说话了。我临走时，他赶了过来，从怀里掏出两瓶北大荒酒送我。我真的是哭笑不得。

重返大兴岛的那天午饭，我也没少喝酒。两户人家，屋里屋外，炕上炕下，摆了好几桌，杀猪菜尽情招呼。乡亲们问我这个人怎么样，那个人又怎么样，一个个的知青，都关心地问了个遍。就着北大荒酒的酒劲儿，乡亲们的热情，一浪高过一浪。

午饭快要结束的时候，院子里传来了粗葫芦大嗓门，叫着我的名字：肖复兴在哪儿了？一听，就是大老张，这家伙，真的是等到中午才来？早晨的酒劲儿过去了，又接着中午这一顿续上？

我赶紧起身叫道："我在这儿！"

他已经走进了屋，大手一扬，冲我叫道：看我给你弄什么来了。我定睛一看，他手里拎着两条小鱼。那鱼很小，顶多有两寸来长。

他接着对我说："一清早我就到七星河给你钓鱼去了，今天真是邪性，钓了一上午，钓到现在，就钓上这么两条小鲫瓜子，如今的七星河不比以前了！"说着，他把鱼递给身边的一个妇女，嘱咐她，"去给肖复兴炖汤喝，我就知道你们吃的什么都有，就是没有鱼！"

有人调侃大老张："我们还以为你喝晕过去了呢！"

大老张一本正经地说："今儿我可是一滴酒还没有喝呢，我说什么也得给咱们肖复兴钓鱼去，弄碗鱼汤喝呀！酒喝多了，鱼怎么钓？"

这话说得我心头一热。自从认识大老张以来，这是他第一次一上午滴酒未沾。

鲫鱼汤炖好了，端上来，只有小小的一碗。炖鱼的那个妇女说："鱼实在是太小了！"

大家都让我喝，说这可是大老张的一片心意！这时候，大老张已经喝多了，顾不上鲫鱼汤，只管呼呼大睡。满是胡子茬的大嘴一张一合吐着气，像鱼嘴张开吐着泡泡；浑身是七星河畔水草的气味。

什么时候，有过一个人，整整一个上午，让你喝上一碗鱼汤，而为你专门去钓鱼？而且，尽管是忍痛一时，也要戒了他一生的嗜好。我的心里说不出的感动。独木不成林，一个地方，之所以让你怀念，让你千里万里想再回去看看，不仅仅是那个地方让你难忘，更是有人让你难忘。

我永远难忘那碗小小的鲫鱼汤，汤熬成了奶白色，放了一个红辣椒，几片香菜，色彩那样的好看，味道那样的鲜美。算一算，几十年过去了，七星河还在，但是，钓鱼的人不在了。那个唯一一上午忍着酒虫子钻心而专心地坐在那里，为你钓鱼的人不在了。但是，曾经有这样的一个人在，有这样的一碗鲫鱼汤在，七星河对于我便非同寻常，让我永远不能忘怀。

二

挠力河在大兴岛最南端，从二队到挠力河，没有直道，必须要先往东走到农场的场部，然后，往南走二十里左右，才可以抵达挠力河。先要到七队，七队是大兴农场最南端的一个生产队。再往南走，有一个鱼梁子，和七星河前杨万子的鱼梁子一样，是人们到挠力河前歇脚的地方，只是这个鱼梁子远不如杨万子大，只是在洼地凸起的一个土包上盖起一间简陋的茅草房。在那里，有人会带你走到河边，因为和杨万子到七星河之间一样，前面全都是沼泽地，只有在沼泽中间有一条人们为了打鱼修成的土道，弯弯曲曲的，隐没在水草中，不熟悉地形的人，很容易一脚踩空，陷进沼泽地里出不来。

比起七星河，挠力河更为宽阔，浪大水急，地形复杂，要是出大兴岛，不会过挠力河，而只会过七星河。但是，挠力河里的鱼多，是七星河无法比的。

有一个叫盛贵林的北京知青，从七队调到我们农场的加工队。

162

这是农场的新建队，为生产队服务，主要工作是磨面、榨油、做烧酒，供应全农场的吃喝。加工队的建立，是农场发展的结果，能够调到那里去，大多是懂行的行家里手。

加工队新建的酒坊，烧出来的第一锅酒，当年在大兴岛也算是一件大事。豪爽的北大荒人，怎么可以没有酒喝呢？尤其在冬天的火炕上，白雪红炉、关东烟、烈性酒、老毛嗑儿（葵花籽），成为那时的标配。

酒坊里有一个姓韩的师傅新生的婴儿缺奶，韩师傅两口子只好喂一些玉米糊糊或者面汤，孩子哪里吃得饱，整天嗷嗷地哭啼，让盛贵林动了恻隐之心。听说喝鱼汤可以催奶，便想到原来所在的七队，在七队时，到挠力河捉鱼是手到擒来的事，即使没有北大荒谚语"棒打狍子瓢舀鱼"那样邪乎，但也不是什么难事。他想到挠力河给师傅弄几条鱼来，给师傅的老婆熬汤喝。

如果是平常的日子，到挠力河弄鱼，别说是几条，就是几十条也没有问题。从春天挠力河开化，到冬天结冰之前，挠力河就是七队自己的鱼塘。在整个大兴岛，吃鱼最方便最多的当属七队。七队得天独厚，是沾了挠力河的光。

盛贵林想给师傅弄鱼吃，是什么时候呀，正是数九寒天，挠力河的冰都结了一两尺厚的一层。鱼梁子的人都早撤了下来，猫在自己家里火炕上呢。这时候打鱼，不是异想天开吗？

但是，盛贵林心疼师傅，心疼师傅刚呱呱坠地的孩子。他请下假，从加工队往七队赶。天寒地冻，正临近春节，路上人很少，赶到七队已是黄昏，在路口碰见赶牛车的当地老农杨德云。听说盛贵林大老远从加工队回来是为了弄几条鱼，给师傅的老婆下奶喂嗷嗷待哺的孩子，一把拉住了他，把他拉到自己的家里。

这时候，到挠力河里弄鱼，除非凿冰去取，这数九寒冬的，还不把他一个北京小知青冻个半死？从七队到挠力河，穿过队最南头的菜园，抄近路，有五六里地远。这五六里地，是一片荒野，在夏天，是沼泽地，除了野鸭野雁水獭，没有别的凶猛的动物，但到了冬天，荒草萋萋，常是野狼出没的地方。先别说去挠力河了，就是在这半路上，遇到狼也够他一个人招呼的。杨德云怎么能够让他一个北京的小知青冒这个险呢？

杨德云把盛贵林拉到自己的家里，让老婆先做了个烙饼摊鸡蛋（那年月里鸡蛋是稀罕物），再让老婆把炕烧烧热，把炕头让给盛贵林，把家里唯一一床新被褥给盛贵林，然后，对盛贵林说：你一路也累了，先睡下吧！

盛贵林还惦记着给师傅去弄鱼呢，师娘等鱼汤催奶，着急的事呀。杨德云拍拍他的肩头，说："你安安稳稳地把心放进肚子里，鱼的事情，包在我身上，明天你回加工队，我一准儿让你把鱼带走。"

他说得那么坚决，盛贵林放心了，加上肚子里有了食，一路跑得也累，躺下没一会儿就呼呼入睡了。

半夜让尿憋醒，盛贵林拧亮油灯，看见炕上没有杨德云，只有他老婆躺在光板的炕上，睁着大眼，还没有睡，见盛桂林醒了在发愣，对他说："老杨他有点儿事出去了，一会儿就回来！"

盛贵林哪里想到，杨德云是到挠力河，给他凿冰捉鱼去了。对于七队的老人来说，靠山吃山，靠水吃水，靠近挠力河吃鱼，冬天凿冰捉鱼，并不是什么难事，即使是数九寒冬，也不在话下。但那都是在白天干的活儿，谁会在大半夜里去呀？而且，河水的冰层已经冻成一两尺厚，白天一般都是用炸药把冰层炸开，捉鱼相对容易些。这大半夜的，老杨只能用冰穿子一点点把冰层凿穿，零下四十多度的天气呀，穿多厚的衣服，也会被风打透。把冰凿穿，把鱼捉上来，人还不得冻成冰棍呀！老杨呀，老杨，只是为了我说的两条鱼呀！

但是，盛贵林没有想到，老杨心里想的是，一个北京的小知青，为了自己师傅的孩子，那么远地跑回了七队，一心一意想弄两条鱼，这一份情意是多么难得，多么让他感动，再冷再难，这一夜里也要把鱼弄到手。

盛贵林更没有想到的是，老杨好不容易从冰封的挠力河里把鱼弄到手，回来的路上，就怕遇到狼，却冤家路窄，真的遇到了狼。

那真是惊险的一幕。不是一只狼，而是一群狼。黑夜里，绿色小眼睛里的贼光，闪烁在老杨的身前身后，他被狼群包围了。冬天里饥肠辘辘的狼是要吃人的，老杨不由得吓出一身冷汗。

这荒凉的荒野里，谁也救不了自己，他和狼群对峙着，他知道，这样的对峙是短暂的，他必须先要出手和狼群过招。他想起袋里刚刚从挠力河捉到的鱼，这是他唯一的子弹，他先掏出一条鱼，像投手榴弹一样，向狼群扔了出去，狼不知道遇到了什么样的武器，吓得后退，一看落在雪地上的鱼没动，一只狼跑了过来，闻了闻，没吃，又退了回去。

他又扔出第二条鱼，狼还是没吃，也没动。他把袋子里的鱼都扔光了，狼开始向他进攻。一头小狼冲在最前面，一口咬住他的脚，拖着他就跑，其他的狼跟在后面追，一直把他拖到一片灌木丛里，就听见身后一阵撕心裂肺的惨叫，在寂静的荒野里是那样的瘆人。他和拖他跑的小狼，以及那一群狼都禁不住回头张望，原来是一狼被夹子夹住了。这种钢丝盘做成的夹子，是七队人专门用来套狍子的，没想到这关键时刻套住了狼，帮助了他。真是天无绝人之路呀！

这种夹子的劲头儿特别大，狍子比狼个头儿还要大，夹上了就没得跑。小狼和其他狼都往回跑，跑到夹子前。老杨也跑到夹子前，看见那狼的腿已经被夹断，他掏出别在腰间杀鱼用的鱼刀子，怒吼一声，一刀刺死了那只狼。那一声在荒野的夜空激荡回响，血花飞溅在四周的雪地上，那一刻，老杨被自己的喊声和动作所惊骇，站立在那里，如同一个顶天立地的巨人。其他狼立刻吓得如鸟兽散。

非常吊诡的是，居然有几只狼又跑了回来，把嘴里叼的鱼扔在老杨的身前，就像落败之师投降时的缴械。

一个七队叫杨德云的当地老农，为了几条鱼九死一生的经历，为挠力河平添了一抹传奇的色彩。

记得德国作家埃米尔·路德维希曾经写过《尼罗河传》一书，这本书的副标题是"一条河的传奇"。虽然，尼罗河是一条大河，一条有名的河；环绕大兴岛的七星河和挠力河，不是大河，也不是有名的河，但是，一样拥有它们不凡的传奇。我应该也要为这两条河作传。

2018 年 7 月 20 日二稿于北京

第四辑　音乐笔记

古堡之家

寻找贝多芬

有一段时间，我突然不喜欢贝多芬，而把兴趣转向勃拉姆斯和德彪西。我觉得世上将贝多芬那"命运的敲门声"过分夸张，几乎无所不在，不仅在文学作品中屡见不鲜，以此为主人公命运的点缀，就连詹姆斯·拉斯特和保罗·莫里亚的现代轻音乐队，也可以肆意演奏他的《命运》，强烈的打击乐莫非也能发出"命运的敲门声"吗？这很有些像那一阵子将莎士比亚的《奥赛罗》改成我们的京戏，让人啼笑皆非。过分夸张，可以成为漫画，但那已经绝不再是贝多芬。而天天、处处听那"命运的敲门声"，实在让人受不了。贝多芬既非照明灯那样的思想家，也不能通俗得如同敲打不停的爵士鼓。

其实，那一段时间，我如一些浅薄的人一样，对贝多芬所知甚少。除《命运》《英雄》之外，他还有着浩瀚的音乐财富。

一个闷热不雨的夏天，我忽然听到美国著名小提琴家雅沙·海菲兹演奏的小提琴。那乐曲荡气回肠，一下子把我带入另一番神清气爽的境界。其实是乐曲的第二乐章，柔美抒情中带着绵绵无尽的沉思，那音乐主题由小提琴带动不同乐器反复出现，真让人感到面前有一幅动情的画在徐徐展开，呈现出层次丰富而色彩纷呈的画面，那乐曲让我深深感受到天是那样蓝，海是那样纯，周围的夜是那样明亮、深邃、清凉一片而沁人心脾……

后来，我知道，这同样是贝多芬的乐曲：《D大调小提琴协奏曲》。

贝多芬原来也还有这样近乎缠绵而美妙动情的旋律。我也知道：正是创作这支协奏曲那一年，贝多芬与匈牙利的伯爵小姐苔莱丝·勃朗斯威克订了婚。他将他的爱情心曲融进那七彩音符中。

　　贝多芬不是完人，却是一位巨人。当我更多地接触了一些他的音乐作品，才深感自己是面对一座高山一片森林，原来却以一石一叶而障目，自己远远没有接近这座山这片森林。贝多芬并不是夏日流行的西红柿和冬天储存的大白菜，可以俯拾皆是。他不能处处时时为你敲门，也不会恋人般无所不在地等候与你相逢。他需要寻找，用心碰他的心。

　　春天，我从海涅的故乡杜塞尔多夫出发，到科隆，然后来到波恩。我是专门来找贝多芬的。在这座城市波恩小巷 20 号的二层小楼上，1770 年 12 月 16 日，诞生了这位音乐巨匠。

　　那一天到达波恩已是黄昏，天下着蒙蒙细雨，沾衣欲湿，如丝似缕。踏上通往波恩小巷的碎石小道，我心里很为曾经对贝多芬的亵渎而惭愧。对一个人的了解是世上最难的事。对音乐的认识，我真还是识简谱阶段。此番之行，算是对贝多芬真诚的歉疚。

　　我不止一次听贝多芬《月光奏鸣曲》和《D 大调小提琴协奏曲》，每一次都为他的深情感动。贝多芬在作了这首小提琴协奏曲四年之后，他与苔莱丝小姐的婚事未成，再一次打击迎接了他，但他依然源源不断地创作出《热情》《田园》那样美妙动人的乐章。我相信这是那矢志不渝的爱的结晶，要不为什么在十年后，贝多芬提起苔莱丝仍然说："一想到她，我的心就跳得像初次见到她时那样剧烈！"而且写下那一往情深的《献给远方爱的人》。

　　不管别人如何理解贝多芬，我心目中的贝多芬的外表，绝不像街头批量生产的那种贝多芬石膏头像，也不是被人们形容的那种

　　　　　　　　　　　　　　　　肖复兴散文

"狮子似鼻尖和骇人的鼻孔"的李尔王式的悲剧人物。我懂得，他所经历的痛苦远远比我们一般凡人多得多，但他绝不仅仅是一个天天咬着嘴角、皱着眉头、忧郁而愤恨的人。正由于他对痛苦的经历与认识比我们多，对爱欲欢乐渴望的意义才比我们更为深刻，更为刻骨铭心而一往情深。他不是那种描绘性的作曲家，而是用自己的深情、自己的心和灵魂进行创作的音乐家。正因为这样，在他创作的最后一部《第九交响曲》中，既有庄严的第一乐章的快板，也有如歌的第三乐章的慢板，更有第四乐章那浑然一体高亢而情深的《欢乐颂》。听这样的音乐实在是灵魂的颤动，是心与心的碰撞，是感情世界的宣泄，是人与宇宙融为一体的升华。

雨丝飘飘洒洒，似乎也沾染上了贝多芬动人的旋律。暮色中的波恩笼罩着几分伤感的情调。小巷不长，很快便到了一座并不高的小楼前：淡藕荷色的墙，苹果绿的窗，翡翠绿的门，门楣上雕刻着橙黄色的花纹——均是新油饰而成。墙上排雨管边镶着一块木制门牌，阿拉伯数字"20"分外醒目。这便是贝多芬的故居？简陋而显得寒酸，如同他最后指挥《第九交响曲》一样，连一身黑色燕尾服都没有，只好穿件绿燕尾服将就。那门窗墙的颜色搭配得也不协调，简直像是出自小学生之手，这未免太委屈了贝多芬。只有门前两个方形的小小的花坛中栽满红的黄的不知名的小花，在雨雾中含泪带啼般楚楚动人。

可惜，我来晚了，早过了参观时间，绿门已经紧闭。我无法亲眼看看贝多芬儿时睡过的床、弹过的琴和他那些珍贵的手稿。我只有默默地仰望着二楼那扇小窗，幻想着这一刻贝多芬能够从中探出头来，向我挥一挥手；或者从窗内飘出一缕琴声，伴随着他那一阵阵咳嗽声……

没有。什么也没有。只有雨还在如丝似缕地飘洒，只有门前的小花在晚风中悄悄细语。但我分明已经感受到了贝多芬本人的气息！我终于找到了他，虽未能认识他的全部，但毕竟结识了他！我的心头掠过一阵音乐声，是我自己谱就的，虽然不成体统，却是真诚的，从心底发出的。我相信它一定能长上翅膀，飞进小楼的窗中，飞进历史苍茫的岁月，飞到贝多芬熟睡的身旁……

街灯，在这一刹那全亮了。雨中朦朦胧胧的一片，像眨动着无数只小眼睛。哪一双眼睛是属于贝多芬的？

就在这20号门旁，是一家小商店。它的对面也是家商店，不远处可以看见有汉字招牌的中国餐馆。每一家都是灯火辉煌，正是生意兴隆时辰。唯独20号这幢楼暗暗的静静的，睡着了一样。

就这样默默地走了，真不甘心！一步一回头，总觉得那窗口、那门前、那花旁、那雨中，宽脑门的贝多芬会突然出现。那样的话，我敢说所有商店、餐馆里的人都会涌出，所有辉煌的灯光也会黯然失色。

走出小巷不远，是市政大厅前宽敞的广场。我真的看见了贝多芬，他穿着件破旧的大衣，手搭在胸前，双眼严峻却不失热情地望着我。那是屹立在那里的一座贝多芬雕像。在这里，即使没有雕像，贝多芬的影子也会处处闪现，他的音乐晚会日夜不息地流淌在波恩小巷乃至整座城市上空，然后顺着莱茵河一直飘向远方。

广场旁传来一阵六弦琴声。那里，在一家商店的屋檐下，一位流浪歌手正在演奏。在杜塞尔多夫，在科隆，我都曾经见过他。他似乎只管耕耘，不问收获，每次不管听众有几个，也不管有没有人往他甩在地上的草帽里扔马克，他一样激情而忘我地演唱或演奏。

这一天，同样没有几个人听，他同样认真而情深意长地弹着他的六弦琴。

我听出来了，那是贝多芬的《致爱丽丝》。

光就是从那儿来的

艺术从来都是痛苦的结晶，或是身世，或是精神的痛苦，才使得艺术在心灵的磨砺淘洗中得以升华，变得神圣、高贵而高尚。

我们爱说高尚，不爱说高贵，以为高贵是资产阶级或者贵族的专利。其实，没有精神上的高贵和境界上的神圣，人是高尚不起来的。

《弥赛亚》，是亨德尔历经苦难之后倾注全部热情创作的一部清唱剧。这部作品的第二部"哈利路亚大合唱"，表现的是耶稣遭受的苦难和复活。这里融入了亨德尔自己的情感和经历的影子。亨德尔在这之前曾经破产贫穷如洗、病倒半身不遂；在这之后更有双目失明的悲惨境遇。

我没有听过《弥赛亚》的全剧，只听过其中的"广板"，真是百听不厌。那种清澈动人的旋律，让人感到只有来自深山未被污染的清泉，或者来自上帝手中为我们洗礼的圣水，才会这样的透明纯洁，能把我们尘埋网封的心滤就得明朗一些。有的音乐是一种发泄，有的音乐是一种自言自语，有的音乐是一种浅吟低唱，有的音乐是一种搔首弄姿，有的音乐是一种卖弄风情……亨德尔的这一段"广板"是来自天国的音乐，是来自心灵的音乐，可以让人的心灵美好崇高，可以让人面对躁动、喧嚣和污染保持一份清明纯净。

据说，《弥赛亚》在伦敦上演，当演唱到第二部"哈利路亚大合唱"的时候，在场的乔治二世深受感动，禁不住肃然起立，躬身倾听，带动在场所有的观众都站立起来恭听。从此，形成了规

肖复兴散文

矩，在世界各国演出只要演到这里时，观众们都莫不如此肃然起立。亨德尔的音乐和整个音乐大厅连带周围的世界，都充满神圣而庄严的气氛。

我很难想象这种情景。我们现在还能够出现这种情景吗？会有一种音乐，或者其他的一种艺术，能够让我们怀有如此圣洁、如此神往的心情和心地自觉而虔诚地肃然起立，去聆听、去拜谒吗？

我们的心和我们艺术，都难以滤就得如此水晶般澄净空明，宗教般虔诚景仰了。看看我们周围，当丑角变成了人生的主角，当小品成为舞台上的中心，当肥皂剧占据了人们的视线，当浅薄的二三流歌星膨胀为音乐家……我们就知道亨德尔的时代已经无可奈何地离我们远去了；亨德尔时代艺术所拥有的那种高贵神圣的感觉，已经无可奈何地离我们远去了。现在，我们的剧场、音乐厅可以越盖越高级，我们还创造出来了更为方便而现代的电视、音响、手机、CD、VCD、iPod……我们可以躺在被窝里、依偎在鸳鸯座里，嚼着泡泡糖、豪饮着冰啤酒，去听去看这些所谓的艺术，怎么可能会再自觉自愿一往情深地肃然起立，去聆听、去拜谒亨德尔的《弥赛亚》呢？

知道亨德尔的人不会太多，知道亨得利的人却一定很多。把心和艺术商品化、时装化、世俗化、市侩化，化妆成五彩斑斓的调色盘，腌造成八宝甜粥、九制陈梅的太多了。

满街连商店里都安上了高音喇叭，轰鸣起招揽生意的震天响的音乐，真正的音乐已经离我们而去；所有人的口中都唱着流行的爱的小调，真正的爱已经变成人们嘴里肆意咀嚼的泡泡糖。

也许，亨德尔的音乐和时代，都离我们太遥远、太古典。现代人已经没有了这种情感、庄严和信仰。我们的情感和信仰都已经稀

　　　　　　光就是从那儿来的

释得缺少了浓度，单薄得比不上一支风筝，自然只会随风飘摇；庄严和神圣，当然就只成为我们唇上的一层变色口红，或者是西服上的镀金领带夹。

我却为那种遥远、古典的情景和情怀而感动，并对此充满向往。人类之所以创造出了音乐和其他艺术，不就是为了让我们庸常的人生中能够涌现出这样的时刻吗？不就是能够让我们看到天空并不尽是污染，而存在着水洗般的蔚蓝、天使般的星辰和金碧辉煌的太阳吗？它们就辉耀在我们的头顶并审视着我们的心灵，让我们的心得以伸展而不至于萎缩成风化的鱼干；让我们知道还有美好的彼岸而不至于搁浅在尔虞我诈、物欲横流的泥沼。人只有在艺术的世界里，才能超越自身的局限和龌龊，创造出至善至美的神圣境界。

亨德尔的《弥赛亚》，为我们创造出了这样神圣而美好的境界。并不是所有的音乐、所有的艺术，都能够创造出这种境界的。难怪亨德尔对《弥赛亚》格外钟爱，在临终前八天，抱着病危的残躯，仍然坚持参加《弥赛亚》的演出，出任管风琴演奏。《弥赛亚》中，有亨德尔的心血，更有他的信仰。让蚯蚓般青筋暴露并颤抖的手指弹奏管风琴，即使看不到，却能够感受到全场的观众肃然起立，庄严闪烁的目光和他交融相碰，那是一种什么样感人的情景呀！

晚年的海顿，在伦敦听到《弥赛亚》时，禁不住老泪纵横，洒满脸颊。他由衷地赞叹："这是多么伟大、神圣的音乐！"他由此发誓："我的一生中一定也要创作出这样一部音乐！"

看来，海顿的心和亨德尔是相通的。海顿从伦敦回到维也纳，开始创作他的《创世记》。每天写这部音乐之前，海顿都要虔诚地跪拜在神像面前，把心袒露给上苍。我们现在对自己的艺术还会有这样的虔诚吗？其实我们不必跪拜在神像面前，只要求将手洗得干

肖复兴散文

净一些、将尘埋网封的心抖搂得明亮一些，将过早长出的老年斑去掉几颗，但我们能够做得到吗？

《创世记》在维也纳演出的时候，海顿已经卧病在床，但坐在安乐椅上，依然来到音乐会上。当听到全剧的高潮《天上要有星光》一曲响起的时候，七十七岁的海顿，竟然不顾老迈病重，神奇般从安乐椅上一下子站了起来，情不自禁地指着上天高声叫道："光就是从那儿来的！"说罢，倒下再未醒来。

第一次在书中读到这里时，我被感动得湿润了眼角。以后，每逢想到这里时，都让我的心里泛起激动的涟漪。我的耳边似乎总响起海顿这苍老而激动人心的声音："光就是从那儿来的！"

光到底是从哪儿来的？我们知道吗？我们现在还关心光到底是从哪儿来的这样的问题吗？我们还能够像海顿一样即使到死之前也要抬起老迈的头颅，去寻找光是从哪儿来的吗？

每逢想到这里，我为自己和我们这个越发物化的世界而惭愧。我便情不自禁地问自己也问这个世界：现在还会出现这种情景吗？莫非以为我们是站在了世界光明灿烂的中心，便不再需要寻找光的照耀了？莫非它真只是一道遥远而过时的古典情景，只可远看，不可走近，难以重返现代人的心中？

是海顿和亨德尔在我们的眼里变得越来越疯疯癫癫甚至有些傻，还是我们的艺术包括我们自身已经变得俗不可耐，越来越实际实用实惠，退化得失去了这种庄严神圣撼人心魄的力量？

我们的视力已经无可奈何地减退，看不到"天上要有星光"，更看不清光到底是从哪里而来射在我们的头顶，因此也无法将那束庄严而神圣的光收进我们的心中。

亨德尔活着的时候曾经说过这样的话："假如我的音乐只能使

人们愉快，那我很遗憾；我的音乐的目的是使人们高尚起来。"

我们应该让自身和艺术高尚起来。谁，哪一束光，或者什么力量，可以帮助我们高尚起来呢？

金黄色的麦秸

1848 年，意大利歌剧界不可一世的人物唐尼采蒂去世之后，他原来霸占的维也纳皇家剧院显赫的音乐总监职务空缺下来，不少人狗一样眼巴巴地窥伺着这个位置。官方请威尔第（G. Verdi, 1813—1901）来担任这个职务，并有希望将来荣升为许多人艳羡不已的宫廷音乐大师。没有想到，威尔第回信，断然拒绝。

他说我不希望当什么宫廷音乐大师，我只希望住在我的庄稼地里，写我的歌剧。那时候，他正在写《游吟诗人》，他正着迷于十五世纪西班牙的风情，爱着剧中那位吉卜赛女郎阿苏塞娜，那种融合在她身上既有女儿对母亲的爱也有母亲对儿子的爱，以及燃烧在她心里那种强烈的复仇火焰，都让威尔第情不自禁。遥远的吉卜赛热辣辣的阳光，融合着家乡田野上的清风，正鼓荡着威尔第的胸膛，他怎么能退下来去和那些曾经拒绝过他的达官贵人苟合？

他回到家乡圣阿加塔的乡下。

四十年后，1888 年，在威尔第七十五岁高龄的时候，他已经熬到德高望重的岁数，那波里音乐学院的院长快要死了，官方再一次聘请他来担当音乐学院的院长，他冷笑地摇摇头，再一次断然拒绝。

他当然想起了当年米兰音乐学院是如何把自己拒之门外的情景。那时候，他十八岁，第一次从农村来到米兰报考音乐学院，被无情地拒之门外。他当然要报复在青春时期曾经无情折磨过他的大都市和那些趋炎附势的人们。他宁可住在乡村，也不愿意见到他们的嘴脸。

他曾经这样说过："到哪儿都行，只要不在米兰或者别的哪座大城市。最好是去农村耕耘土地。土地不会让人失望。"他还是回到了家乡圣阿加塔的乡下。

威尔第向往乡村，向往土地。对于他，土地不仅是一方手帕，可以渗透失败的泪水；同时也是一只酒杯，可以盛满成功的酒浆。越是功成名就如日中天时，威尔第越是向往乡村，甚至对乡村的感情浓得化不开。他会忽然之间为自己小时候觉得故乡布塞托的天地狭小而不喜欢它感到羞愧，便迫切地渴望在故乡的田野上散步。故乡的田野，让他拥有重逢故人的感情，会给予他不期而至的灵感，他会如观察五线谱一样仔细观察土地，看土质好坏，攥起一把被阳光晒得暖暖的泥土，心里盘算着购置哪一片土地。早在《纳布科》刚刚成功之后他回到家乡的那时候，他就想购置大片土地，经营农场、猪圈、葡萄园。他觉得：土地是可以信赖的，是将来的依靠，是对一个饱受贫困煎熬人的补偿。而对于都市，他怀有的是痛苦的回忆，是报复的心理。

威尔第实在是一个怪人。他的音乐是那样豁达、细致、温情，但生活中却是那样的刻板，甚至粗暴。在他的农庄里，他经常训斥、大骂雇佣的农民，音乐和生活反差是如此之大。在这一点上，他确实是个地地道道的农民，脱离不了农民的本性。他对文化界尤其厌恶，除了承认诗人曼佐尼，几乎和其他人没有任何来往。他把自己关在圣阿加塔，庄园之外发生的任何事情，都不感兴趣。他只关心他的马、牧场、田地、播种、收割，天气不好的时候去观察天空，担心未来庄稼的收成，葡萄熟的季节，他会兴致勃勃地摘葡萄……

一生创作《茶花女》《阿依达》等二十六部歌剧的威尔第逝世的那天清早(1901 年 1 月 27 日凌晨 2 点 50 分),所有车辆路过他的逝世地——米兰旅馆附近的街道,都放慢了速度,以便不发出响声。在这样的路上,铺满了麦秸。这些麦秸是米兰市政府下令铺的,"为的是不使城市的噪音惊扰这位伟大的老人。"

只有充满浪漫色彩和艺术气质的意大利,才会想起这样金黄的麦秸。

这金黄的麦秸,来自农村。这符合威尔第的心愿,让老人安息在乡村麦秸的气息里吧。

维索卡的鸽子

德沃夏克是个怀旧感很浓的人。尤其是听他的第五交响曲《自新大陆》第二乐章，浓郁而甜美醉人的乡愁，一种"无奈归心，暗随流水到天涯"的思乡之情，让每一个音符都牵动你的心，百听不厌，每一次听都会感动得想流泪。没有如此浓重而刻骨怀念故乡的感情，德沃夏克不会写出这样感人的乐章。有时，我会想，文字可以骗人，没有文字的音乐不会骗人。音乐是音乐家的灵魂。亚里士多德说："灵魂本身就可以是一支乐调。"这话说得没错。

德沃夏克《自新大陆》第二乐章动听迷人；是欣赏德沃夏克的首选。他师承的是勃拉姆斯那种古典主义的法则，又加上捷克民族浓郁的特色，特别是他的旋律总是那样的优美，光滑得如同没有一点皱褶的丝绸，轻轻地抚摸着你被岁月和世俗磨蚀得已经变得粗糙的心情，缠绕在你已经杂草蔓延荆棘丛生的灵魂深处。这种发自内心深处的动人旋律，是内向而矜持的勃拉姆斯少有的，面对波希米亚的一切故人故情，学生比老师情不自禁地掘开了情感的堤坝，任其水漫金山湿润着每一棵树木和每一株小草。

维也纳，当时是欧洲音乐的圣地和重地，所有音乐家都希望到维也纳去，就像我们现在几乎所有的音乐人都蜂拥至北京一样。在那里，他的朋友、著名的音乐批评家汉斯立克劝说德沃夏克，必须写一部不要拘泥于波希米亚题材而是德奥题材的歌剧，才能具有世界性的主题。他希望德沃夏克根据德文脚本写一部歌剧，从而征服挑剔的德国观众，走向世界。他同时好心地建议德沃夏克最好不要总住在捷克，永久性地住在维也纳对他更为有利，维也纳是当时多少音乐家梦寐以求打破脑袋也要挤进来的地方。

无疑，这些都是对德沃夏克的一番好意，但他却因此痛苦不堪。也许是鱼翔浅底，鹰击长空，各有各的志向，各有各的道路。他无法接受好朋友的这些好意。就在汉斯立克好言相劝不久，他在捷克南方靠近布勃拉姆的维索卡村子里买了一幢别墅，他没有居住到维也纳去，相反大多时间住在了维索卡。捷克南方的景色和空气，比他的家乡尼拉霍柴维斯还要美丽、清新，他喜欢那里的森林、池塘、湖泊，还有他亲手饲养的鸽子。据说，他特别喜欢养鸽子，就像威尔第喜欢养马、罗西尼喜欢养牛似的。

你能说他局限吗？说他的脚步就是迈不出自己小小的一亩三分地？说他只是青蛙跳不出自家的池塘，而无法奔流到海不复还地跃入江海生长成一条蓝鲸？他就是这样无法离开他的波希米亚，他的每一个乐章、每一个旋律、每一个音符，都来自波希米亚，来自那里春天丁香浓郁的花香，来自夏天樱桃成熟的芬芳，来自秋天红了黄了的树叶的韵律，来自冬天冰雪覆盖的伏尔塔瓦河。

正是这种思想和心境的缘故，后来在德沃夏克已经取得世界性的声望之后，对故土的感情越发浓烈。他就像一个恋家的孩子，始终走不出家乡的怀抱，家乡屋顶上的袅袅炊烟总是缭绕在他的头顶。1892 年 9 月到 1895 年 4 月，他应邀到美国任纽约国立音乐学院的院长，离开维索卡村子的时候，他还特地写了一首有独唱、合唱和管弦乐队演出的《感恩歌》，依依惜别地献给了维索卡。

在美国短短的不到三年时间里，他带着妻子先后将六个孩子都接到了美国，并有一次整个夏天回国探望的假期，他依然像一条鱼无法离开水一样，实在忍受不了时空的煎熬。他频繁给国内的朋友写信，一次次不厌其烦地诉说着他在异国举头望明月、低头思故乡的孤独落寞之情，诉说着他对家乡尼拉霍柴维斯亲人的思念，对兹罗尼茨钟声的思念，对维索卡银矿的矿工(他一直想以银矿矿工生活为背景写一部歌剧，可惜未能实现)、幽静的池塘(后来这池塘给他创作他最美丽的歌剧《水仙女》以灵感)，还有他割舍不断的那一群洁白如雪的鸽子……

德沃夏克在美国其实不过仅仅不到三年的时间，但他就是忍受不了这时间和距离对祖国和家乡的双重阻隔。他特别怀念维索卡的那些鸽子。在纽约，他居住在不远处的中央公园里，有一个很大的鸽子笼，他常常站在笼前痴痴相望却无法排遣浓郁的乡愁，禁不住一次次想起维索卡洁白如雪的鸽子。无论是纽约中央公园的大鸽子笼，还是维索卡的鸽子，都是一幅色彩浓重、感人至深的画面。弥漫在德沃夏克心底的是一种动人的情怀，实在让人感动。

有这样炽烈情怀，我们就不难想象，在美国的聘期刚一结束，哪怕美国方面多么希望挽留他继续聘任，德沃夏克还是谢绝了。虽然留在纽约要比在布拉格当教授高出二十五倍的年薪，他还是迫不及待带着妻儿老小，立刻启程回国了。"白日放歌须纵酒，青春作伴好还乡。即从巴峡穿巫峡，便下襄阳向洛阳。"

他这样讲过："每个人只有一个祖国，正如每个人只有一个母亲一样。"

在这里，我想特别说一下他的 B 小调大提琴协奏曲。这是德沃夏克自己非常钟爱的一部作品，在把它交给出版商的时候，他特意嘱咐不允许任何一位大提琴演奏家在演奏它时有一点修改。这是他旅居美国时写下的最后一部作品，怀乡的感情和《自新大陆》同出一辙。当他回到维索卡村，他立刻把那首 B 小调大提琴协奏曲的最后乐章修改了，让乐章洋溢起重返故乡的欢欣，他要让自己这份心情尽情地释放出来。

这就是德沃夏克。有这样一份无可遏制的心情，有这样一份浓郁似酒的乡恋，才会有那样真挚无比甜美沁人的《自新大陆》第二乐章。

德沃夏克的维索卡村，让我想起了格里格的特罗尔豪根村。特罗尔豪根在格里格的家乡卑尔根五公里外。格里格四十三岁时就在那里建造了他简朴的乡间房子，和德沃夏克一样，他把这里当成了自己的家，一共住了二十二年。一直到去世，他也是在特罗尔豪根安详地闭上了眼睛。他去世之前，留下遗愿，一定要将自己的骨灰埋藏在特罗尔豪根的一个天然洞穴里，因为那里面对的是祖国的挪威海。祖国和归家永远是他音乐与人生的主题。

民族、祖国、家乡，美好而崇高的艺术可以超越它们，却永远无法离开它们；艺术家的声名可以如鸟一样飞得再高、艺术家自己也可以如鸟一样飞得再远，但作品的灵魂和韵律，却是总要落在这片土地上。

当我听德沃夏克的《自新大陆》第二乐章，或是听他的 B 小调大提琴协奏曲的最后乐章，总能闻得出维索卡村森林里散发的林木和泥土的气息，总能听得到德沃夏克和维索卡村银矿的工人一起饮酒的畅快的谈话声，总能看得见维索卡村德沃夏克亲手饲养的鸽子，驮着明晃晃的阳光，雨点似的落满他的肩头。

　　　　　　　维索卡的鸽子

五月的花开如音乐

　　那天，听勃拉姆斯（J. Brahms，1833—1897）的 D 大调小提琴协奏曲，忽然想起今年是德国伟大的钢琴家克拉拉·舒曼逝世一百二十周年。一百二十年前，即 1896 年的 5 月，克拉拉在法兰克福去世。听到这个消息，勃拉姆斯立刻赶回法兰克福。那一年，勃拉姆斯六十三岁，正在瑞士休养，以一个病危之躯，急匆匆往法兰克福赶去的时候，忙中出错，在火车站踏上的却是相反方向的列车。

　　每一次听勃拉姆斯，总会让我想起克拉拉，眼前便总会浮现出这个画面：火车风驰电掣而去，却是南辕而北辙；呼呼的风无情地吹着勃拉姆斯花白的头发和满脸的胡须；他憔悴的脸上扑闪的不是眼泪，而是焦急苍凉的夜色。

　　同为音乐家，勃拉姆斯和克拉拉的感情非同一般，几乎是所有爱乐者都熟知的事情。克拉拉是德国伟大音乐家舒曼的夫人，勃拉姆斯二十岁那一年，在当时著名小提琴家约阿希姆的引荐下，和舒曼相识。在舒曼的家中，勃拉姆斯第一次见到了克拉拉，便一见钟情，无可救药地爱上了克拉拉。只是，内心充满激情表面却害羞至极的勃拉姆斯，一直把这份最真挚的感情藏在心中，从未向克拉拉吐露，一直到克拉拉和他自己都离开人世。

　　1854 年，舒曼投莱茵河自杀被救，一直到两年后舒曼逝世，都是勃拉姆斯守候在克拉拉的身边，陪伴、照料着舒曼和他们的七个孩子，帮助她从痛苦和绝望中走出来。为此，他放弃了许多出名和赚钱的机会。克拉拉心如明镜般清楚，与其说勃拉姆斯是为了他的老师舒曼，不如说更是为了克拉拉她自己。

克拉拉不是孩子，比勃拉姆斯大十四岁，又是有过爱情经历过的人，肯定知道勃拉姆斯的心意。

既然克拉拉比勃拉姆斯大十四岁，而且是一个有着七个孩子的母亲，勃拉姆斯为什么非要如此钟情地爱着她？而且爱得一往情深，爱得一生到底？并且，为此勃拉姆斯终身没有结婚。既然谁也无法取代他心目中的克拉拉，勃拉姆斯却为什么始终没有把自己的这一份感情向克拉拉表明？他始终在表面上和克拉拉呈现出的是友情，而把爱情如折叠伞一样折叠起来，珍放在自己一人内心的深处，让其悄悄滴洒着湿润的雨滴，温馨着自己的心房。

舒曼去世之后，勃拉姆斯就离开克拉拉，再没有见面。他的离别，是那样的毅然决然，断然没有什么执手相看泪眼的缠绵，没有给自己，也没有给克拉拉留下一点点的机会和缝隙，哪怕是一张纸条，或可以拭泪的纸巾。他曾给克拉拉写过很多封情书，那情书据说热情洋溢，发自肺腑，一定会如他的音乐一样动人而感人。但是，这样的情书，一封也没有发出去。在克拉拉逝世之后，勃拉姆斯已经意识到自己也即将不久于人世，他焚烧了不少手稿和信件，其中包括写给克拉拉的情书。

内向的勃拉姆斯把这一切的感情都紧紧地锁在心里，他给自己垒起一座高高而坚固堤坝，让自己感情曾经泛滥的潮水，滴水未露地都蓄在心中。那水永远不会干涸，永远不会渗漏，只会荡漾在自己的心中。这样做，我不知道勃拉姆斯要花费多大的决心和气力，要咬碎多少痛苦，要自己和自己做多少搏斗。他的克制力实在够强的。这是一种纯粹柏拉图式的爱情，是超越物欲和情欲之上精神的爱情。这是对爱情只有具备古典意义和高尚品格的人，才能做到的。也许，爱情的价值本来就并不在于拥有，更不在于占有。有时，牺牲了爱，却可以让爱成为永恒。

我现在已经无法弄清克拉拉对勃拉姆斯的这种态度到底怎么想的了。也许，克拉拉和勃拉姆斯一样坚强地克制着自己；也许，克拉拉的感情依然寄托在舒曼的身上，她和舒曼的爱情得来不易，经历了那样的曲折和艰难，她很难忘怀，共度了十六年"诗与花的生活"（舒曼语），因而不想将对勃拉姆斯的感情升格而只想升华；也许，克拉拉不想让勃拉姆斯受家庭之累，自己毕竟拖着油瓶，带着七个孩子；也许，克拉拉觉得和勃拉姆斯这样的感情交往，更为自然更为可贵更为高尚更为美……

当然，这只是我对克拉拉的揣测。对于勃拉姆斯本人而言，克拉拉没有这么复杂，克拉拉只是一种爱情与音乐中最美好的象征，他完全把克拉拉诗化和艺术化，并将她内化为自己心中的音乐。可以说，没有克拉拉，就没有勃拉姆斯以后的音乐成就。包括音乐在内的一切艺术，本质不在于技术，而在于心灵与精神。克拉拉在世的时候，勃拉姆斯把自己创作的每一部乐谱手稿，都寄给克拉拉。勃拉姆斯曾经这样一往情深地说："我最美好的旋律都来自克拉拉。"

可以想象，如果克拉拉身上不具备高贵的品质，不是以一般女性难以具备的母性的温柔和爱抚，同时不具备非同寻常的音乐造诣和艺术灵性而能与勃拉姆斯心心相通，勃拉姆斯骚动的心不会那样持久地平静下来，将那激荡飞扬的瀑布化为一平如镜而深沉清澈的清水潭。正如两颗堕落的心更容易齐头并进落入地狱，两颗高尚的心则可以双双携手进入天堂，两个高尚的灵魂融合在一起，才能够奏出如此美好纯净的天籁般的音乐。勃拉姆斯和克拉拉才能够将远远超乎友谊也超乎爱情的感情，保持了长达四十三年之久！四十三年，对一个人的一生，是一个太醒目的数字，它包含的代价和滋味无与伦比。世上有多少人可以将这样一种感情，平淡如水却也深沉如水地坚持四十三年？四十三年，如此漫长的时间，足以水滴石穿，让一切的不可能变为可能，让一切的瞬间即逝变为永恒。

或许，情到深处，语言往往是多余的，也是苍白无力的。心心相通，有时是最简单质朴的，无须缤纷的语言如盛开的花朵去夺人眼目，那一般只适合在舞台上的抒情，在生活中是用不着的。尤其音乐本身就是心灵的语言，更用不着嘴巴。特别是像勃拉姆斯这样内敛的音乐家，他把内心里最深沉最激荡的感情，都化入他的旋律与音符之中了。

六十三岁的勃拉姆斯，拖着病歪歪的身子，从瑞士赶到法兰克福，为克拉拉亲护灵柩下葬。据说，在克拉拉的墓地前，勃拉姆斯独自一人为克拉拉拉了一支小提琴曲。我常常会感动那样的情景，想象那样的情景，但是，我想象不出那会是一种什么样的情景。天苍苍，地茫茫，猎猎风吹，悠悠琴响，只有勃拉姆斯一人和克拉拉默默相对，那琴声只是他的心对克拉拉的心的倾诉？

此曲只应天上有，那小提琴曲一定美妙绝伦。那应该是一支什么样的曲子？可以让勃拉姆斯从二十岁到六十三岁埋藏在心底长达四十三年感情，如同流经漫漫长路的涓涓细流，融化了如此漫长岁月，成为心底的倾诉和浸润？

后来，我查到了，这首乐曲叫作《四首最严肃的歌》。这是用《圣经》里的词句编写的乐曲，是 1896 年克拉拉去世前不久，勃拉姆斯刚刚完成的作品，是专门为了献给克拉拉即将到来的七十七岁生日的乐曲呀。

这首乐曲之后，勃拉姆斯没有再写别的音乐，可以说这是他最后的作品了。我是看到德国人维尔纳·施泰因著的《人类文明编年记事》的《音乐和舞蹈分册》，在这册书中关于 1896 年这一年的记事里，特意注明此曲是"献给克拉拉·舒曼"的。

接到克拉拉逝世的电报后，勃拉姆斯立即出发去奔丧时，从住所里没有拿什么东西，只是随手拿起了这部刚写完不久的《四首最严肃的歌》的手稿。可见，这部作品对于勃拉姆斯和克拉拉是多么的重要。只是，这四首曲子名字的选择：《因为它走向人们》《我转身看见》《死亡多么冷酷》《我用人的语言和天使的语言》，似乎已经隐隐指向死亡，音乐在感情的指引下，走向了不归路。

勃拉姆斯坐了整整两天两夜的火车，才从瑞士赶到法兰克福，又亲护灵柩到了波恩克拉拉的墓地前。勃拉姆斯颤颤巍巍地拿出了《四首最严肃的歌》手稿，任五月的风吹散他花白的鬓发，独怆然而泣下。克拉拉再也听不到他的音乐了，这是他专门为克拉拉的生日而作的音乐呀！

石头深埋在海底，可以化为美丽的珊瑚；树木深埋在地底，可以化为燃烧的煤；时光深埋在岁月里，可以化为沉甸甸的历史。感情埋藏在心底呢，化为的乐曲就应该是这种样子吧？

勃拉姆斯的音乐，不是那种热情洋溢、澎湃宣泄自己情感的样式。他的音乐给人的感觉是深沉，是蕴藉，是秋高气爽的蓝天，是烟波浩渺的湖水。他的作品，内敛而自省，古典而深沉，是那种哥特教堂寂静地立在夕阳晚照下，不是那种浑身玻璃墙的新派建筑辉映着霓虹灯闪烁。《四首最严肃的歌》就是这样的一部作品，即使不是勃拉姆斯四首交响乐和《德意志安魂曲》那样大部头的作品，却是勃拉姆斯感情最深沉最个人化最重要的作品。

我们常说梁祝或罗密欧与朱丽叶的爱情，令人荡气回肠，成为一种经典。其实，勃拉姆斯和克拉拉一点不比他们差，也许因其活生生的真实存在，而比他们更为动人，更让我们沉思。勃拉姆斯和克拉拉是相互映照的镜子，克拉拉映现出来的是女性的温柔和美好，勃拉姆斯映现出来的是男人的隐忍与深沉。克拉拉更多是以一位钢琴家的姿态出现，勃拉姆斯更多是以作曲家的身份出现，他们在彼此的钢琴演奏与音乐旋律中，如风相拂，如水相拥，如影相随，交融着，映照着，呼应着彼此的心底里最值得珍存的那一份情感。一百二十年后的这个五月里，满眼鲜花盛开，如他们的爱情一样美好，如他们的音乐一样美好。

现代音乐被谁唤醒

德彪西（A–C. Debussy，1862—1918）诞辰一百五十周年和逝世一百周年时，全世界许多地方都在纪念他，演奏他的作品。遥想当年，十九世纪末的欧洲乐坛，可不是他的天下。那天下属于瓦格纳和他的追随者布鲁克纳、马勒，以及他们的对立派勃拉姆斯等人所共同创造的音乐不可一世的辉煌。敢于不屑一顾的，在那个时代，大概只有德彪西。德彪西曾经这样口出狂言道："贝多芬之后的交响曲，未免都是多此一举。"他同时发出这样"粪土当年万户侯"的激昂号召："要把古老的音乐之堡烧毁。"

我们知道，随着十九世纪后半叶瓦格纳和勃拉姆斯这样日耳曼式音乐的崛起，原来依仗着歌剧地位而形成音乐中心的法国巴黎已经风光不再，而将中心的位置拱手交给了维也纳。德彪西在法国开始创作音乐的时候，一下子如同伊索寓言里的狼和小羊，自己只是一只小羊，处于河的下游下风头的位置，心里知道如果就这样下去，他永远只能喝人家喝过的剩水。要想改变这种局面，要不就赶走这些庞大的狼，自己去站在上游；要不就彻底把水搅浑，大家喝一样的水；要不就自己去开创一条新河，主宰两岸的风光。

同时，我们也要看到，在当时法国的音乐界，两种力量尖锐对立，却并不势均力敌。以官方音乐学院、歌剧院所形成的保守派，以僵化的传统和思维定势，势力强大地压迫着企图革新艺术的音乐家。

德彪西打着"印象派"大旗，从已经被冷落并且极端保守的

肖复兴散文

法国，向古老的音乐之堡杀来了。在这样行进的路上，德彪西对挡在路上的反对者极端而直截了当地宣告："对我来说，传统是不存在的，或者，它只是一个时代的代表，它并不像人们说的那么完美和有价值。过去的尘土不那么受人尊重的！"

现在我们都把德彪西当作印象派音乐的开山鼻祖。"印象"一词最早来自法国画家莫奈的《日出·印象》，当初说这个词时明显带有嘲讽的意思，如今这个词已经成为艺术特有一派的名称，成为高雅的代名词，标签一样随意插在任何地方。最初德彪西的音乐，确实得益于印象派绘画，虽然他一生并未和莫奈见过面，艺术的气质与心境的相似，使得他们的艺术风格不谋而合，距离再远心却是近的。画家塞尚曾经将他们两人做过这样非常地道的对比："莫奈的艺术已经成为一种对光感的准确说明，这就是说，他除了视觉别无其他。"同样，"对德彪西来说，也有同样高度的敏感，因此，他除了听觉别无其他。"

德彪西最初音乐的成功，还得益于法国象征派的诗歌，那时，德彪西和马拉美、魏尔伦、兰坡等诗人的密切接触（他的钢琴老师福洛维尔夫人的女儿就嫁给了魏尔伦），他所交往的这些方面的朋友远比作曲家多，他受到他们深刻的影响并直接将诗歌的韵律与意境融合在他的音乐里面，更是人所共知的事实。

德彪西是一个胸怀远大志向的人，却和那时的印象派的画家和象征派的诗人一样，并不那么走运。从巴黎音乐学院毕业之后，他和许多年轻的艺术家一样，开始了没头苍蝇似的乱闯乱撞，跑到俄国梅克夫人那里当了两年钢琴老师（还爱上了梅克夫人十四岁的女儿，特意向人家求婚），好不容易博得了罗马大奖，跑到罗马两年，毕业之际写出的《春》等作品，并未得到赏识，一气之下，提前回国，落魄如无家可归的流浪狗一样，在巴黎四处流窜。我猜想，那几年，德彪西一定就像我们现在住在北京郊区艺术村里那些流浪的艺术家，在生存与艺术之间挣扎，只不过，那时居无定所的德彪西他们常常聚会在普塞饭店、黑猫咖啡馆和马拉美的"星期二"沙龙里罢了。

但这并不妨碍他们指点江山，激扬文字，粪土当年万户侯。生活的艰难、地位的卑贱，只能让他们更加激进地与那些高高在上者、尘埋网封者决裂得为所欲为。想象着德彪西那个时候居无定所，没有工作，以教授钢琴和撰写音乐评论为生，过着有上顿没下顿的日子，却可以不用看任何人的脸色，想骂谁就骂谁，想爱谁就爱谁，想写什么曲子就写什么曲子，他所树的敌大概和他所创作的音乐一般的多。我们可以说，在法国他虽过得不富裕，却也潇洒。

我们也可以说德彪西的狂妄，他颇为自负、不止一次地表示了对那些赫赫有名的大师的批评，而不再如学生一样对他们毕恭毕敬。他说贝多芬的音乐只是黑加白的配方；莫扎特只是可以偶尔一听的古董；他说勃拉姆斯太陈旧，毫无新意；说柴可夫斯基的伤感太幼稚浅薄；而在他前面曾经辉煌一世的瓦格纳，他认为不过是多色油灰的均匀涂抹，嘲讽他的音乐"犹如披着沉重的铁甲迈着一摇一摆的鹅步"；而在他之后的理查·施特劳斯，他则认为是逼真自然主义的庸俗模仿；比他年长几岁的格里格，他更是不屑一顾地讥讽其音乐纤弱，不过是"塞进雪花粉红色的甜品"……他口出狂言，雨打芭蕉般几乎横扫一大片，唯我独尊地颠覆着以往的一切，雄心勃勃地企图创造出音乐新的形式，让世界为之一惊。

这一天的到来，在我看来是 1894 年 12 月 22 日，在巴黎阿尔古纪念堂，首次演出他根据马拉美的同名诗谱写的管弦乐前奏曲

肖复兴散文

《牧神的午后》为标志。尽管这一天的到来稍稍晚了一些，德彪西已经三十三岁，毕竟成功向他走来，一向为权威和名流瞩目的巴黎，将高傲的头垂向了他。尽管在这场音乐会上有圣-桑和弗兰克等当时远比德彪西有名的音乐家的作品，但在全场雷鸣般的掌声中，不得不把当场重演一遍的荣誉给了《牧神的午后》。热烈的场面，令德彪西自己不敢相信。

《牧神的午后》确实好听，是那种有异质的好听，就好像我们说一个女人漂亮，不是如张爱玲笔下或王家卫摄影镜头里穿上旗袍的东方女人那种司空见惯了的好看，而是晒上了地中海的阳光肤色、披戴着法兰西葡萄园清香的女人的好看，是卡特琳娜·德诺芙、苏菲·玛索，或朱丽叶·比诺什那种纯正法国不同凡响的惊鸿一瞥的动人。

仅仅说它好听，未免太肤浅，对于我们中国人，永远无法弄明白《牧神的午后》中所说的半人半羊的牧神到底是怎么一回事，而它所迷惑的女妖又和我们聊斋里的狐狸精有什么区别，更会让我们莫衷一是。但我们会听得懂那种迷离的梦幻，那种诱惑的扑朔，是和现实与写实的世界不一样，是和我们曾经声嘶力竭与背负沉重思想的音乐不一样。特别是乐曲一开始时那长笛悠然而凄美的从天而落，飞珠跳玉般溅起木管和法国圆号的幽深莫测，还有那竖琴的几分清凉的弹拨，以及后来弦乐的加入那种委婉飘忽和柔肠寸断，总是难以忘怀。好像是从遥远的天边飘来了一艘别样的游船招呼你上去，风帆飘动，双桨划起，立刻眼前的风光迥异，两岸猿声啼不住，轻舟已过万重山。

好的音乐，有着永恒的魅力，时间不会在它身上落满尘埃，而只会帮它镀上金灿灿的光泽。对于已经流行了一个世纪的古典浪漫派音乐而言，《牧神的午后》是两个时代的分水岭，是新时代的启蒙。听完《牧神的午后》，我们会发现，历史其实也可以用声音来分割，一个时代有一个时代不同的声音。

对于《牧神的午后》出现在音乐史上的重要意义，法国当代著名作曲家皮埃尔·布列兹（P. Boulez）曾经这样评价，我认为他说的最言简意赅："正像现代诗歌无疑扎根于波特莱尔的一些诗歌，现代音乐是被德彪西的《牧神的午后》唤醒的。"

肖复兴散文

马勒是我一生的朋友

马勒(G. Mahler, 1860—1911)逝世百年时，国家大剧院特意组织了马勒第一到第十交响曲的演出季，从7月到11月，历时五个月，规模浩大。我听了其中第一、第四、第七和第十交响曲，连同在费城听过的第五，整整听了马勒交响曲的一半，心里很是宽慰和感动。

"我们从哪儿来？我们准备到哪儿去？难道真的像叔本华说的那样，我们在出世前注定要过这种生活？难道死亡才能最终揭示人生的意义？"

可以说，马勒一生都在不停地追问着自己这样的话。他到死也没弄明白这个对于他来说一直乌云笼罩的人生意义的难题。他便将所有的苦恼和困惑、迷茫和怀疑，甚至对这个世界无可奈何的悲叹和绝望，都倾注在他的音乐之中。

从马勒的音乐中，无论从格局的庞大、气势的宏伟上，还是从配器的华丽、旋律的绚烂上，都可以明显感觉出来自他同时代瓦格纳和布鲁克纳过于蓬勃的气息、过于丰富的表情，以及来自他的前辈李斯特和贝多芬遗传的明显胎记。只要听过马勒的交响乐，就会很容易找到他们的影子。比如马勒的第三交响乐，我们能听到布鲁克纳的脚步声，从马勒的第八千人交响乐，我们更容易轻而易举地听到贝多芬的声音。

在我看来，世界上的古典音乐有这样的三支，一支来源于贝多芬、瓦格纳，还可以上溯到亨德尔；一支则来源于巴赫、莫扎特，一直延续到门德尔松、肖邦乃至德沃夏克和格里格。我将前者说成是激情型的，后者是感情型的。而另一支则是属于内省型的，是以勃拉姆斯为代表的。其他的音乐家大概都是从这三支中衍化或派生出去的。显然，马勒是和第一支同宗同祖的。但是，马勒和他们毕竟不完全一样。不一样的根本一点，就在于马勒骨子里的悲观。因此，他可以有外表上和贝多芬相似的激情澎湃，却难以有贝多芬的乐观和对世界的充满信心的向往；他也可以有外表上和瓦格纳相似的气势宏伟，却难有瓦格纳钢铁般的意志和对现实社会顽强的反抗。

这种渗透于骨子里的悲观，来源于对世界的隔膜、不认同、充满焦虑以及茫然的责问与质疑。马勒自己曾经说过："我是一个三度地无家可归……一个生活在奥地利的波希米亚人，一个生活在德国人中间的奥地利人，一个在全世界游荡的犹太人。无论在哪里都是一个闯入者，永远不受欢迎。"

马勒逝世之后，他的学生、指挥家布鲁诺·瓦尔特，在二十世纪三十年代，开始进行马勒交响曲的挖掘和重新阐释演绎，马勒在欧洲的影响与日俱增，如今成为全世界的热门音乐家，其交响曲的地位堪比贝多芬。越来越多的人，感受到马勒不仅属于彼时的音乐家，也属于此时。他对人生深邃的追寻，对世界乃至充满悲剧意识的叩问，和今天的人们的心里的困惑越来越接近。聆听并理解马勒的交响曲，便成为认识和走近马勒的必由之路，我们也由此和马勒在他的交响乐中有了交响似的交织乃至共鸣。

我赞同这次参加我国马勒百年纪念演出的瑞士苏黎世市政厅管弦乐团指挥大卫·津曼的观点："对于马勒，先是他的声乐套曲，然后才是他的交响乐。"他曾经录制过两套马勒的交响曲的全集，对马勒有过专门的研究。这是知音之见。和他见解相同的还有我国著名小提琴曲《梁祝》的作者、作曲家陈钢，他说："歌曲是马勒交响曲的种子和草稿。"

这确实是走近马勒音乐的一条路径，也是打开马勒内心的一扇门。

马勒的十部交响曲，可以分为这样三部分，分别和他的声乐套曲彼此联系，互为镜像——

第一部分，第一交响曲到第四交响曲。应该和马勒的声乐套曲《少年魔角》与《流浪者之歌》一起来听。特别是"第一"，是马勒交响曲的序幕，马勒说自己的"第一"是"青年时期的习作"。比起以后特别是第五交响曲后，他的交响曲庞大的构制，复杂的心绪，以及浓郁的悲剧意识，"第一"的单纯、明快，乃至第三乐章的葬礼进行曲，幽哀的死亡，也被他们演奏得如怨如慕，带有伤感的童话色彩。

勋伯格说得对："将要形成的马勒特性的任何东西，都已经显示在第一交响曲中了。这里，他的人生之歌已经奏鸣，以后不过是将它加以扩展和呈现到极致而已。"我理解勋伯格在这里说的马勒的特性，既指他的交响曲创作，也指他的人生命运的端倪。

这支乐曲，和几年前马勒二十五岁时创作的声乐套曲《流浪者之歌》，同样映衬青春的心情和心境。其叙事性和歌唱性特征极为明显，这也是马勒交响曲与众不同，特别是和浪漫派鼎盛时期交响乐不同的特点之一。其中歌唱性不仅表现在以后越来越多的独唱和大合唱，同时也表现在他的旋律之中。

那种感世伤怀的叙事性，和旋律一起自如挥洒。第一乐章的大提琴，第二乐章的圆舞曲，第三乐章的小号和单簧管，特别是末乐章大钹敲响之后，铜管乐、木管乐、弦乐、打击乐，还有竖琴，交相辉映，此起彼伏，山呼海啸，错综复杂，音色辉煌，交响效果很好，显示了令人羡慕的青春活力。尤其是一段小提琴抒情连绵的演奏后，然后大提琴和整个弦乐的加入，几次往返反复和管乐的呼应，层次很丰富，舞台上如同扯起了袅袅飘舞的绸布，真的是风生水起，摇曳生姿。最后的高潮，八支法国号站起来，可以说是青春期马勒的一种象征。

第二部分，第五到第七交响曲。与之相对位的声乐套曲是《亡儿之歌》。从声乐套曲就可以感受到其悲剧意味已经显现。第六交响曲的别名就叫"悲剧交响曲"。

特别值得一听的是第五交响曲。这部作品明显有贝多芬"命运"交响曲的影子。开头的独奏小号，和贝多芬"命运"开头的那种"命运动机"一样先声夺人。震撼的弦乐随之而上，景色为之一变，小号后来的加入，一下子回环萦绕起来，阅尽春秋一般，演绎着属于马勒对于生死的悲痛与苍凉。和马勒的前几部交响曲的意味大不相同。

有了这第一乐章的对比，第四乐章的到来，才显得风来雨从，气象万千。对比悲怆之后的甜美与温暖，才有了适得其所的价值，如同鸟儿有了落栖的枝头，这枝头让马勒谱写得花繁叶茂、芬芳迷人，而这鸟儿仿佛飞越过暴风雨的天空，终于有了喘息和抬头望一眼并没有完全坍塌的世界的瞬间。有竖琴，有法国圆号，有小提琴、中提琴和大提琴的此起彼伏，交相辉映，层次那样的丰富，交响的效果那样浑然天成，熨帖得犹如天鹅绒一般的轻柔微风抚摸着你的心头。

第三部分，第八到第十交响曲，包括《大地之歌》。其中第八交响曲因有两个混声合唱队和一个童声合唱队，还有八名独唱歌手，阵势空前，号称"千人交响曲"。与马勒的声乐歌曲的关系更为密切，使得声乐与器乐的结合，令贝多芬时代望尘莫及，是马勒交响乐的辉煌巅峰。第九和第十交响曲的浓重的悲剧意识，弥漫在马勒的心灵与音乐世界的整个空间，更是达到了一个前所未有的高度。

应该特别指出马勒交响曲慢板中的弦乐，真的很少有像马勒这样把它们处理得如此柔美、抒情得丝丝入扣，又这样丰富得水阔天清，即使在浓重悲观情绪的笼罩下，马勒也要让它们出场，抚慰一下苍凉的浮生万世，给我们一些安慰和希望。在谈论马勒的交响曲时，如今更多愿意说他思想的复杂性与悲观性，作曲方面对古典传统技法的发展变化，以及对未来世界的预言性，却忽略了马勒对传统的继承。在这一点上，马勒对慢板的处理，最显其独到之处。其实，他的老师布鲁克纳对慢板的处理，也是如此，那些动人的旋律，马勒得其精髓，可以看出彼此的传承。

我特别喜欢第五交响曲中有一段最动人的慢板，这与他的《吕克特诗歌谱曲五首》中的《我在世上已不存在》的关系密切。这首歌唱道："我仅仅生活在我的天堂里，生活在我的爱情和歌声里。"我们便可以触摸到马勒的心绪，即使在死亡垂临的威迫之下，他依然乐观的原因，他相信爱情和音乐。这也是马勒音乐的另一重具有现实意义的价值，因为如今不少人不要说不再相信爱情和音乐，其实是什么都不再相信。

对于欣赏和了解十九世纪末二十世纪初后浪漫派音乐尾声，作为衔接新的时代面临变革的古典音乐代表的庞然大物交响曲，马勒的交响曲的历史与现实意义，无论对于乐者还是爱乐者，如今都显

马勒是我一生的朋友

得越发醒目。

　　作为马勒继承人的勋伯格，曾经预言：马勒所创作的作品属于未来。这个预言在今天得到了验证。我以为，马勒音乐属于未来的价值在于两方面：一是他的音乐的内容振聋发聩的精神重量，一是他的音乐新的语汇别出机杼的形式质量。

　　在内容方面，马勒音乐对于当时流行的约翰·施特劳斯注重享乐的唯美圆舞曲的批判性，马勒音乐对于生与死的悲悯情怀，对于底层人残酷命运并将其推向生与死的边缘，进行追索和探究以及体验和表现，呈现出了今天新时代悲剧矛盾的投影，确实具有不可思议的前瞻性，成为今天人们对待现存世界心灵的一种精神资源和抗衡力量。

　　形式方面，曾经为马勒写过传记的英国音乐家德里克·库克（他亦是马勒未完成的第十交响曲总谱的整理者），有过详尽的分析："马勒对于瓦格纳的《特里斯坦》中调性和声的边缘崩溃，进一步朝勋伯格早期无调性音乐方向推进。更进一步来说，他的'固定变奏方法'展望着序列主义音乐；发生在第九交响曲中的 Ronso-Burleake 乐章中线性对位预示了亨德米特；音乐中尖锐、迅速地转调预示了普罗科菲耶夫。马勒是那个时代转折点上的人物：他加快了浪漫主义心理紧张的速度，直到它探索进入'我们的新音乐'（科普兰语）的激烈形式。"

　　后浪漫主义时期的音乐，保守派是勃拉姆斯为代表的话，那么，激进派肯定是以布鲁克纳和马勒为代表。布鲁克纳以自己的谦恭引领桀骜不驯的马勒出场。作为后浪漫主义时期音乐的最后一人，马勒结束了一个时代，为现代音乐的新人物勋伯格的新时代的到来，铺垫好了出场的红地毯。就像十八世纪末十九世纪初的贝多芬是通往浪漫主义的桥梁一样，马勒是通往二十世纪音乐的桥梁。喜欢音乐的人，虽然热闹的马勒百年纪念过去了，但是，马勒的音乐不属于即时性的，非常值得常听。他是我一生的朋友。

巴托克的启示

曾经有一位英国的学者，论述巴托克时这样说他的音乐："拒绝为了美或放纵情感的利益而破坏其逻辑性。""如果有人坚持音乐必须是悦耳动听，那他就无法欣赏巴托克的音乐。"

巴托克（B. Bartok，1881—1945）的音乐到底是什么样子的呢？真的不美不动听吗？这倒引起我对他的兴趣。

我买了一盘迪卡公司出品的巴托克作品集，布列兹指挥，美国芝加哥交响乐团演奏，里面包括巴托克最享有盛名的弦乐《交响协奏曲》，还有四首为管弦乐队作的小品。主要想听他的《交响协奏曲》。

实在说，巴托克和他以前的古典和浪漫时期的音乐家的作品不尽相同，同他热爱的理查·施特劳斯、勃拉姆斯，也不尽相同，他们的作品还在一定的规矩方圆中舞蹈，古典和浪漫的内核，还是包容在内容和形式之中。巴托克是想标新立异，突破古典音乐尤其是新浪漫音乐的规矩，他便将两种现成的东西都置于自己的对立面：上溯历史的渊源，下数眼面前的，他太想横扫千军如卷席，独树一帜。这在他早期的几首弦乐四重奏就可以明显地看出来，在我买的这盘唱盘中的为乐队所作的四首小品也可以看出。他的音乐作法和音响效果都和以前不完全一样，他注重出奇制胜的效果，讲究一泻千里的气势，有点光怪陆离。但和勋伯格还是不一样，他并没有如勋伯格走得那样远，没有完全抛弃调性。显然，他走的不是古典与浪漫派音乐相同的路，也不是勋伯格完全现代派的路，他走的到底

　　　　　　　　肖复兴散文

是怎么一条路呢？难道他能走成两者之间的一条中间道路吗？

在听巴托克音乐的时候，在捕捉巴托克的音乐品格和性格的时候，我的思想常常开小差，飘移到巴托克的音乐之外。原因是我一边听一边总是忍不住在想，在巴托克所在二十世纪的初期，不仅音乐是如此的活跃，出现了连同巴托克在内的不同流派不同追求却相同在努力探索的音乐家，如德彪西、马勒、勋伯格、理查·施特劳斯、斯特拉文斯基、艾弗斯等等，呈一种百花齐放的局面，是如此的缤纷热闹，如同此起彼伏的浪涛奔涌；是如此互相攻击着，又互相鼓励着；是你花开罢我花开，而不是我花开时百花杀。而且，在其他艺术和非艺术领域，一样都出现了如此美不胜收的烂漫似锦的场面：比如文学就有普鲁斯特的浩瀚长著《追忆似水年华》占据春光，心理学有弗洛伊德的《梦的解析》一鸣惊人，美学有克罗齐的《美学》问世，科学有爱因斯坦的相对论的诞生，还有莱特兄弟的人类第一架飞机上天……就是在我们国家，也可以如数家珍一样，数得出许多各界的豪杰，如鲁迅、胡适、蔡元培、熊十力、马一浮……足以光耀后人。

为什么在一个世纪之前的二十世纪的初期，这个世界会出现如此欣欣向荣的局面？英雄是如此辈出，大浪淘尽千古风流人物，新人层出不穷，后浪推前浪，让我们后代如同仰望漫天的星辰如此璀璨耀眼？如今，一个新的世纪又来到了，在二十一世纪的初期，我们还能看得到这样的局面和场面，看到这样的星辰这样的天空吗？说实话，真让我赌气。在一个世无英雄，遂使竖子成名的时代，城头频换大王旗，冠以著名的这家那家遍地都是，却是同评定的高级职称在日益贬值一样，不过大多是荒草丛生罢了。

我们还是回过头来看看巴托克吧，他还能给我们一些安慰。

巴托克既没有走一条古典和浪漫派或新浪漫派的老路，也没有走现代派的新路，他一直在孜孜探索自己的路。他走的是民间的路。有音乐史专家说："巴托克全部创作的一根导线是熔民间音乐精髓与西方艺术音乐为一炉，技艺精湛，丰富多样。巴托克主要不搞革新，他像亨德尔那样兼收并蓄古今之精粹，雄辩地加以综合。"这话说得非常有见地，讲出了民间音乐和正统音乐、古典音乐和现代音乐、继承和创新、吸收和改造、东方和西方的诸多种关系。这些关系的处理方式和取决的态度，表现着音乐家的创作走向和性格轨迹。对于民间音乐，并非巴托克一个人情有独钟，许多音乐家都曾对民间音乐痴迷，勃拉姆斯就曾经改编过匈牙利舞曲，德沃夏克改编过斯拉夫舞曲，而西贝柳斯和格里格也曾经把芬兰、挪威本国的民间音乐元素，移植到自己的音乐创作中来。但是，有像巴托克这样把自己音乐的根深扎在民间音乐之中的音乐家吗？

曾经在一本书中看过这样的一幅照片，是巴托克的老友也是匈牙利的音乐家柯达伊（Z. Kodaly）为他拍的：巴托克在特兰西瓦尼亚山村，用一个旧式的圆筒录音机在录制当地的民间音乐，很像我们现在热门出版的一些老照片的书上的照片，上面那些偏远山村的村民笔直地站立着，面容表情都有些呆滞，巴托克在认真地鼓捣着那架录音机。这幅照片让我感受到一个世纪之前的生命气息和艺术气息，那个时代人们对艺术的真诚和投入，执着得带有孩子似的天真，不惜踏遍千山万水也要寻求一种真理般的渴望，真是让我感动。我们现在还能出现这样的场面吗？我们的许多音乐翻录别人现成的带子（俗称"扒带子"）就马到成功了，谁还愿意那样千里迢迢地去采风？

据说，巴托克不满意自己早期简单模仿的作品，而他企图成立新匈牙利音乐学会也惨遭失败，他离开了大都市，离开了音乐的中心，而跑到了深山老林，带着他的老式圆筒录音机，采风收集了两千多首民间乐曲，其中包括匈牙利本土，也包括罗马尼亚、南斯拉夫，还包括北非和东方。同时，巴托克还撰写了大量论述民间音乐的论著。不知道世界音乐史上还有没有如他一样热情而如此多采集民间乐曲的音乐家了？我猜想，如他一样热情的有，如他蜜蜂不停地采蜜般采集两千多首之多的少见了。巴托克惊异地发现民间音乐尤其是匈牙利的民间音乐充沛的活力和新颖的生命力，并把它们带入他的音乐，拓宽了音乐本身的疆域。

巴托克对民间音乐的钟情和付出的努力，在音乐家中是少有的。早在1906年他二十五岁的时候，有一次和神童小提琴家费伦茨·威切依到西班牙去演出的机会（当时巴托克为其伴奏），演出结束回匈牙利前，他去了葡萄牙，然后去非洲，采集民歌。1913年，他再次重游非洲采风，竟然很快学会了当地的语言。他对那些非洲民间音乐爱不释手，说那是埋藏在这些国家地下最珍贵的财富、最纯洁的宝藏。对于有人说有民歌是粗俗的甚至是色情的，难登大雅之堂，他回应说："最粗鄙的字眼就是这个'大雅之堂'，这个词叫我头疼。在出版美丽的民歌，特别是美丽的民歌歌词时，我吃够了它的苦头，这种民歌都是在精神和肉体亲切温存的情境中产生，或者在深切需要快乐和幽默以调剂一下单调生活时创造的。"

整日奔波在这些偏僻的山村，尤其是看到那些平日里沉默寡言的村民唱起民歌忘记了羞怯，脸上呈现出的喜怒哀乐，和民歌的感情完全融为一体的时候，他越发感受到什么才是他所需要的民间音乐。这些真正地道的民间音乐，彻底地改变了他和他的音乐。他像是从一头关在城市里的动物，变成了一只飞出笼子的鸟，发现了一片无限自由的天空。那时他说过许多关于民间音乐的话，现在来听听是很有意思的。比如，他曾经无情地批评过那些伪民歌："国内外以为是匈牙利音乐精神的东西，不是真正的匈牙利民歌，却是些没有根基的、拼拼凑凑的仿制品，加上吉卜赛乐队的雕琢风格。"他同时还说："那些所谓的歌曲，一年又一年地大批生产，潮涌般地不断向人们灌输。你稍不戒备，就会失去免疫力，久而不闻其臭。每个历史时期都有这类弄虚作假的'天才'，信口雌黄，歌词从头到尾都是些陈词滥调，也只配得上那些叫人恶心的音符——我才不把这种东西叫作音乐呢。"这样的话，对于我们今天仍然有着警醒的启示意义，我们的伪民歌，我们的陈词滥调，实在太多。

关键，那时巴托克不仅生活艰难，而且已经染上了不治之症白血病。虽然，民间音乐并没有成为令他起死回生的一剂良药，但毕竟让他的生命充实，让他的音乐为之耳目一新。

都说巴托克的音乐不大悦耳，这是一种误解，准确地说他的有些音乐不悦耳。这支弦乐的《交响协奏曲》的开头就很好听，不同乐器的渐渐加入，将乐曲的层次谱就得那样精致细微又色彩分明，整体的弦乐如同从湖面上掠过的一阵阵清风，带有花香，带有鸟鸣，也带有嘹亮的呼叫。巴托克自己称之第一乐章为严峻，第二乐章为悲哀，末乐章为对生命的肯定。听第二乐章的感觉，一样很美，开头笼罩哀婉情绪，在长笛和单簧管交错的呼应之下，显得格外迷人。竖琴的颤动，合着弦乐的摇摆起伏，间或弦乐和长笛的几声尖厉的鸣叫，如鹤唳长天，大多时候弦乐如银似水般荡漾，十分抒情。圆舞曲的旋律，回旋着曳地长裙，也回旋着天空中的袅袅白云，完全是古典主义的情致。末乐章里的民间音乐的元素最为明显，那种民间乐曲的粗犷，充满野性的张力，山洪暴发般，一泻千里。说《交响协奏曲》是巴托克最为出色的作品，一点儿不为过。

如果我们知道这支《交响协奏曲》，是巴托克逝世前两年1943年的作品，在此之前，他一直在贫困和白血病的双重重压下艰难地活着，精神处于极度的痛苦煎熬中，许多时候没有创作也不愿意创作，是他的好友指挥家库塞维茨基的竭力约请，他才出山谱就了这支乐曲，我们就会对这支乐曲更加充满敬意。如果我们知道了巴托克创作完这支乐曲，由库塞维茨基在波士顿指挥演奏成功，而巴托克的白血病也出奇地有了好转，有了回光返照的生命的最后两年，我们就会对这支乐曲更充满感情。我不知道别人听说《交响协奏曲》的背景之后会不会涌出敬意和感情，而我自己则通过这支乐曲对巴托克多了一份感情。

有人说："巴托克是活跃于1910—1945年间留下传世之作的四五位作曲家之一。"

这是很高的评价。这也是一个苛刻的评价。

这让我想起在前面曾经提到过的问题，为什么在一个世纪之前的二十世纪初期，这个世界会如此欣欣向荣、英雄辈出？这实在让我们后辈汗颜惭愧。其实，在那段时期，并非仅仅拥有传世之作的巴托克这样四五位作曲家，但只要面对巴托克一个人就可以了。我们可以从巴托克的身上学到一些对艺术追求的执着与真诚；得到艺术之树重新返回民间，在大地生根的一点精神的净化和意义的启迪。

艺术比死亡更有力量

　　并非说是同为意大利人，托斯卡尼尼(A. Toscanini，1867—1957)和普契尼(G. Puccini，1858—1924)就一定有着不解之缘。人海茫茫，本都是素不相识，一个人与另外一个人开始结识，并有着漫长时间的不解之缘，恐怕不都是出于偶然的因素，总有些命定般的原因。如果从托斯卡尼尼最早指挥普契尼的歌剧《艺术家生涯》开始算起，到普契尼逝世为止，他们之间的交往，起码有着二十八年的历史。二十八年，对于托斯卡尼尼也许不算太长，因为他活了九十岁；但对于活了六十六岁的普契尼来说，却不能算太短，占了他生命的近二分之一。

　　这不能不引起我极大的兴趣。

　　让我对他们更感兴趣的，是他们之间存在的并不仅仅是友谊，也就是说，他们之间的矛盾、冲突，乃至不可调和的厮斗，常常如一块块突兀的礁石，阻挡着两条河的汇合和前进，使得他们生命和艺术之流激起浪花，溅湿彼此的衣襟。我便在听托斯卡尼尼指挥的音乐，尤其是指挥普契尼的歌剧录音磁带时，常想为什么他们之间会存在这样的友谊、这样的矛盾、这样充满矛盾的友谊？音乐家之间，彼此结下美好而和谐友谊的有不少，比如舒曼和勃拉姆斯，肖邦和李斯特，被称为强力集团的巴拉基列夫、莫索尔斯基、鲍罗丁和里姆斯基-科萨科夫……是什么原因使得托斯卡尼尼和普契尼的友谊，像一条起伏不平的小路，让他们总是磕磕绊绊？

　　应该说，托斯卡尼尼和普契尼最初的友谊是顺风顺水的。1896

年2月1日，对于他们两人是极其重要的日子。这一天，由托斯卡尼尼指挥普契尼的歌剧《艺术家的生涯》在都灵首演。在这之前，他们两人都小有名气，公平地讲，托斯卡尼尼的名气更大些，他成功地指挥了瓦格纳的《汤豪塞》和威尔第的《法尔斯塔夫》，为他带来了声誉。而普契尼在此之前还只是一个二流的作曲家，他所作曲的第一部和第二部歌剧，全遭到失败，只有一部《曼侬·列斯科》获得好评。《艺术家的生涯》是普契尼的精心之作，是他下的赌注，关系到他是否能从二流泥潭中一跃而出。但是，一直到演出之前还有评论家说，《艺术家的生涯》不过昙花一现而不会成功。因此，普契尼一直把心提到嗓子眼儿，托斯卡尼尼每天排练这部歌剧的时候，普契尼都要到场，心里惴惴不安；音乐评论界和出版商也很重视这部歌剧的首演能否成功。这让他两人的友谊出场显得气势不凡，而且有着坚实的基础。可以说，托斯卡尼尼为普契尼带来了好运，他一丝不苟的排练和精彩绝伦的指挥，使得首场演出大获成功，好评如潮，一连演了二十三场，让观众叹为观止，让普契尼更为折服。这一年，普契尼三十八岁，托斯卡尼尼二十九岁。

为什么有着这样好的友谊基础，后来会出现矛盾、波折，甚至破裂？我不大明白，为什么在1921年，当时欧洲最著名歌剧院斯卡拉剧院，计划演出普契尼《艺术家的生涯》《托斯卡》和《蝴蝶夫人》三部歌剧时，托斯卡尼尼坚决拒绝出任指挥，而只是派他的助手出场？而普契尼在请人出面调和不成之后，为什么气急败坏、出言不逊大骂托斯卡尼尼是"充满恶意""没有艺术家的灵魂"？真的是后来托斯卡尼尼自己解释的那种原因："我不喜欢《蝴蝶夫人》"吗？未免太简单了吧？虽然，托斯卡尼尼是一个对艺术格外认真的人，对于他不喜欢的音乐，他是不会接受的。但我是不能相信仅仅这样一个原因，会导致托斯卡尼尼果断地做出这样一个伤害普契尼同时也伤害米兰观众的决定。因为如果托斯卡尼尼真的不喜欢《蝴蝶夫人》的话，他完全还可以指挥另外两部歌剧，况且《艺术家的生涯》和《托斯卡》这两部歌剧，他都曾经指挥过，并获得成功，这时候却撒手不管了，于情于理都有些说不过去。还有一点让我不解的是，普契尼写作《蝴蝶夫人》早在1904年，当时托斯卡尼尼批评这部歌剧"长得令人生厌"，普契尼听说后立刻改写脚本，缩短乐谱，有不少章节重写，完全是按托斯卡尼尼的意见修改的呀。

在一本介绍托斯卡尼尼的书中，我看到这样简单几句对托斯卡尼尼和普契尼的介绍，其中说他们两人之间友谊的裂痕出现在1914年，即对第一次世界大战的看法不同，政治的态度导致了艺术的矛盾。这我就想象得出了，他们的友谊不可能不出现裂痕，即使普契尼再如何请人出面调和，也是无济于事的。想一想，第二次世界大战之后，托斯卡尼尼对曾经为法西斯垂首做过事情的富尔特温格勒和卡拉扬的态度，托斯卡尼尼拒绝和他们同台演出，以及他那句著名的话："在作为音乐家的富尔特温格勒面前，我愿意脱帽致敬；但是，在作为普通人的富尔特温格勒的面前，我要戴上两顶帽子。"托斯卡尼尼对普契尼肯定不会原谅，便是很正常的事情了。

后来，在一本意大利人写的托斯卡尼尼的传记中，看到托斯卡尼尼和普契尼1914年的夏天在维亚雷焦海滨度假时，两人为刚刚爆发不久的第一次世界大战的看法不同而矛盾爆发。托斯卡尼尼支持英美协约国，而普契尼支持德国，两人因此争吵起来，托斯卡尼尼突然愤而起身，怒斥普契尼而后闭门不出，气得整整一个星期不上街。当有人劝他和普契尼讲和,他说:"我坚决不和他讲和,相反,碰到他,还要打他几个耳光!"这和他对富尔特温格勒的态度是一样的,便不会奇怪了。

不过,我有时会想,如果没有发生第一次世界大战,或者虽然发生了第一次世界大战,但是普契尼没有对托斯卡尼尼说出自己真实的看法,而只是藏在心里,只谈艺术,不谈其他,他们两人之间的友谊会不会维持下去?就真的能不出现1921斯卡拉剧院演出时矛盾的爆发了吗?

我看不见得。

性格所致,会使得看似平行的两条线越来越远。作为艺术家,有的会极端地表现在艺术之中,有的会极端地表现在艺术之外的为人处世里面,托斯卡尼尼的性格是毫无保留地表现在这两者之中。他是一个极其严谨的人,他不抽烟,不喝酒,每天排练四五个小时,其间不吃饭,也不饿。同普契尼一贯的折中主义不同,他是一个开弓没有回头箭的人。他又是一个独断专行、极其固执己见的人,包括音乐在内的所有事情,他不会和别人商量,也不会听从别人的意见。他是鲁迅先生说的那种到死也不会宽恕他人的人,更不会为自己的行为和思想做稍微妥协。同时,他又是一个极其容易暴怒的人,这一点并不是后来他的名气越来越大的缘故,他从一开始走上指挥台就是这样,据说如果他听到乐队里有人没有全神贯注或吹错、弹错,便立刻勃然大怒,毫不留情地大骂人家是"畜生",是"杂种",是"无耻",毫无节制,没人敢上前制止或劝说他。可以说他的修养实在有些难以言说,也说明他其实是一个胸无城府的人。他就像一条笔直的射线,不懂得有时应该拐弯,哪怕稍稍有些弧度和弹性。

曾经听说有关托斯卡尼尼这样一个小故事：一次听一位指挥家排练，听到这位指挥的节奏不对（其实很可能是不符合他自己心目中的节奏），他丝毫不知道忍耐，不知道该给同行一点面子，立刻容忍不下去了，拍起手掌，示意人家节奏应该是这样的。结果，乐队竟按照他顽强手掌的节奏进行演奏，把那位指挥晾到一边。

托斯卡尼尼就是这样一个性格坚硬且棱角过于峥嵘的人。一次排练，他尚且不容忍他人，又怎么能容忍和自己政治观点相左的普契尼？不少人劝他和普契尼讲和，他妻子也这样劝他，他都不为之所动。所以，到了1921年斯卡拉剧院演出和普契尼的矛盾爆发，就是必然的了。虽然第一次世界大战已经过去了几年，二人非但没有随时间淡化和消解矛盾，却是冰冻三尺非一日之寒，矛盾随日子而长大，结上一个解不开的死疙瘩。

即使没有这一矛盾的爆发，也还会有其他矛盾爆发，这是可以理解的，而且可以断定也是必然的。这里除了托斯卡尼尼性格的因素，也有普契尼的性格在起着作用。普契尼和托斯卡尼尼的毫不妥协性格完全不一样，他对于艺术和生活的折中主义，必定要和托斯卡尼尼发生矛盾。而普契尼对于托斯卡尼尼的嫉妒，也必然是产生矛盾的另一条导火索。因此，虽然托斯卡尼尼的性格并不因为他是一个大师就一定那么可爱，但是，普契尼的性格就更不可爱。两个这样性格的人偶尔相处，也许可能会迸发友谊美丽而夺目一闪的火花，长期相处，不爆发矛盾才怪，第一次世界大战，不过是给他们两人火上浇油。虽只是出于偶然，却含有必然的命定，在劫难逃。

说实在的，托斯卡尼尼和普契尼这样两位意大利十九世纪末期、二十世纪初期最有名并且照耀了整个世界乐坛的人物，他们之间的关系就这样淡然结束，真是让我惋惜甚至扫兴，或者说有些不

肖复兴散文

甘心。我一直寻找他们最后的结尾，就像读一部小说，希望读到自己期待的结尾一样，惊鸿一瞥，出乎意料，而心存一丝幻想。

幸亏不是幻想，他们的结尾多少让我感到一些安慰。虽然，他们的结尾没有在普契尼活着的时候出现（普契尼比托斯卡尼尼早死了三十三年），令人欣慰的结尾，毕竟出现了。

在普契尼逝世两年之后，托斯卡尼尼突然出任普契尼的歌剧《图兰朵》的指挥。这是普契尼最后一部歌剧，是他呕心沥血之作，一直写到公主死去的时候，他自己也死去了。这场音乐，据说全场鸦雀无声，人们听到并看到，在音乐声中，托斯卡尼尼和普契尼又走到一起。我想这大概不是托斯卡尼尼的妥协，或对死者的一种悲悯，而是对艺术的一种真诚，《图兰朵》确实是普契尼的精心之作。

托斯卡尼尼在指挥到公主死去的时候，指挥棒突然在空中停住了，整个乐队在他的指挥下戛然而止。托斯卡尼尼慢慢转过身来对观众们说了那句《图兰朵》在我国上演时被报纸不断引用的话："歌剧到此结束，普契尼写到这儿时，心脏停止了跳动。死亡比艺术更有力量。"

这话说得充满哲理，更充满感情。这话让我感动。

更让我感动的是1946年的春天，在普契尼的歌剧《艺术家的生涯》首演五十周年纪念日的那一天，托斯卡尼尼虽然人在美国，还是记起这样的日子，在电台指挥了普契尼的这部歌剧，并灌制了唱片。这一年，托斯卡尼尼已经是七十九岁的高龄。

只有在美好的音乐之中，人们才能消弭了芥蒂而相会相融。托斯卡尼尼说得不对，并不是死亡比艺术更有力量，而是艺术比死亡更有力量。

我们为什么特别喜爱老柴

再没有一个国家能够比得上我们对柴可夫斯基（P. I. Tchaik-ovsky，1840—1893）充满感情的了。我们似乎都愿意称他为"老柴"，亲切得好像在招呼自己家里的一位老哥儿。

我始终弄不明白，为什么我们对柴可夫斯基如此的一往情深。或许是因为我们长期受到俄罗斯文学的影响，便近亲繁殖似的，拔出萝卜带出泥，对柴可夫斯基有着一种传染般的热爱？从骨子深处便有了一种认同感？或者是因为柴可夫斯基的音乐里打通了宗教音乐与世俗民歌连接的渠道，有一种抒情的歌唱性，又混合了一种浓郁的东方因素，便容易和我们天然亲近？让我们在音乐的深处能够常常和他邂逅而一见如故？

柴可夫斯基就这样轻而易举地和我们相亲相近。几乎每一个中国喜欢音乐的人，特别是中国的知识分子，似乎都容易被柴可夫斯基所感染，这在他们的书中都能够找到许多溢于言表的证据。这大概是音乐史中一个特例，或者说是一个奇怪的现象，令柴可夫斯基自己本人也会莫名其妙吧？

丰子恺先生在二十世纪初期是这样解释这种现象的："柴可夫斯基的音乐中的悲观色彩，并不是俄罗斯音乐的一般的特质，乃柴氏一个人的特强的个性。他的音乐所以著名于全世界，正是其悲观的性质最能够表现在'世纪病'的时代精神的一方面的'忧郁'的缘故。"（《世界大音乐家与名曲》）

我不知道丰先生说得是不是准确，但他指出的柴可夫斯基的音乐迎合了所谓"世纪病"的时代精神一说，值得重视。而对于一直饱受痛苦、一直处于压抑状态、一直渴望一吐胸臆宣泄一番的中国人来说，柴可夫斯基确实是一帖有种微凉慰藉感的伤湿止疼膏，对他的亲近和似曾相识是应该的。

作家王蒙在他的文章里曾经明确无误地说："柴可夫斯基好像一直生活在我的心里。他已经成为我的生命的一部分了。"他说他的作品："多了一层无奈的忧郁，美丽的痛苦，深邃的感叹。他的感伤，多情，潇洒，无与伦比。我总觉得他的沉重叹息之中有一种特别的妩媚与舒展，这种风格像是——我只找到了——苏东坡。他的乐曲——例如《第六交响曲》（《悲怆》），开初使我想起李商隐，苍茫而又缠绵，缛丽而又幽深，温柔而又风流……再听下去，特别是第二乐章听下去，还是得回到苏轼那里去。"（《行板如歌》）

另一位作家余华，在他专门谈音乐的新书《高潮》中有一篇文章则这样说："柴可夫斯基一点也不像屠格涅夫，鲍罗丁有点像屠格涅夫。我觉得柴可夫斯基倒是和陀思妥耶夫斯基很相近，因为他们都表达了十九世纪末的绝望，那种深不见底的绝望，而且他们的民族性都是通过强烈的个人性来表达的。在柴可夫斯基的音乐中，充满了他自己生命的声音。感伤的怀旧，纤弱的内心情感，强烈的与外在世界的冲突，病态的内心分裂，这些都表现得非常真诚，柴可夫斯基是一层一层地把自己穿的衣服全部脱光。他剥光自己的衣服，不是要你们看他的裸体，而是要你们看到他的灵魂。"（《重读柴可夫斯基》）

非常有意思的是，他们一个把柴可夫斯基比成了苏轼和李商隐，一个把柴可夫斯基比成了陀思妥耶夫斯基。也许，你会觉得将柴可夫斯基比成苏轼和李商隐，有些玄乎；而把柴可夫斯基比成了陀思妥耶夫斯基，又有些过分。但他们都是从文学中寻找到认同感和归宿感。(有意思的是，美国音乐史家朗格在他的《十九世纪西方音乐文化史》一书中，则把柴可夫斯基比成英国诗人弥尔顿，也是文学意义上的比拟)这一点和我们大多数人是相同的。也就是说，我们在听柴可夫斯基的时候，已经加进我们曾经读过的文学作品的元素，有了参照物，也有了自己的感情成分，柴可夫斯基进入中国，已经不再仅仅是他自己，柴可夫斯基不得不入乡随俗。我们在柴可夫斯基里能够听到自己心底里许多声音，也能够从我们的声音里(包括我们的文学和音乐)听到柴可夫斯基的声音。可以说，从来没有任何一位音乐家，和我们能够有如此感同心受的互动。

我们对柴可夫斯基的感情，也许还在于他同梅克夫人那不同寻常的感情。当然，这也是世界所有热爱他的人都感兴趣的地方，并不能仅仅说是我们的专利。但是，对于他们长达十四年之久的感情，而且是超越一般男女世俗的情欲，保持得那样高尚而纯洁，是我们所向往的。在一个情感和情欲一直处于压抑的年代里，这种柏拉图式的感情，自然更会让知识分子多一份慰藉和憧憬。柴可夫斯基与梅克夫人的通信集，早在二十世纪四十年代，我国就有了陈原先生的译本，直至现在再版不断。

梅克夫人是在听了柴可夫斯基的《暴风雨》序曲之后，格外兴奋而对他格外感兴趣的。梅克夫人非常有艺术天赋，这首先来自家传，她父亲就是个小提琴手，她自己弹一手好钢琴。所以，她和柴可夫斯基是真正在心灵上的交流，真正在音乐中的相会，梅克夫人不是为了附庸风雅，凭着自己有钱而豢养着音乐家绕自己的膝下；柴可夫斯基也不是为了傍上一个富婆(要知道柴可夫斯基每年从梅克夫人那里有六千卢布的赞助，这在当时是一笔不小的数目)，使得自己尽快地脱贫致富好爬上中产阶级的软椅。他们才能在佛罗伦萨同住一所庄园里，本来可以有见面的机会时也要坚守诺言，梅克夫人要把自己出门散步的时间告诉柴可夫斯基，希望他能够回避，即使偶尔柴可夫斯基忘记而和她意外相遇，他们也会只是擦肩而过从不说话。正因为对感情有如此超尘拔俗的追求和把握，他们才能坚持了十四年之久的通信，柴可夫斯基才能向她毫无保留地倾吐了在别人那里从未说过的关于音乐创作的肺腑之言，梅克夫人也才能向他倾诉了内心的一切，包括一个女人最难说出口的隐私。他们把彼此当成了知己，联系着他们心的不是世俗间床第之间的男欢女爱，而是圣洁的音乐。

　　说起柴可夫斯基的音乐，我们爱说其特点是"忧郁"，是"眼泪汪汪的感伤主义"。当然，仅仅说是"忧郁"和"眼泪汪汪的感伤主义"是不够的。柴可夫斯基的音乐的确很丰富。我们听得非常熟悉的第一钢琴协奏曲（1875），还有他的 D 大调小提琴协奏曲（1878）、第一弦乐四重奏中的"如歌的行板"（1871）、《罗密欧与朱丽叶》幻想序曲（1869）、《意大利随想曲》（1880）、《1812 序曲》（1880），以及有名的第四和第六交响曲（1877、1893），和他的好多部芭蕾舞剧音乐，其中最熟不过的《天鹅湖》（1876）、《睡美人》（1890）和《胡桃夹子》（1892）……对于柴可夫斯基，真可以说是如数家珍。但是，"忧郁"和"眼泪汪汪的感伤主义"，毕竟是感动我们的最主要部分，即使在上述的作品中，我们依然能够听到这样的感觉，春花秋月何时了，往事知多少；问君能有几多愁，恰似一江春水向东流；城上高楼接大荒，海天愁思正茫茫；青鸟不传云外信，丁香空结雨中愁……我们能从我国的古典诗词中信手拈来多少与老柴这些音乐链接，吻合跃动在同一个脉搏上。

柴可夫斯基的旋律，是一听就能听得出来的。特别是在他的管弦乐中，他能够鬼斧神工般运用得那样得心应手，逢山开山、遇水搭桥一般手到擒来，那些美妙的旋律像是神话里藏在森林的怪物，可以随时被他调遣，为他呼风唤雨。在他的那些我们最能够接受的优美而缠绵、忧伤而敏感、忧郁而病态、委婉而女性化、细腻而神经质的旋律里，我们可以明显地感受到他的感情是那样强烈，有火一样吞噬的魔力，有水一样浸透的力量，也有泥土一样厚重的质朴。那种浓郁的俄罗斯味道，是我们最熟悉也是最喜爱的原因。

在这一点上，曾经尖锐批评过柴可夫斯基的朗格，有过精彩的阐发："柴可夫斯基的俄罗斯性，不在于他的作品中采用了许多俄国的主题和动机，而在于他艺术性格的不坚定性，在于他的精神状态与努力目标之间的犹豫不决。即使在他最成熟的作品中也具有这种特点。"（《十九世纪西方音乐文化史》）朗格所说的这种特点，恰恰是俄国一代知识分子所具有的共同特点。我们在托尔斯泰、契诃夫，特别是在屠格涅夫的文学作品中（比如屠格涅夫的小说《罗亭》），尤其能够感受到那一代知识分子，在面对自己国家与民族命运时刻，所奋斗所求索的性格，这种性格犹豫不决的不坚定性中蕴涵着那一代人极大的内心痛苦。

也许，明白这样的一点，我们才能多少理解一些柴可夫斯基音乐中的俄罗斯性，也才会多少明白一些为什么在我们中国那么多的知识分子，特别是老一代知识分子（新生代对柴可夫斯基早已经不那么感兴趣了）对柴可夫斯基那样一往情深，一听就他乡遇故知般找到了息息相通的共鸣。因为在政治动荡中，我们的知识分子不也一样犹豫不决地摇摇晃晃，在指点江山激扬文字的意气中、在痛哭流涕的检讨中、在感恩戴德的平反中、在志得意满的怀旧中、在违心或真心的颂扬中……一步步跌跌撞撞地走过来的吗？这是深藏在柴可夫斯基音乐里的俄罗斯气息，也是渗入我们骨髓里的民族性格。因此，可以说柴可夫斯基不仅独属于俄罗斯的音乐，也和我们一拍即合。

我们就是这样迷恋上老柴的，或者说老柴就是这样轻车熟路地走入我们的家门，成为我们家人的。

值得记住，并且值得研究的一点，是老柴开始步入我们家门的时候，在欧洲和美国，已经是包括老柴在内的古典主义和浪漫派音乐日渐式微的时候。为什么在这样历史的分界点，我们却对老柴一见如故，如获至宝？

英国学者雷金纳德·史密斯－布林德尔在他的《新音乐》一书中曾经指出：第二次世界大战之后，西欧电台播放的音乐内容发生了根本性的变化，首先播放的是"巴托克、斯特拉文斯基、欣德米特、贝尔格以及勋伯格那些被忽略的宝贵作品。"他同时指出："这种新音乐所追求的不是甜美的旋律（哪怕是简短的），不是紧凑连贯的和声和清晰的曲式。事实上，当时，到底要追求什么样的声音人们并不明确，只知道要避免什么。"显然，那个时代，我们的上一辈慢了一拍，至少也慢了半拍。其实，我们同样经历了第二次世界大战，饱受的磨难应该是一样的，但在战后我们的选择却是不一样的。我们选择的还是甜美的旋律、紧凑连贯的和声和清晰的曲式。我们喜爱的还是老柴式的"忧郁"和"眼泪汪汪的感伤主义"，而且强烈地和其一塌糊涂地共鸣。曾经赞赏过老柴的他的俄罗斯同胞斯特拉文斯基，当时却明确地说："音乐从本质上没有能力表现感情的任何东西——无论是感情还是思想态度，还是心理情绪。"他们已经无情地抛弃了柴可夫斯基，而我们却把他重新拾回。我不知道该如何解释这一事实，也许，和那时我们正在革命的年代有关；或和我们的民主化进程有关；或和我们知识分子一直的软弱有关；或和我们的讲究言情言志的传统文化有关。我只知道，老柴确实影响了我们国家的两代知识分子，这种影响不仅是感情，而且包括音乐在内的文艺创作的思维模式。

还是布林德尔，在分析第二次世界大战之后那个特定时代的选择时说过："音乐历史中，以前的任何关键时期都有不得不'重新开始'的时候。"当然，不仅仅是对老柴，对于历史及其他我们都应该有不得不重新开始的时候。

加州小镇 Cosolivos.　　RUXING 2013.8.5.

加州小镇

走近肖斯塔科维奇

一

捷杰耶夫又来了。这一次来京的两场音乐会，他带来的是对于中国而言久违的肖斯塔科维奇（D. Shostakovich，1906—1975）。这是我很期待的。

说是久违，因为以前对于我们中国人而言，听的、知道得更多是民族乐派特别是柴可夫斯基，老柴以后，则是拉赫玛尼诺夫和斯特拉文斯基。关于肖斯塔科维奇的专场音乐会，是比较少的。

对于肖斯塔科维奇，以前我曾经有过误解。因为他的第七交响曲太有名了，只要一提起肖斯塔科维奇，准要说他的这个第七，说在德国战火包围之中的列宁格勒，只剩下一名指挥和十五名乐手，仍然坚持演奏这支第七，极大地鼓舞了苏联人民反法西斯的士气，从而造成全世界的影响。这样的演出，确实具有传奇色彩，使得这支第七不同凡响。所以，第七又叫作"列宁格勒交响曲"，被称之为"战争的史诗"。

对于所谓音乐的史诗，我一向都抱有警惕，因为我会觉得它们延续的是贝多芬、瓦格纳的一套旧数，走的是宏大叙事的老路，音响效果多为轰轰烈烈。两年前，我到美国小住，闲来无事，在图书馆里借来一套肖氏的弦乐四重奏，共十五首，拿回来一听，和我想象的肖氏不同，音乐极其丰富，旋律富有感情，非常打动我，并非宏大叙事。遂对他刮目相看，一下子燃起我对他的兴趣，又借来他

223

的好几盘交响曲，包括第七，仔细听了个够，方才发现自己的浅陋，也知道这个世界上充满了多少误解和隔膜。

坐在大剧院的音乐厅里，等待捷杰耶夫出场。这是我第一次在音乐厅里听肖氏。

我一直以为指挥家为音乐会选曲，最见其思想与艺术的造诣。每一次来北京，捷杰耶夫的选曲都不一样，都见独到的功力。有意思的是，这一次，他没有选肖氏最著名的第七列宁格勒交响曲，而是选择了肖氏的其他四部交响曲和两部钢琴协奏曲。其中四部交响曲，第一是肖氏十八岁的作品，演绎着青春的心情；第七和第八是肖氏中期作品，也是当时备受打击的作品；第十五是肖氏最后一部交响曲，这部交响曲之后四年，他便去世了。连续两个晚上，捷杰耶夫和马林斯基交响乐团，带我几乎走遍了肖氏坎坷的一生。这是一次难得的音乐会，特别是对我这样对肖氏音乐不甚了解的人来说，是最生动的补课。

两场音乐会，第二场来的人更多些，心里暗想，北京的乐迷还是有水平的。最值得一听的，是第八和第九。相比刚刚听完不久的日本 NHK 交响乐团演奏成四平八稳的老柴，马林斯基乐团在捷杰耶夫的指挥下，更多起伏跌宕的层次和情感，整个乐队配合得风来雨从一般浑然一体，特别是弦乐中管乐的加入，或两者的相反加入，那样的熨帖，不着痕迹，缝若天衣，又水乳交融，风生水起。

当然，除了捷杰耶夫的指挥，还要感谢肖氏音乐本身的非凡功力。虽然，肖氏崇拜马勒，但比起马勒来更具现代性，特别是其配器，还有短笛、小号、单簧管突兀尖锐声音的横空出世，实在具有石破天惊的感觉。它让我听到的，更多是发自身心无以言说的痛苦，而不仅仅是表面的欢乐与悲伤。同他的前辈柴可夫斯基相比，更少了泪眼汪汪手帕浸湿的那种几乎滥情的感伤。

我尤其感动于第八，这是两天音乐会的压轴。第一乐章的弦乐，就让我震撼，那种揪动心弦的悲戚，不是揪着你的衣襟，执手相看泪眼的陈情诉说，而是"黄河捧土尚可塞，北风雨雪恨难裁"般的深切，随着浪一样一阵阵涌过来的音乐，层层叠叠地压在心头，拂拭不去。最后，英国管的独白，其实也是肖氏自己的独白，无字诗一样摇曳，直至曲终天青，唯留下半江瑟瑟半江红。

第二乐章突兀出现的短笛，听得真让人惊心动魄，仿佛一道划过来的闪电，将你的心魂瞬间掠去。第三乐章，长号和大提琴、木管和小提琴，还有小号、巴松和定音鼓，包括三角铁的撞击，此起彼伏，汇聚成的音响，撩人，又令人目不暇接。

第四乐章中那十一段的变奏，是我最期待的。弦乐，圆号，短笛，长笛，到最后单簧管的呻吟，此起彼伏，气息绵长不断。肖氏实在是太有才了，将各种乐器信手拈于股掌之间，让它们各显其能，各尽其长，又彼此呼应，同气相投，相互辉映，交织成一天云锦霞光。

最后乐章，与第十五相似，也是在往返反复几次的铜管鼓钹之后渐渐的弱音收尾，所不同的是此前有一段大提琴如怨如慕吟唱般的倾诉，真的让人柔肠寸断，让你感受到来自心灵的痛苦，不是悲伤，不是眼泪，无法诉说时，呼天无门时，还有音乐可以帮助我们救赎，——只有音乐才会拥有如此的穿透力。

想起当年斯大林时代对第八的批判，扣上的帽子是反苏维埃和反革命的音乐。原因是在辉煌的第七之后，肖氏为什么没有进一步唱响反法西斯胜利中对斯大林的赞歌，最好是出现颂歌式的独唱和大合唱，相反却要这样悲悲切切，最后选择渐渐消失的弱音，而不

　　　　　走近肖斯塔科维奇

是以胜利的锣鼓一般的高潮结尾。当时，批判的一条理由便是这样的悲戚，说肖氏"悲悲切切地站在了法西斯一边"。

音乐，在强权面前就是这样被肆意肢解和误读。曾经有人——至今在此次捷杰耶夫带来马林斯基交响乐团演出前的宣传，也是这样说，将肖氏的第七、第八和第九说成是"战争三部曲"。记得晚年的肖氏非常反感这种说法，他说："一切都归咎于战争，好像人们在战争期间才遭受折磨和杀害。"在谈到第八时，他认为都属于自己的"安魂曲"。

这里牵扯到时代、政治和艺术的关系问题，但是，好多音乐总是可以超越时代和政治的，正如肖氏的交响乐，纵使我们对肖氏和他生存的那个时代一无所知，并不妨碍我们欣赏他的音乐，我们会非常清晰地听出那里流淌出来的绝对不是欢乐和喜庆，而是痛苦和悲伤。我们可以非常明确地从中听出痛苦的深沉无比和无处不在。因为这种人类共有的痛苦超越时空，是来自心灵的，而不是来自观念。好的音乐总能从心灵到心灵，让我们共鸣，让我们在音乐中相逢。

二

为什么把人们一直认为的反法西斯战歌与史诗的第七，说成是自己的"安魂曲"？这是一个非常有意思的话题。也就是说，尽管第七有强烈的音响效果，但那并不是冒着敌人的炮火的反抗的勇气和士气，而是另含机锋。那么，这另含的机锋是什么？

音乐不同于文字和绘画，它诉诸的是听觉，反馈的是心灵，看不见，摸不着，其多义性从来就存在。同样一首乐曲，不同人听有不同的反应和感受，更是普遍存在的现象。问题是，作曲家自己在音乐中倾注的感情到底是什么，是不是和我们的主观想法与传统固定的史论相违背，这是值得探讨的。如果完全是背道而驰，而且介入了非艺术政治化的因素，则应该进行反思的是我们。因为是我们的主观意图，强行嫁接在了作曲家的音乐上面，人家作曲家本意要在这棵树上结苹果的，我们非要人家结出西红柿。

当年，小托尔斯泰曾经专门撰写文章，高度赞扬第七的战争史诗意义。小托尔斯泰是不是奉命而写，我不太清楚，但知道为写这篇文章，他请来好几位音乐学家到他的别墅，为他讲解并不怎么懂的音乐初级知识。小托尔斯泰的这篇文章为第七塑型与定性起到了重要的作用，猜想应该和我们那个时期姚文元或梁效的文章一样一言九鼎吧。

肖氏对小托尔斯泰非常不以为然。对于那个时代的作家，肖氏有自己的好恶，他欣赏的是左琴科和阿赫玛托娃。他最讨厌的是表里不一极尽谄媚之态的马雅可夫斯基，他斥之为"忠心耿耿伺候斯大林的走卒"，他认为马雅可夫斯基的最高道德标准是"权力"。因此，还在肖氏年轻的时候，在音乐厅的排练现场，第一次见到趾高气扬的马雅可夫斯向自己伸出两根手指，他只伸出一根手指头回敬了这位当时正在沿着拍马奉迎的阶梯顺利往上爬的阶梯诗人。

这个小小的细节，很能说明肖氏的性格。他不是那种拍案而起、怒发冲冠的激愤之士，他说："我不是好斗的人。"但他的心里有一本账，好恶明显，忠实于自己的内心感受与良心底线。对待音乐，则越发体现了这样的一点，甚至更突兀了这样的一点。尽管当时，他也曾经为斯大林亲手抓的《攻克柏林》《难忘的1919》等多部电影配乐，并因此而多次获得过斯大林奖金。如此的名利双收，

走近肖斯塔科维奇

也让他颇受舆论的非议。他自己心里很清醒，他把这一类作品称之为"不体面的作品"。但他又拉出契诃夫替自己辩解："契诃夫常说，除了揭发信以外，他什么都写，我和他的看法一样。我的观点非贵族化。"

这充分体现了肖氏的性格的双面性，在强权下，他的软弱与抗争曲折的心理谱线。晚年的肖氏对此自省，在谈到他的老师格拉祖诺夫和他自己同样具有的软弱时，他说："这是俄罗斯知识分子的通病，所有我们这些人的通病。"同时，他格外钦佩同处于那个时代的女钢琴家尤金娜，斯大林听了她演奏莫扎特的钢琴协奏曲后，派人送给她两万卢布，她给斯大林写了一封信："谢谢你，我将日夜为你祈祷，求主原谅你在人民共和国面前犯下的大罪，主是仁慈的，他一定会原谅你。我把钱给了我所参加的教会。"

肖氏是把这些电影配乐当成自己在现实生存的妥协手段，是把这些创作当成小品看待的。他更看重并投入的是他的交响乐。在世界范围内的音乐家，肖氏的交响乐，无论从质量还是数量都是极其厚重的。因此，对待几乎众口一词的第七，他是非常在意的，他不满对第七的误读，无论是官方还是民间，他几乎都难以容忍。这一点充分体现了他性格中刚性的一面。按一般人的逻辑说，特别是像肖氏战前就受到《真理报》的点名批判，说他的音乐是"混乱的""形式主义的"，几乎判定了死刑。战争救赎了他，阴差阳错让第七成为他自己命运的转折。很多人会高兴不迭地顺竿往上爬呢，他自己却坚决不要这样的不实之誉。他说："第七成了我最受欢迎的作品，但是，我感到悲哀的是人们并非都理解它所表达的是什么。"

晚年，他明确地说："第七是战前设计的，所以，完全不能视为在希特勒进攻下的有感而发。"这样无可辩驳的话，对于认为第七是反法西斯的史诗，无疑是最有力的拨乱反正。

肖氏又说："侵犯的主题与希特勒的进攻无关。我在创作这个主题时，想到的是人类的另一些的敌人。"那么。这另一些敌人指的是谁？这个主题是什么？他说，希特勒是罪犯，斯大林也是，他对那些战前田园诗的回忆很反感，他始终对那些"被折磨、被枪决或饿死的人感到痛苦"。他说："等待枪决是一个折磨我一辈子的主题。"或许，今天听肖氏这样说，觉得有些危言耸听，但看到肖氏举出的一个事例，三百多名盲歌手参加官方组织的一次民歌歌手大会，只是因为没有唱斯大林的颂歌，而唱的是旧民歌，三百多名盲歌手全部被杀。我们就会明白残酷的现实更惊心动魄。

所以，肖氏直言不讳道："说第七的终曲是凯歌式的终曲，是荒唐话。"

所以，肖氏义正词严地说："我的交响曲多数是墓碑。"

在具体谈到第七的音乐创作动机时，肖氏更是毫不留情地推翻了很多人听了第七之后自以为是的政治共鸣，他说："我是被大卫的《诗篇》深深打动而开始写第七交响曲。这首交响曲还表达了其他内容，但是《诗篇》是推动力。我开始写了，大卫对血有一些很精辟的议论，说上帝要为血而报仇，上帝没有忘记受害者的呼声。"这便越发明确了第七的音乐属性和政治属性，和法西斯并无关联，而是对斯大林高压统治下的那个残酷年代吟唱出的愤怒的哀曲。

重新来听第七，最好是再听完第八、第十四和第十五之后，再来听第七，会多少听出一些"安魂曲"的味道。

"安魂曲"，是安慰那些被害的人和自己的灵魂，而不是为领袖量身定做的赞美诗。肖氏曾经说过一句很有意思的话："交响乐很少是为订货而写的。"这话对于今天依然有意义，因为不仅交响乐，很多艺术作品都是津津乐道为订货而写，无论这订货渠道来自权力还是来自资本。总之，在乐此不疲。

三

在所有俄罗斯作家中，肖氏最喜欢的是契诃夫。他把契诃夫所有的小说和剧本，连同契诃夫的笔记本和书信都读了又读。他认为"契诃夫是位非常富有音乐感的作家"。肖氏晚年一直想把契诃夫的小说《黑衣僧》改编成一部歌剧。他说："我一定要写歌剧《黑衣僧》。可以说，这个题材摩擦着我结满老茧的灵魂。"可惜的是，肖氏临终前未能完成这部歌剧。这也成了一个肖氏之谜。

《黑衣僧》（汝龙翻译为《黑修士》，似乎不如《黑衣僧》好，黑修士可以理解为修士的肤色黑，缺少了黑衣的特指，而在小说里这位僧人来无影去无踪的幻影，黑衣飘飘无疑是平添许多气氛的），是契诃夫1873年写作的一篇中篇小说。内容写一位叫柯甫陵的心理学硕士，到一位农艺学家乡间的园子里做客。在黑麦田里，忽然遇见了他曾经梦里见过的一千年前的黑衣僧。同时，他爱上了农艺学家的女儿达尼雅，并顺利和她结婚住回城里。婚后柯甫陵却因见到黑衣僧而疯了，不久和达尼雅离婚。达尼雅返回乡间，迎接她的却是父亡园毁，气急之下给柯甫陵写了一封谴责和诅咒他的信。此时，柯甫陵正在大他两岁的女友照顾陪伴下，到南方养病的途中旅馆里。看到并撕碎这封信后，柯甫陵倒地身亡，临死前想叫女友救自己，呼喊出的却是达尼雅的名字。

可以看出，小说的情节并不复杂，但因为出现黑衣僧这样一个虚幻的角色，使得小说不完全属于写实，而增添了魔幻色彩。在谈论这部不太长的中篇小说时，契诃夫说这是一部"医学作品"，描写的是一个"患自大狂的青年人"。面对评论家蜂起的诸多评论，比如说主人公的崇高志向和现实的矛盾等等，契诃夫表示：评论家们没有看懂他的小说。

那么，肖氏看懂契诃夫的小说了吗？他执着地想将小说改编成歌剧，要表达的是什么样的情感和思想？能够和契诃夫相契合吗？还是要借契诃夫浇自己胸中的块垒？

如今，因为没有《黑衣僧》的这部歌剧诞生，已经无法弄清楚肖氏的真实意图了。但是，我还是非常感兴趣，企图触摸到肖氏与契诃夫之间微妙的心理轨迹，以及音乐和文学之间的交织、交融和互为营养、互为镜像的蛛丝马迹。很多音乐家都曾经做过这样的工作，比如德彪西就曾经改编梅特林克的歌剧《佩里亚斯和梅丽桑德》，理查·施特劳斯曾经把塞万提斯的小说《堂吉诃德》改编为管弦乐。文学从来都是音乐最好的朋友。肖氏一生，除了为他的学生弗莱施曼（过早战死在二战战场上）根据契诃夫的小说《罗特希尔德的小提琴》改编的歌剧写过配器之外，没有写过一部或一支关于契诃夫的音乐作品，成为遗憾。

做这样力不从心的工作，我想从这样两方面入手：

一是小说中黑衣僧的形象以及对柯甫陵的影响，也就是说，为什么黑衣僧导致柯甫陵最后疯掉。

小说中，黑衣僧出现了这样几次：第一次，是柯甫陵清早刚刚想起关于黑衣僧的传说，晚上便在黑麦田里遇见了黑衣僧。但仅仅照了一面，对他点点头，向他亲切而狡猾地笑笑，就脚不沾地如烟一般飞似的闪去。这一次黑衣僧的出现，带有神秘感，也带有喜悦感，就是这一次黑衣僧飘然而去之后，柯甫陵向达尼雅示爱。

第二次，还是夜间，黑衣僧出现在园林旁的一棵松树后面。这一次，黑衣僧和柯甫陵有交谈，谈的是关于人的永生和真理的永恒的话题。对柯甫陵影响至深的，是黑衣僧对他说的这样的话："你的全部的生活，都带着神的、天堂的烙印，你把它们献给合理而美好的事业。"以及疯了是先知与诗人，健康是庸庸碌碌的凡夫俗子的议论。这是黑衣僧最重要的一次出现，因为这一次黑衣僧的高谈阔论，直接影响柯甫陵命运的发展，即日后的疯，以及最后的死。

第三次，婚后的一天半夜，黑衣僧坐在为思想而蒙难的柯甫陵房间的圈椅上，继续和柯甫陵交谈。这一次，中心谈论的是幸福。醒来的达尼雅，看见柯甫陵在和一个空圈椅说话，发现他病了，疯了，开始带他看病。疯时幸福，健康却是庸庸碌碌，是上一次柯甫陵与黑衣僧见面谈话的延续和深入。

二是肖氏特别强调的契诃夫小说中关于葡萄牙作曲家勃拉加（1843—1924）的那首有名的《少女的祈祷》。肖氏自己说，他每次听到这支乐曲的时候，都会热泪盈眶。他设想："《少女的祈祷》一定也感动了契诃夫。否则他不会那样描写它，那样深邃地描写它。"

在小说中，关于这支《少女的祈祷》，契诃夫描写过两次。一次在开头，黑衣僧第一次出现在小说里之前，傍晚一些客人来达尼雅家做客，和达尼雅唱起了这支小夜曲，其中，达尼雅唱女高音。就是这支曲子唱完，柯甫陵挽着达尼雅走到阳台上，对她讲起了黑衣僧的传说。这天夜里，他便在黑麦田里遇见了黑衣僧。

另一次，在小说的结尾。柯甫陵看完达尼雅那封诅咒的信后，撕碎信扔到窗外，信的碎片被风又吹回，落在窗台上。他走出房间，来到阳台上，忽然听见阳台下面一层有人在唱这支他非常熟悉的《少女的祈祷》。他觉得这支歌很神秘，是天神的和声，凡人听不懂，自己却忽然感到了早已忘却的欢乐。

这样的梳理，或许可以让我们多少接近一点肖氏对契诃夫这部小说钟情的原因和创作走向的思路。在我看来，第一方面，即黑衣僧的形象，透视了肖氏的思想。在专权统治的现实面前，对于肖氏音乐的误读，曾经是肖氏特别大的痛苦，他曾经说借助于文字来演绎自己的音乐，也许是不得已的法子。借助于契诃夫和契诃夫的黑衣僧这个完全虚幻的影子，来勾勒面对现实与真实却不能又不敢言说的思想和情境，便是肖氏选择黑衣僧的最好最曲折的表达。在黑衣僧的对比下，让柯甫陵疯，让柯甫陵死，便具有极其残酷的悲剧性，是延续着肖氏自第四之后的交响曲特别是晚年创作一样的脉络，呼应着对现实的批判和悲天悯人的回声。同时，小说最后让达尼雅和她父亲曾经那么美丽的园林毁掉，便和契诃夫的《樱桃园》里的樱桃园一样，具有了象征的意象。为思想而蒙难，疯；庸庸碌碌地活，健康。健康，凡夫俗子；疯了，乃至最后死了，幸福。如此充满悖论的反差与反讽，是只有经历过那种残酷高压的政治年代，才会体味得到。这便是经过自省之后晚年的肖氏要表达最痛苦的内心和最深沉的音乐。

肖氏自己透露过一点这样的信息。他说："我有一部作品以契诃夫的题材为基础，就是第十五交响曲。这不是《黑衣僧》的草稿，而是一个主题的变奏曲。第十五有许多地方与《黑衣僧》有关系。"在这部第十五交响曲中，即使我们找不到一点《黑衣僧》的影子，但我们总能够听得到一点自省和痛苦。那是属于契诃夫的，属于

《黑衣僧》的，也是属于肖氏的。

我所说的第二方面，即《少女的祈祷》，关系着肖氏创作这部歌剧的音乐形象和旋律的基础，乃至整部歌剧的走向。在谈这支乐曲的时候，契诃夫说它"有点神秘，充满优美的浪漫主义色彩"。肖氏说："我一定要在这部歌剧中用它。"他说自己边听这首歌边在脑海里清晰地映出了这部歌剧的样子。我猜想，一定是以这样的优美浪漫，映衬那几乎逼人致疯的痛苦；用这样的神秘深邃，映衬那黑衣僧的飘忽和肖氏内心的向往。

可惜，我们再无法看到这部歌剧。我们只能从肖氏的第十五交响曲隐约触摸一点影子，就像隐约看见消逝在黑麦田中的幻影黑衣僧一样。

第五辑　父亲母亲

母 亲

　　十年来，我写过许多篇有关普通人的报告文学。我自认为与他们血脉相连，心不能不像磁针一样指向他们。可是，我却从来没有想到我可以，也应该写写她老人家。为什么？为什么？

　　是的，她比我写的报告文学中那些普通人更普通、更平凡，就像一滴雨、一片雪、一粒灰尘，渗进泥土里，飘在空气中，看不见，不会被人注意。人啊，总是容易把眼睛盯在别处，而忽视眼前的、身边的。于是，便也最容易失去弥足珍贵的。

　　我常责备自己：为什么现在才想起来写写她老人家呢？前些日子，她那样突然地离开人世，竟没有留下一句话！人的一生中可以有爱、恨、金钱、地位与声名，但对比死来讲，一切都不足道。一生中可以有内疚、悔恨和种种闪失，但这都可以重新弥补，唯独死不能重来第二次。现在，再来写写对比生命来说苍白无力的文字，又有什么用呢？

　　我仍然想写。因为她老人家总浮现在我的面前，在好几个月白风清的夜晚托梦给我。面对冥冥世界中她老人家的在天之灵，愈发觉得我以往写的所有普通人的报告文学，渊源都来自她老人家。没有她，便没有我的一切。对比她，我所写的那些东西，都可以毫不足惜地付之一炬。

　　她就是我的母亲。

一

她不是我的亲生母亲。

1952 年，我的生母突然去世。死时，才三十七岁。爸爸办完丧事，让姐姐照料我和弟弟，自己回了一趟老家。我不到五岁，弟弟才一岁多一点儿。我们俩朝姐姐哭着闹着要妈妈！

爸爸回来的时候，给我们带回来了她。爸爸指着她，对我和弟弟说："快，叫妈妈！"

弟弟吓得躲在姐姐身后，我噘着小嘴，任爸爸怎么说，就是不吭声。

"不叫就不叫吧！"她说着，伸出手要摸我的头，我拧着脖子闪开，就是不让她摸。

我偷偷打量着她：缠着小脚，没有我妈漂亮、也没我妈个高，而且年龄显得也大。现在算一算，那一年，她已经四十九岁。她有两个闺女，老大已经出嫁，小的带在身边，一起住进了我们拥挤的家。

后妈，这就是我们的后妈？

弟弟小，还不懂事，我已经懂事了，首先想起了那无数人唱过的凄凉小调："小白菜呀，地里黄呀，两三岁呀，没有娘呀……"我弄不清鼓胀着一种什么心绪，总是用一种异样的、忐忑不安的眼光，偷偷看她和她的那个女儿。

不久，姐姐去内蒙古修京包线了。她还不满十七岁。临走前，她带我和弟弟在劝业场里的照相馆照了张相片。我们还穿着孝，穿着姐姐新为我们买的白力士鞋。姐姐走了，我和弟弟都哭了。我们把失去母亲之后对母亲越发依恋的那份感情都涌向姐姐。唯一的亲姐姐走了，为了减轻家中添丁进口的负担。

　　她来了，我们又有妈妈了。姐姐走后，她要搂着我和弟弟睡觉。我们谁也不干，仿佛怕她的手上、胳膊上长着刺。爸爸说我太不懂事，她不说什么。在我的印象中，她进我家来一直很少讲话，像个扎嘴的葫芦。出出进进大院，对街坊总是和和气气，从不对街坊们投来的芒刺般好奇或挑剔的目光表示任何不快。"唉！后娘呀……"隐隐听到街坊们传来的感叹，我心里系着沉沉的石头。我真恨爸爸，为什么非要给我和弟弟找一个后娘来！

　　对门街坊毕大妈在胡同口摆着一个小摊，卖些泥人呀、糖豆呀、酸枣面之类的。一次路过小摊，她和毕大妈打个招呼，便问我："你想买什么？"

　　我用眼睛瞟瞟小摊，又瞟瞟她，还没说话，身边跟着她的亲生女儿伸出手指着小摊先说了："妈，我要买这个！"

　　她打下女儿的手，冲我说："复兴，你要买什么？"

　　我指着摊上的铁蚕豆，她便从毕大妈手中接过一小包铁蚕豆；我又指着摊上的酸枣面，她便又从毕大妈手中接过一小包酸枣面；我再指着小泥人、指着风车、指着羊羹……我越指越多。我是存心。那时，我小小的心竟像筛子眼儿一样多，用这故意的刁难试探一位新当后娘的心。

　　她为难地冲毕大妈摇摇头："我没带这么多钱！"

　　我却嚷着，非要买不成。这么一闹，招来好多人看着我们。她非常尴尬。我却莫名其妙地得意，似乎小试锋芒，我以胜利而告终。

　　过了些日子，她的大女儿，我叫大姐的从天津来了。大姐长得很像她，待我和弟弟很好。我们一起玩时有说有笑也很热闹，大姐挺高兴。临走前整理东西，她往大姐包袱卷里放进几支彩线，让我一眼看见了。这是我娘的线！我娘活着的时候绣花用的，凭什么拿走？第二天，大姐要走时找这几支彩线，怎么也找不着了。"怪了！我昨儿个傍晌明明把线塞进去了呀！咋没了呢？"她翻遍包袱，一阵阵皱眉头。她不知道，彩线是我故意藏起来了。

送完大姐回天津，爸爸从床铺褥子下面发现了彩线，一猜就是我干的好事，生气地说我："你真不懂事，藏线干什么？"

我不知怎么搞的，委屈地哭起来："是我娘的嘛！就不给！就不给！……"

她哄着我，劝着爸爸："别数落孩子了！许是我糊涂了，忘了把线放在这儿了……"我越发得理似的哭得更凶了。

咳！小时候，我是多么不懂事啊！

二

几年过去了。我家里屋的墙上，依然挂着我亲娘的照片。那是我娘死后，姐姐特意放大了两张十二寸的照片，一张她带到内蒙古，一张挂在这里。我和弟弟都先后上学了，同学们常来家里玩。爸爸的同事和院里的街坊有时也会光顾，进屋首先都会望见这张照片。因为照片确实很大，在并不大的墙上很显眼。同学们小，常好奇地问："这是谁呀？"大人们从来不问，眼睛却总要瞅瞅我们，再瞅瞅她。我很讨厌那目光。那目光里的含义让人闹不清。

随着年龄的一天天增长，我的心态变得盛满过多复杂的情感。我对自己的亲姐姐越发依恋，也常常望着墙上亲娘的照片发呆，想

肖复兴散文

念着妈妈，幻想着妈妈又活过来同我们重新在一起的情景。有时对她会莫名其妙地发脾气。她从不在意，更不曾打过我和弟弟一个手指头，任我们向她耍着性子，拉扯着她的衣角，街坊四邻都看在眼里。

许多次，爸爸和她商量："要么，把相片摘下来吧？"

她眯缝着眼睛瞧瞧那比真人头还大的照片，摇摇头。

于是，我娘的照片便一直挂在墙上，瞧着我们，也瞧着她。她显得很慈祥。头一次，我对她产生一种说不出的好感。但叫她妈妈一时还叫不出口。

那时候，没有现在变形金刚之类花样翻新的玩具，陪伴我和弟弟度过整个童年的只有大院里两棵枣树，我们可以在秋天枣红的时候爬上树摘枣，顺便可以跳上房顶，追跑着玩耍。再有便只是弹玻璃球、拍洋片了。我不大爱拍洋片，拍得手怪疼的；爱玩弹球，将球弹进挖好的一个个小坑里，很像现在的高尔夫球、门球的味道。玩得高兴了，便入迷得什么都不顾了，仿佛世界都融进小小透明的玻璃球里了。一次，我竟忘乎所以将球搁进嘴里，看到旁的小孩子没我弹得准时兴奋地叫起来，"咕噜"一下把球吞进肚子里。孩子们惊呆了，一个孩子恐惧地说："球吃进肚皮里要死人的！"我一听吓坏了，哇哇哭起来。哭声把她拽出屋，一见我惊慌失措的样子，忙问："怎么啦？"我说："我把球吃进肚子里了！"一边说着，我又哭了起来。她很镇静，没再讲话，只是快步走到我身边，蹲下身子一把解开我的裤带，然后用一种我从未听过的、带有命令的口吻说："快屙屎，把球屙出来就没事了！"我吓得已经没魂了，提着裤子刚要往厕所跑，被她一把拽住："别上茅房，赶紧就在这儿屙！"我头一次乖乖地听了她的话，顺从地脱下裤子，蹲下来屙屎。小孩们看见了，不住地笑。她一扬手，像赶小鸡一样把他们赶走："都家去，有啥好笑的！"

这一刻，她不慌不乱，很有主意。我一下子有了主心骨，觉得死已经被她推走了，便憋足劲屙屎。谁知，偏偏没屎。任凭憋得满脸通红就是屙不出来。她也蹲着，一边看看我的屁股，一边看看我："别急！"说着，用手帮我揉着肚子；"这会儿球也不能那么快就到了屁股这儿，刚进肚儿，它得慢慢走。我帮你擀擀肚子！"我不知道她为什么一直把揉肚子叫擀肚子，但她擀得确实舒服，以后我一肚子疼就愿意叫她擀。她不光擀肚子这块，还非得叫我翻过身擀后背。她说就像烙饼得翻个儿一样，只有两面擀才管用。这时候，我第一次感受到她那骨节粗大的手的温暖和力量。不知擀了多半天，屎终于屙出来了。多臭的屎啊！她就那样一直蹲在我的旁边，不错眼珠地望着那屎，直到看见屎里果真出现了那颗冒着热气圆鼓鼓的小球时，她高兴得站起来，走回家拿来张纸递给我："没事了，擦擦屁股吧！"然后，她用土簸箕撮来炉灰撒在屎上，再一起撮走倒了。

孩子没有一盏是省油的灯，大人的心操不完。我们大院门口对面是一家叫泰丰粮栈的大院，很气派，门前有块挺平坦宽敞的水泥空场，那是我们孩子的乐园。我们没事便到那儿踢球、抖空竹，或者漫无目的地疯跑。一天上午，那儿摆着个大车轱辘，两支胶皮轮子中间连着一根大铁轴。我们在公园玩过踏水车的玩具，便也一样双脚踩在铁轴上，双手扶着墙，踩着轱辘不住地转，玩得好开心。我忘了小孩能有多大劲，那大轱辘怎么会听我们摆布呢？它转着转着就不听话了，开始往后滚。这一滚动，其他几个孩子都跳下去了，唯独我笨得脚一踩空，一个栽葱摔到地上，后脑勺着着实实砸在水泥地上，立刻晕了过去。

等我醒来时已经躺在医院里，身旁是她和同院的张大叔。张大叔告诉我："多亏了你妈呀！是她背着你往医院跑，我怕她背不动你，跟着来搭把手，她不让，就这么一直背着你。怕你得后遗症，求完大夫求护士的。你妈可真是个好人啊……"

她站在一边不说话，看我醒过来，伏下身来摸摸我的后脑勺，又摸摸我的脸。

我不知怎么搞的，眼泪怎么也控制不住流了下来。

"还疼？"她立刻紧张地问我。

我摇摇头，眼泪却止不住往下流。

"你刚才的样子真吓死人了！"张大叔说。

回家的时候，天早已黑了。从医院到家的路很长，还要穿过一条漆黑的小胡同，我一直伏在她的背上。我知道刚才她就是这样背着我，颠着小脚，跑了这么长的路往医院赶的。

以后许多天，她不管见爸爸还是见街坊，总是一个劲埋怨自己："都赖我，没看好孩子！可千万别落下病根儿呀……"好像一切过错不在那大车轱辘，不在那硬邦邦的水泥地，不在我那样调皮，而全在于她。一直到我活蹦乱跳一点儿事没有了，她才舒了一口气。

这就是我的童年、我的少年。除了上学，我们没有什么可玩的。爸爸忙，每天骑着那辆像侯宝林在相声里说的除铃不响哪儿都响的破自行车，从我家住的前门赶到西四牌楼上班，几乎每天两头不见太阳。她也忙，缝缝补补，做饭洗衣，在我的印象中，她一直像鸵鸟一样埋头在我家那个大瓦盆里洗衣服，似乎我们有永远洗不完的破衣烂衫。谁也顾不上我们，我们只有自己想办法玩，打发那些寂寞的光阴。

一次，我和弟弟捉到几只萤火虫，装进玻璃瓶里，晚上当灯玩。玩得正痛快呢，院里几个比我大的男孩子拦住我们，非要那萤火灯。他们仗着自己人高马大，常常蛮不讲理欺侮我和弟弟这没娘的孩子。说实在的，那时我们怕他们，受了欺侮又不敢回家说，只好忍气吞声。这一次非要我们的萤火虫灯，真舍不得。他们毫不客气一把夺走，弟弟上前抢，被他们一拳打在脸上，鼻子顿时流出血来。我和弟弟一见血都吓坏了。回家路过大院的自来水龙头，我接了点儿凉水，替弟弟把脸上的血擦净，悄悄嘱咐："回家别说这事！"

弟弟点点头，回家就忘了。我知道他委屈。爸爸是个息事宁人的老实人，这回也急了，拉着弟弟要找人家告状。她拦住了爸爸："算了！"

我挺奇怪，为什么算了？白白挨人家欺侮？

她不说话。弟弟哭。我嘬着嘴。

晚上睡觉时，我听见她对爸爸说："街坊四邻都看着呢。我带好孩子，街坊们说不出话来，就没人敢欺侮咱孩子！"

当时，我能理解一个当后娘的心理吗？她就是这样一个人，一直到去世也没和任何人红过一次脸。她总是用她那善良而忠厚的心去证明一切，去赢得大家的心。以后，院里大孩子再欺侮我们，用不着她发话，那些好心的街坊大婶大娘便会毫不留情地替我们出气，把那些孩子的屁股揍得"啪啪"山响。

这样一件事发生后，街坊们更是感叹地说："就是亲娘又能怎么样呢？"

那是她的小闺女长到十八岁的时候。她一直怕人家说自己是后娘待孩子不好，凡事都尽着我和弟弟。哪怕家里有点好吃的，也要留给我们而不给自己的闺女。我们的小姐姐老实、听话，就像她自己一样。小姐姐上学晚，十八岁这一年初中刚毕业。她叫她别再上学了，到内蒙古找我姐姐去，接着让我姐姐给介绍了个对象，闪电式结了婚。一纸现在越发金贵的北京户口，就这样让她毫不犹豫地抛到内蒙古京包线上一个风沙弥漫的小站。那一年，我近十岁了，我知道她这样做为的是免去家庭的负担，为的是我和弟弟。

"早点儿寻个人家好！"她这样对女儿说，也这样对街坊们解释。

小姐姐临走时，她把闺女唯一一件像点儿样的棉大衣留下来："留给弟弟吧，你自己可以挣钱了，再买！"那是一件粗线呢的厚厚大衣，有个翻毛大领子，很暖和。它一直跟着我们，从我身上又穿到弟弟身上，一直到我们都长大了，再也用不着穿了，她还是不舍得丢，留着它盖院子里冬天储存的大白菜。以后，她送自己的闺女去内蒙古。她没讲什么话，只是挥挥手，然后一只手牵着弟弟，一只手领着我。当时，我懂得街坊们讲的话吗，"就是亲娘又能怎么样呢？"我理解作为一个母亲所做的牺牲吗？那是她身边唯一的财富啊！她送走了自己亲生的女儿，为的是两个并非亲生的儿子啊！

记得有一次，爸爸领我们全家到鲜鱼口的大众剧场看评戏。那戏名叫《芦花记》，是一出讲后娘的戏。我不大明白爸爸为什么选择这出戏带我们来看。我一边看戏，一边偷偷地看坐在身旁的她。她并不那么喜欢看戏，也看不大懂，总得需要爸爸不时悄悄对她讲述一遍情节才行。我不清楚她看了这出演后娘的戏会有什么感触，我自己的心里却倒海翻江，滋味浓得搅不开。那后娘给孩子穿用芦花假充棉花却不能遮寒的棉衣，使我对后娘充满恐惧和厌恶。但坐在我身边的她，是这样的人吗？不是！她不是！她是一位好人！她是宁肯自己穿芦花做的棉衣，也决不会让我和弟弟穿的。我给我自己的回答是那样肯定。

我不爱听评戏。从那出《芦花记》之后，我再也没看过第二场评戏。

妈妈！我忘记是从哪一天开始叫她妈妈的，但我肯定是在看了这出评戏之后。

三

童年和少年，是永远回忆不完的，像是永远挖不平的大山。那时，我们因节节拔高而常常看不起目不识丁的母亲，常常会在不知不觉中忘记了她的存在。当一切过去了，才会看清楚过去的一切，如同潮水退后的石粒一般，格外清晰地闪着光彩显露出来。

小学高年级，我的自尊心其实是虚荣心突然涨涨的，像爱面子的小姑娘。妈妈没文化，针线活做得也不拿手，针脚粗粗拉拉的。从她来以后，我和弟弟的衣服、鞋都是她来做。衣服做得像农村孩子穿的，却洗得干干净净。这时候，我开始嫌那对襟小褂土；嫌那前面没有开口的抿裆裤太寒碜；嫌那踢死牛的棉鞋没有五眼可以系带……我开始磨妈妈磨爸爸给我买商店里卖的衣服穿。这居然没有伤了她的心，她反倒高兴地说："孩子长大了，长大了！"然后，她带我们到前门外的大栅栏去买衣服。上了中学以后，她总是把钱给我，由我自己去挑去买。而她则在衣服扣子掉了的时候帮我缝上；衣服脏的时候埋头在那大瓦盆里洗啊洗。

我甚至开始害怕学校开家长会，怕妈妈颠着小脚去，怕别人笑话我。我会千方百计地不要她去，让爸爸参加。如果实在没有办法，她必须去，我会在开会前羞得很，会后又会臊不搭的，仿佛很丢人。前后几天，心都紧张得很，皱巴巴的，怎么也熨不平。其实，她去学校开家长会的机会很少，但我仍然害怕，我实在不愿意她出现在我们学校里。反正，那时我真够浑的。

一年暑假，我磨着要到内蒙古看姐姐。爸爸被我折磨得没办法，只好答应了。听说学校开张证明，便可以买张半费的学生火车票。爸爸去了趟学校，碰壁而归。校长说学生只有去探望父母才可以买半费学生票，看姐姐不行。我知道那位脸总是像刷着糨糊一样绷得紧紧的校长，他说出的话从来都是钉天的星，我们谁见了他都像耗子见了猫一样，躲得远远的。

妈妈说我去试试！

我不抱什么希望。果然她也是碰壁而归。不过她不是就此罢休，接着再去，接着碰壁。我记不清她究竟几进几出学校了。总之，一天晚上，她去学校很晚没回家，爸爸着急了，让我去找。我跑到学校，所有办公室都黑洞洞的，只有校长室里亮着灯。我走近校长室门，没敢进去。平日，我从未进过一次校长室。只有那些违反校规、犯了错误的同学才会被叫进去挨训。我趴在门口听听里面有什么动静，没有。什么动静也没有。莫非没人？妈妈不在这里？再听听，还是没有一点儿声响。我趴在窗户缝瞅了瞅，校长在，妈妈也在。两人演的是什么哑剧？

我不敢进去，也不敢走，坐在门口的石阶上等。不知过了多长时间，校长的声音吓了我一跳："大妈！我算服了您了！给您，证明！我可是还没吃饭呢！"接着就听见椅子响和脚步声，吓得我赶紧兔子一样跑走，一直跑出学校大门。我站在离校门口不远的一盏路灯下，等妈妈出来。我老远就看见她手里攥着一张纸，不用说，那就是证明。

她走过来，我叫了一声："妈！"愣愣的，吓了她一跳。一见是我，她把盖章的证明递给我："明儿赶紧买火车票去吧！"

回家的路上，我问她："您用什么法子开的证明呀？"我觉得她能把那么厉害的校长磨得同意了，一定有高招。

她微微一笑："哪儿有啥法子！我磨姜捣蒜就是一句话：复兴就这么一个亲姐姐，除了姐姐还探啥亲？不给开探亲证明哪个理？校长不给开，我就不走。他学问大，拿我一个老婆子有啥法子！"

"妈！您还真行！"

说这话，我的脸好红。我不是最怕妈妈去学校吗？好像她会给我丢多大脸一样。可是，今天要不是她去学校，证明能开回来吗？

虚荣心伴我长大。当浅薄的虚荣一天天减少，我才像虫子蜕皮一样渐渐长大成人。而那时候，我懂得多少呢？在我心的天平上，一头是妈妈，一头却是姐姐。尽管妈妈为我付出了那样多，我依然有时忘记了妈妈的情意，而把天平倾斜在姐姐的一边。莫非是血脉中种种遗传因子在作怪？还是心中藏有太多的自私？

大约六年级那一年，我做了一件错事。姐姐逢年过节都要往家里寄点儿钱。那一次，姐姐寄来三十元。爸爸把钱放进一个牛皮小箱里。那箱是我家最宝贵的东西，所有的金银细软都装在里面。那时所谓的金银细软，无非是爸爸每月领来的七十元工资，全家的粮票、油票、布票之类。我一直顽固地认为：姐姐寄来的钱就是给我和弟弟的。如果没有我和弟弟，她是不会寄钱回来的。爸爸上班后，我趁妈妈不在家的时候，走近那棕色的小牛皮箱。箱子上只有一个铜吊镣，没有锁头，轻轻一掀，箱盖就打开了。我记得挺清

肖复兴散文

楚，五元一张的票子六张躺在箱里，我抽走一张跑出了屋。那时，我迷上了文学，尤其是古典诗词。我从同学手里借了一本《千家诗》，全都抄了下来，觉得不过瘾，想再看看新的才能满足。手中有五元钱一张"咔咔"直响的票子，我径直跑往大栅栏的新华书店。那时五元钱真经花，我买了一本《宋词选》，一本《杜甫诗选》，一本《李白诗选》，还剩一块多零钱。捧着这三本书，我像个得胜回朝的将军一样得意扬扬地回到家，一看家里没人，把书放下便跑到出租小人书的书铺，用剩下的钱美美地借了一摞书。我忘记了，那时五元钱对于一个每月只有七十元收入的全家意味着什么。那并不是一个小数字。

我正读得津津有味，爸爸突然走进书铺。我这才意识到天已经暗了下来。我发现爸爸一脸怒气，叫我立刻跟他回家。一路上，他走在前面，我跟在后面，活像犯了错的小狗，耷拉着耳朵垂着尾巴。我知道大事不好。果然，刚进家门，爸爸便忍不住，把我一把按在床上，抄起鞋底子狠狠地打在我的屁股上。爸爸什么话也不讲。我不哭，也没有叫。我和爸爸都心照不宣，我心里却在喊："姐姐！姐姐！你寄来的钱是给谁的？是给我的！我的！"

我生平头一次挨打。也是唯一一次。

妈妈就站在旁边。她一句话也没说，就那么看着，不上来劝一劝，一直看着爸爸打完了我为止。

吃饭时，谁也不讲话，默默地吃，只听见嚼饭的声音，显得很响。妈妈先吃完饭，给爸爸准备明天上班带的饭，其实我天天看得见，但仿佛这一天才看清楚：只是两个窝头，一点儿炒土豆片而已。爸爸每天就吃这个。大冬天，刮多大风、下多大雪，也要骑车去，不肯花五分钱坐车，我却像大爷一样五元钱一下子花掉。我忽然感到很对不起爸爸，觉得是我错了，我活该挨打。妈妈不劝也是对的，为的是我长个记性。

饭后，爸爸叮嘱妈妈："明儿买把锁，把小箱子锁上！"

第二天，那个棕色小皮箱没有上锁。

第三天，妈妈仍然没有锁上它。

在以后的岁月里，那箱子始终没有上锁。为此，我永远感谢妈妈。那是一位母亲对一个犯错误孩子的信任。对于儿子，只有母亲才会把自己的一切向儿子敞开着……

四

我上初中的时候，正赶上三年自然灾害。那时，弟弟上小学三年级。我们正在长身体、要饭量的裉节儿。一下子，家里月月粮食出奇紧张，我们的肚子出奇大，像是无底洞，塞进多少东西也没有饱的感觉。

星期天，爸爸对我们说："今天带你们去个好地方！"

爸爸、妈妈领着我们兄弟俩来到天坛城根底下。妈妈一下子神采焕发，蹲下来挖了两棵野菜。原来是挖野菜来了！爸爸口中念念有词："野菜更有营养！"我和弟弟谁也不信，都觉得那玩意儿很苦。挖野菜，妈妈是行家。她在农村待过好多年，逃过荒、要过饭，闹饥荒的岁月就是靠吃野菜过来的。她很得意地告诉我和弟弟这叫什么菜、那叫什么菜，那样子就像老师指着黑板告诉我们什么是正确答案。此后，我写小说时要写一段有关野菜的具体名字时问她，她依然眼睛一亮，得意地告诉我什么是苣菜、马齿苋、曲公菜、苦苦菜、老瓜筋、洋狗子菜、牛舌头棵……就是这些名目繁多

肖复兴散文

味道却十分苦涩的野菜，充饥在妈妈和爸爸的肚子里。那时，从天坛城根挖来的野菜，被妈妈做成菜团子（用玉米面包着野菜做馅和食品），大多咽进她和爸爸的胃里，而把馒头和米饭让给我和弟弟吃。野菜到底是野菜，就在灾荒眼瞅着快要过去的时候，爸爸、妈妈病倒了。

先是爸爸，患上高血压，由于饥饿，全身浮肿，脚面像被水泡过发酵一般，连鞋都穿不进去。他上不了班，只好提前退休，每月拿60%的工资，全家只有靠爸爸的四十二元钱过日子了。紧接着，妈妈病了，那么硬朗的身子骨也倒下了。

我永远不会忘记那一夜。

那时，我将初三毕业，弟弟小学毕业，正要毕业考试之际。一天半夜里，我被里屋妈妈一阵咳嗽吵醒，睁眼一看见里屋的灯亮着。爸爸和妈妈正悄悄说着话。我听出来是妈妈吐血了。我再也睡不着，用被子捂着脸偷偷地哭了，又不敢哭出声，怕惊动弟弟和他们。我知道，这一切是为了我们。我们这些孩子有什么用！我们就像趴在他们身上的蚂蟥，在不停吸吮着他们的血呀！我们快长大了，他们的血也快被吸干了。

第二天上午，我对他们讲："爸，妈！我不想上高中了，想报中专！"上中专吃饭不用花钱，每月还能有点助学金。

爸爸一听很吃惊："为什么？你一定得上高中，家里砸锅卖铁也要供你！"爸爸知道我初中几年都是优良奖章获得者，盼我上高中、上大学。

妈妈坐在一旁不说话，只是不断地咳。她每咳一声，都像鞭子抽打在我的心上。那一刻，我真想扑在她的怀里大哭一场。

爸爸又说："你听见吗？一定要上高中！"他见我不答话，生气地一再逼我答应。

我急了，流着泪嚷了句："妈都吐血了，我不上！"

这话让他们都一惊。妈妈把我叫到她身边，说："你听谁瞎咧咧？我没——！"

"您甭骗我了！昨夜里你们的话，我都听见了！"

她本来就不会讲瞎话，让我这么一说更不会遮掩了："妈妈没事！我以前身子骨好，你放心！上学可是一辈子的事。妈妈一辈子没文化，你可要……"她说着有生以来最多的一次话。她说得不连贯，讲不出什么道理，但我都明白。

"你快别惹你爸生气，你爸有高血压。听见不？就点点头说你上高中！"

她说着，望着我。我望着她蜡黄的脸上皱纹一道道的，心里不禁一阵阵抽搐。

"你快答应吧！"她急得掉出眼泪。

我不忍心她这样悲伤近乎哀求一样对我说话，只好点了点头。

当天，爸爸把这事写信告诉了姐姐。就是从那个月起，姐姐每月寄来三十元钱，一直寄到我到北大荒插队。我知道我只能上高中，只能好好学习，比别人下更大的苦功夫学！

爸爸一辈子留下两件值钱的东西：一是那辆破自行车，另是一块比他年纪还要老的老怀表。他卖掉了这两样东西，给妈妈抓来中药。我卖掉了集起来的一本邮集，又卖掉几本书，换来一些钱，交到妈妈的手中。我想让妈妈的病快点儿好起来，心想妈妈会为我这孝顺高兴的。谁知她听说我卖了书，什么话也没说，眼泪落了下来。弄得我不知怎么回事，一个劲儿地问："妈，您怎么啦？……"

"你真不懂事啊，真不懂事！我为了什么？你说！你怎么能卖书呢?"

我讲不出一句话。妈妈,你病成这样子,想的还是要我读书!

"你答应我以后再也不干这傻事了!"

我只好点点头。

我升入高中。就在高一这一年下乡劳动中,我上吐下泻病倒了。同学赶着小驴车连夜把我送到长途汽车站。我回到家后几天高烧不退,昏迷不醒,可吓坏了爸爸、妈妈。一位邻居对妈妈说:"孩子是魂儿丢了。你得快替孩子招招魂!"妈妈赶紧脱下鞋,用鞋底子拍着门槛,嘴里大声反复叫着:"复兴,我的儿呀,你快回来吧!复兴,我的儿呀,你快回来吧!……"然后又不住地叫我的名字:"你答应啊!复兴,你答应啊!……"

躺在床头迷迷糊糊听见她在叫我,我不应声。我当时刚刚加入共青团,又是学校堂堂的学生会主席,自以为很革命,怎么能信招魂这迷信的一套呢?我不应声,妈妈便越发用鞋底子使劲拍门槛,越发大声叫:"复兴,你答应啊……"那声音越发充满紧张和急迫,直到后来嗓子哑了、带着哭音了。她是那样虔诚地相信我的魂还未被她招回。我的性子可真拧,或者说我的革命性可真坚定,妈妈就这样叫了我半宿,我硬是不应声。

弟弟在一旁急了,撺掇我:"你快答应一声吧!"没办法,我只好有气无力地应了一声:"呃!"妈妈长舒一口气,穿上鞋站起来走到我身边,说:"总算把魂招回来了!没事了,你的病快好了。"

病好之后,我说她:"妈,大半夜的叫魂,多让人难为情。您可真迷信!"

她一笑:"什么迷信不迷信!你病好了,我就信!"

这就是我的母亲！在所有人面前，我从来不讲她是后娘，也绝不允许别人讲。

我忽然想起这样一件事。那时，我每天在学校食堂吃一顿午饭，负责打饭、分饭。我们班有个眼皮有块疤瘌的同学，有一次非说我分给他的饭少了，横横地对我说："怎么给我这么点儿？你后娘待你也这样吧？"我气得浑身发抖，扔下盛馒头的簸箩，和他扭打了起来。我从来没和别人打过架，自小力气便弱。疤瘌眼是个嘎杂子琉璃球的个别生，很会打架。我知道我打不过他，可还是要打。结果，吃亏的当然是我，我被他打得鼻青脸肿。但他也没占什么便宜，开始起，他毫无准备被我朝他的小肚子上结结实实打了好几拳。

回到家，见我狼狈的样子，妈妈吓坏了，忙问："小祖宗，你这是怎么啦？"

"没什么！"我没告诉妈妈。但我觉得今天值得，我为妈妈做了点什么。虽然，也付出了点儿什么。

五

我是用爸爸的一条命从北大荒换回来的。

"文化大革命"中，我和弟弟分别到了北大荒和青海。那时，我们热血沸腾，挥斥方道，一心只顾指点江山，而把两个老人毅然决然、毫无情义地抛在家里，像抛在孤寂沙滩的断楫残桨。我们只顾自己年轻，却忘记了老人的年龄。1973年秋天，和我弟弟回北京探亲，我刚刚返回北大荒不几日，而弟弟还在途中，电报便从家中拍出：父亲脑溢血突然病故在同仁医院。我们匆匆往家中赶，三个姐姐先赶到家。我进门第一眼便看见妈妈臂上戴着黑箍，异常刺目。死亡，是那样突然、那样无情，又是那样真实。我的心一下子紧缩起来。

妈妈很冷静。听到爸爸去世的消息，她孤零零一个人赶到同仁医院。我们都是她的儿女啊，却没有一个人在她的身边。在她最需要我们的时候，我们却远在天涯，只顾各奔自己的前程。

好心的街坊问她："肖大妈，有没有孩子们的地址？找出来，我们帮您打电报！"她从床铺褥子底下找出放好的一封封信。那是我们几个孩子这几年给家中寄来的所有的信。她看不懂一个字，却完完整整保存完好；虽目不识丁，却能从笔迹中准确无误辨认出哪封是我、是弟弟、是姐姐们寄来的。街坊们告诉我："你妈这老太太真是刚强的人，一滴眼泪都没掉，等着你们回来！"街坊就是按这些信封上的地址给我们几个孩子分别拍来电报。

清冷的家，便只剩下妈妈一个人。我这时才发现，她已经老了，头发花白，皱纹像菊花瓣布满瘦削的脸上。我算算她的年龄，这一年，她整整七十岁了。年轻和壮年的时光一去不返，我们却以为她还不老，还可以奔波。我的心中可曾装有几多老人的位置？我感到很内疚。父亲丧事料理妥当，姐姐、弟弟分别回去了，我留下没走。我决心一定要办回北京，决不让妈妈一个人茕茕孑立，守着孤灯冷壁、残月寒星地生活！

我回到北京，开始了待业的生涯。姐姐又开始每月寄来三十元。弟弟也往家中寄钱。我和妈妈真正相依为命的日子是从这时候开始的。以往，我觉得并没有像这时候一样感到心贴得如此近，感到彼此是个依靠，是不可分离的。

当我像家中的男子汉一样，要支撑这个家过日子了，才发现家里过冬的煤炉是一个小小圆孔小肚的炉子，早已经落后了十年甚至二十年。它无法封火，又无烟道，极易煤气中毒。院里没有一家再用这种老式简易炉子了，妈妈却还在用！而我几次探亲，居然视而不见！我真是个不孝的子孙！我骂自己。我想起刚刚到北大荒正赶上大雨收割小麦，双腿陷入深深的沼泽中，便写信让家里给我买双高腰雨靴寄来。买新的，没那么多钱；买旧的，得到天桥旧货市场，妈妈走不了那么远的道。那时候我怎么就没有想到呢？是妈妈托街坊毕大妈的儿子到天桥旧货市场帮我买的。我连想也没想，接到雨靴便穿在脚上去战天斗地了。这年冬天，又写信向家里要围脖，以抵御北大荒朔风如刀的"大烟泡"。这一回，毕大妈的儿子到吉林插队了，妈妈没有了"拐棍"，只好自己到王府井，爬上百货大楼，替我买了一条蓝围巾。我怎么就没有想到呢？她是颠着小脚走去的呀！这已经是她力不胜任的事情了。我接到围巾时，发现那是条女式围巾，连围都没围便送给了别人。我怎么就没想到那是妈妈眯缝着昏花的老眼挑了又挑，觉得这条围巾又长又厚，才特意买下的，她是怕我冷呀！可我当时什么都没想，随手将围巾送给别人，只顾嚼着那围巾里包裹的一块块奶糖……

我实在不知道人生的滋味，不知道妈妈的心。妈妈细致的爱如同润物无声的春雨，却只打在我那粗糙、梆硬如同水泥板的心上，没有渗进，只是悄无声息地流走了……

我望着那已经铁锈斑斑、残破不全的煤炉，一股酸楚和歉疚拱上嗓子眼，我对妈妈说："妈，咱买个炉子去吧！"

"买什么呀，还能用！"

"不，买个吧！这炉子容易中煤气！"

大概是后一句话打动了妈妈，同意去买个炉子。实际上，她是怕我中煤气。莫非我的命就比她的金贵吗？

我不知道那年头买炉子还要票，我也不知道妈妈找到街道办事处是怎样磨到了一张票。那时，炉子确实是家中一个大物件。她和我从前门转到花市，就像如今买冰箱彩电一样，挑了这家又挑那家，最后终于买到一个煤球、蜂窝煤两用炉。我和妈妈一人一只手抬着这个炉子，从花市抬到家里，足足得走两里多的路呢。妈妈竟然那么有劲儿，想想她老人家都是七十岁的人了呀。家中有史以来第一次冬天生起这样正规的炉子，那是我家第一件现代化的物件。红红的炉火苗冒起来，映着妈妈苍老的脸庞，她那样高兴，身旁有了我，她像是有了底气。我回家为妈妈做的第一件事，便是买这个炉子。且以新火试新茶，我和妈妈的生活就是从这炉子开始的。

我的待业生涯并不长，大约半年过后，我在郊区一所中学教书，每月可以拿到薪水四十二元五角。我将这第一个月工资交给妈妈，她把钱放进那棕色牛皮箱里，就像当年爸爸每月将工资交给她由她放好一样。节省是一门学问，是一项只有在人生苦难中才会磨炼出来的本领。妈妈就有这种本领和学问。每月四十二元五角，两个人过日子并不富裕。她料理得有理有条，中午自己从不起火做饭，只是用开水泡泡干馒头和米饭，就几根咸菜吃；每天只买两角钱肉，都是留到晚上我下班回家吃。而我当时却偏偏还在迷恋文学，还要从这紧巴巴的日子里挤出钱来买书、买稿纸。每次从那小皮箱里拿钱，她从不说什么。每当我问："还有钱吗？"她总是说："有！有！拿去买你的书吧！"仿佛那箱子是她的万宝箱，钱是取之不尽的。

我清楚：我的书一天天增多，家里的日子一天天紧巴巴，妈妈脸上的皱纹逐日加深。

一天傍晚下班回家，还没进家门，听见一阵婴儿的啼哭声从屋里传出。谁的小孩？我们家任何亲戚都不曾有这样小的孩子呀！家里出了什么事？我心里很不安，走进家门，看见妈妈正给躺在床上的一个婴儿换褥子。

"妈，这是谁家的孩子？"

"我给人家看的。"

妈妈抱起正在啼哭的孩子，一边拍着、哄着，一边对我说。

"谁叫您给人家看孩子？"

"每月三十元钱，好不容易托人才找到这活儿的！"妈妈说着，显得挺激动。那时，每月增加三十元，对我家来说差不多等于生活水平翻一番呢。她抱着孩子，像抱着一面旗，很有些自豪，"这孩子挺听话，不闹人！孩子他妈还挺愿意我给看……"

"不行！您把孩子送回去！"我粗暴地打断妈妈兴头上的话，生平头一次冲妈妈发这么大火，"现在就送回去！"

妈妈也急了，泥人还有个土性呢，冲我也叫道："你还要吃人呀？"

"不行，您现在就把孩子送回去！"我不听妈妈那一套，铁嘴钢牙咬紧这一句话。我觉得让年纪这么大的妈妈还在为生计操劳，太伤一个男子汉的尊严，让街坊四邻知道该多笑话我没出息、没能耐！

争吵之中，孩子哭得更响了。妈妈和我都在悄悄地擦眼角。最后，妈妈拧不过我，只好抱着孩子送回去了。她回来后，我们谁也不讲话。整整一晚上，小屋静得出奇。我心里很难受，很想找机会对妈妈讲几句什么，却一句也说不出。

第二天清早，妈妈为我准备好早饭，指着我鼻子说了句："你这孩子呀，性子太强！"昨天的事过去了。妈妈终归是妈妈。

傍晚下班回家，一进门，好家伙，家里简直变了样。床上、地上全是五颜六色的线团和绒布。本来不大的屋子，一下子被这半东西挤得更窄巴了。妈妈被这些彩色的线簇拥着，只露出半个身子，头发上沾满了线毛。

这一回，妈妈见我进屋就站起来，抖落一身的线毛，先发制人："这回你甭管，我一定得干！拆一斤线毛有×角钱（我忘记具体是几角钱了，只记得拆的线毛是为工厂擦机器的棉纱）。这点钱不多，每天也能添个菜！再说你爸一死，我也闷得慌，干点儿活也散散心。你不能不让我干！"

我还能说什么呢？妈妈的性子也够强的！她从没上过一天班，没拿过一分钱工资。她一无所有，没有财富没有文化也没有了青春，正如现在那首歌里唱的："脚下这地在走，身边那水在流，可我却总是一无所有。"她所有的只是一颗慈爱的心和一双永远勤劳不知累的大手。即使如今老了，还将她那最后一缕绿荫遮挡我，将她最后一抹光辉洒向我。那些个小屋里弥漫着彩色棉纱的夜晚，给我们的家注满了温馨和愉悦。我就是这样坐在妈妈身旁，帮妈妈用废钢锯条拆着那彩色线毛。妈妈常笑我笨，拆得不如她利索……

一次参加朋友的婚礼，招待我喜糖，里面有金纸包装的蛋形巧克力。说起来脸红，那时我还从未尝过巧克力。小时候，只有在过年时才能吃到硬块水果糖，最好的也只是牛奶糖。嚼着另一种味道的巧克力，我忽然想起还在灯下拆线毛的妈妈，她也从来没吃过这种糖呀！我偷偷拿了两块金纸巧克力，装进衣兜里。婚礼结束后回到家，我掏出那两块巧克力对妈妈说："妈，我给您带来两块巧克力，您尝尝！"谁知衣兜紧靠身体，暖乎乎的身子早把巧克力暖化了。打开金纸只是一团黑乎乎、黏糊糊的东西了。我好扫兴。妈妈用舌头舔了舔，却安慰说："恶苦！我不爱吃这营生……"

我一把揉烂这两块带金纸的巧克力，心里不住地发誓：一定要让妈妈过上幸福的晚年。

六

妈妈病了。

谁也不会想到身体一直那么结实、心地那么宽敞的妈妈会突然发病，而且是精神病。

起初，我没有一点儿思想准备，一直不相信这残酷的现实。有时半夜，她蹑手蹑脚地走到我的床头，伏在我耳边悄悄地说话，生怕别人听见："你听见了吗？隔壁有人在嘀咕咱娘俩，要害咱娘俩！"我坐起来仔细听，哪有什么声响。我劝她赶快睡觉："没有的事！"越说不信她的话，她越着急。一连几夜如此，弄得我心烦得很："妈！您耳朵有毛病了吧？没人嘀咕，咱又没招人家，没人要害咱们，也没人敢害咱们！"她一听就急了，先压低嗓门："我的小祖宗，你小点儿声，不怕人家听见！"然后生气地伸手捂住我的嘴。

"没有的事，您自个尽胡思乱想！"我也急，不知该怎么向她解释才好。越解释，她越生气："怎么，我的话你都不信？我这么大年纪了还能胡说八道？你呀，你甭不信，你就等着人家来害你吧！"

我不知该怎么办才好。

肖复兴散文

突然，一天夜里，正飘着秋天凄苦的细雨。她又走到我床头，把我摇醒，说："快走！有人来害咱娘俩！"我把她扶到自己的床上，让她躺下，耐着性子说："妈！外面下雨了，您听差了吧！快睡吧，别想别的！"她不再说什么，我也就放心回屋睡去了。

没过一会儿，我听见房门悄悄打开了。我以为她是看看窗外屋檐下的火炉，怕炉子被雨浇来了。可是，过了许久，再听不见门开的声音，我的心陡然紧张起来，忙爬起身来跑到屋外。夜色茫茫，冷雨霏霏，没有一个人影。妈妈到哪儿去了？我的心一下沉落进冰窖里，从来没有那么紧张。我这才意识到事情比我原来想的要坏。我没了主心骨，慌忙拍响街坊张大叔的家门，他的两个孩子一听立刻打着手电筒跑出来，和我兵分三路去寻找。"妈！"我冲着秋雨飘洒的夜空不住大声呼喊。在北京城住了这么多年，我还从来没有可劲亮开嗓门这样喊过。可是，除了细雨和微风掠过树叶的飒飒声外，没有妈妈的回声。我的心像秋雨一样凉，眼泪顺着雨水一起从脸上流下来。

就在我毫无希望往回家走时，半路上忽然望见有个人影坐在一个地坡上。走近一看，竟是妈妈！她的屁股底下坐着一个包袱卷，这显然是她早准备好的。我拉她回家。她不回。两位街坊赶来，说死说活，好不容易把她拽回了家。

街坊对我说："肖大妈这样子像是得了精神病，你得带她去医院看看呀！"

那是我第一次来到安定医院这家北京唯一一家精神病院。诊断结果：幻听式精神分裂。

我怎么也接受不了这残酷的现实。妈妈！您从不闹灾闹病，平日常说："你呀，身子骨还不抵我呢！"怎么会闹下这样的病呢？

我开始苦苦寻找着答案,夜夜同妈妈一样睡不安稳。父亲去世后,谁能理解妈妈的心呢?她又从来不对任何人诉说自己的苦处,总是默默地忍着,将所有的苦嚼碎了,吞咽进肚里淤积着,直到淤积不了而喷发。老伴、老伴,人老了失去了患难与共的伴该是什么滋味?我才明白老伴这词的含义。而那一阵子,我光顾着忙,有时感到苦闷、孤独,常常跑到朋友家聊天,一聊聊到深夜才回家。有几次为了创作还跑到外地一去几个星期,把妈妈一个人甩在家中。她呢?她的苦闷、孤独,向谁诉说?我没有想到应该好好和她聊聊,让她把淤积的心里的苦楚倒出来。没有。她从不爱讲话,我便以为她没什么话要讲。我只顾自己,像蚕一样只钻在自己织的茧里。我太自私了!我不知道她心里装的究竟是什么,才使她神经再也承受不了重荷,像绷得太紧的琴弦一样断了……

我第一次感到自己并不了解妈妈。即使再老、再没文化、再忠厚老实的老人,也有自己的思想、情感。仅仅吃饱穿暖,并不是对老人最为挚切重要的关心和爱。

每天三次让妈妈吃药,成了我最挠头的难事。她一直不承认自己有病,尤其反感说她是精神病,最反对我那次带她去安定医院。再让她去说死说活也不去,弄得我没辙,只好自己去医院挂号,把情况讲给大夫听,求人家把药开出,拿回家。见到药,她的话就是:"吃哪家子药,没事乱花钱!"我递给她药,她一把扔到地上:"我一辈子也没吃过什么药,身子骨不是好好的?"没办法,我把药碾成末放进糖水里,可她一喝还是能喝出来药味,便把杯子往旁边一放,不再喝一口。我只好再想新招,把药放在粥里,再加大量的糖,一定盖过药的苦味,吃饭时让她把粥喝进去。她喝了。她还从来没喝过这么甜的粥,指着我的鼻子说:"你把卖糖的打死了?"

吃完这药，她总是昏昏睡，有时口水止不住流。大夫讲这都是服药后正常反应。我望着她那样子，揪心一样难受。她老了，确实老了。她像快耗完油的灯盏，摇曳着微弱的光，一切都是为了我们啊！在那些难熬的夜晚，我弄不清她究竟在想什么，她昏昏睡过之后，睁着被密密皱纹紧紧包围的昏花老眼瞅着我，一言不发地瞅着我……

　　这是她有生以来第二次吃药。一次是那年吐血后。药力还真起作用，我见她的脸渐渐又红润起来，以为她的身体又会像那次吐血后迅速恢复过来一样。我忽略了人已经老了十二三岁了呀，而且病也不一样：一个是累的病，一个却是心病！

　　一天下午，我正带着学生下厂劳动，校长突然给我挂来电话，要我立即回家，校长在家等我有要紧的事。我的心一下子提到嗓子眼。校长亲自找我，说明事情的严重性。要我立即回家，我马上想到了妈妈！我骑着自行车从郊外赶到家，屋里挤满了人，一时竟看不到妈妈在哪儿。校长迎了出来安慰我："刚才电话里没敢对你说，你妈妈刚才要跳河，你千万不要着急……"下面的话，我什么也听不清了，脑袋立刻炸开。我赶紧拨开人群，见到妈妈钻进被子躺在床上，脱下来放在地上的棉裤已经湿到腰。"妈！"我叫着，她睁开眼看看我，不讲话。街坊们开导她说："肖大妈，您看您儿子不是好好的，您甭胡思乱想！"然后又对我说："你快给肖大妈找衣服换换吧！"

　　好心的街坊告诉我，我才知道妈妈的病复发了。依然幻听，依然是恐惧，依然是有人要害我，这一次是听见有人在半路上把我害了，她一下子失去依靠，觉得无路可走，竟想寻短见。她走到河边，正是初冬，河水瘦得清浅，离岸上有长长一段河堤。她穿着笨

263

母　亲

重的棉裤没有那么大气力走下去，而是坐在堤上一点点蹭下去的。河边遛弯儿的人不知她要干什么，待她蹭到河里时，才意识到不好，赶紧跳下去把她救了上来……

我帮妈妈换上一条新棉裤，看见她的腿那样细，细得像麻秆，骨骼都鼓凸着，格外明显。这么多年，我是第一次看见她的腿，居然瘦削得刺目，心里万箭穿透。妈妈，您为什么要这样！小屋里散发着湿棉裤带有河水的土腥味。那一夜，我总想着妈妈蹭到河水中的那一幕。那一刻，她的脑子里想的是什么？她是否已经万念俱灰？是否觉得是另一个世界父亲在召唤？我至今不得而知。我再次责备自己的无能、对妈妈缺少理解和关心，自己太大意了！以为病好转了，可这并不是一般的头疼脑热呀！谁能够妙手回春，替妈妈把病治好？我愿意献出自己的一切。

我再次把妈妈送到安定医院。

这次病好转后，我们娘俩谁也再不提这件事。那是一块伤疤，烙印在彼此的心上。每逢路过那条小河，我对它充满恐惧。我十分担心她病情再次复发，就对妈妈说："要不送您到天津大姐家住一阵日子吧，换个环境有好处。"她不说话，却果断而坚决地把手一摆：不同意。我便再也不提。我知道这是妈妈对我的信赖。我对她说："那您得听我的，还得接着好好吃药！"她点点头。每次吃药，皱着眉头吞下去，但是她要喝好多好多的水，那药就是在嗓子眼里转，迟迟不肯下去。

1978年11月，我考入中央戏剧学院。报到日期到了，我拖到最后一天。那天，我很晚才离开家。妈妈不说话，默默地看着我收拾被褥、脸盆和书籍。她不大明白戏剧学院是怎么一回事，反正上大学总是件大事，打我小时候起上大学一直便是她和爸爸唯一的梦。我是吃完晚饭离开家的，她送我到家门口，倚在门旁冲我挥挥手。我驮上行李，骑上自行车便走了。天刚擦黑，新月升起，晚雾飘散，四周朦朦胧胧。风迎面打来，很冷，小刀片般直往脖领里钻。我骑了一会儿，不知是下意识，还是第六感官的提醒，回头看了看，竟一眼看见妈妈也走出家门和院子，拐到了马路上，向我迈紧了步子。我立刻涌出一股难以言说的感情。我知道，这一夜，我住进学院，她将孤零零守着两间小屋，听着冷风像走得太疲倦的旅人一样拍打着门窗，她会是一种什么心情？儿子再次为自己的前程去挤上大学的末班车，妈妈怎么办？我像十年前为了自己的前程跑到北大荒一样，又把妈妈甩在一边。只不过那次是知识不值钱，这次知识又值了钱，我像被风吹转的陀螺旋转着奔波，妈妈呢？她却一样孤寂地守候着，望着我陀螺般旋转着。这一次，她将要熬四年，四年苦苦地等待。等待什么？等待的是自己头发更花白、皱纹更深、身体更瘦削。我立刻跳下车，推着自行车往回向她走去。这一刻，我真想不上什么劳什子大学！她却向我摆着手，不让我折回。我走到她身边，她仍然不停地摆着手。她不说一句话，只是摆着手，那手背像枯树枝在寒冷的晚风中抖动。

到学院报到之后，在宿舍里安置妥当。我睡在上层铺，天花板是那样近，似乎随时都有压下来的危险。我的心怎么也静不下来，像是被风吹得急速旋转的风车。望着窗外高高的白杨树枝不住摇动，我知道风越来越大了，便越发睡不安稳，赶紧跳下床跑出宿舍，骑上自行车一路飞快朝家中奔去。当我敲响房门时，听见妈妈叫了声："谁呀？"我应了声："是我。"屋里没开灯，只听见鞋拖地的声音，然后看见妈妈掀开窗帘的一角，露出皱纹密布像核桃皮一样的脸，仔细瞧瞧外面，认准确实是我，才将门打开。这时，我发现门被一根粗大的木头死死顶着。这一刻，我真想哭。我知道，她怕。人老了，最怕的是什么？不是吃，不是穿，不是钱，不是病……是孤独。

这一宿，我没有回学院去住，而是和妈妈又守了一夜。我的心再也放不下，那根粗木头时时像顶在我的胸口上。我经常隔三岔五地从学院跑回家，生怕出什么万一的差错。妈妈看出我的担心，劝我不要这样三天打鱼两天晒网地上课，她没事，让我放心。我知道，总这样，我和她都得身心交瘁。我想把她送到天津大姐家，又怕她不去。再说人家也是一大家子人，对妈妈又是陌生的地方，她不愿去是可以理解的，但我实在怕我不在家时出什么意外。犹豫再三，我还是试探着对妈妈讲了。这一次出乎意料，她爽快地点点头，就像上次果断地摇头一样。我知道这都是为了我：在母亲的心中，只有儿子的事最重要，尤其是儿子的学业，是寄托她同父亲一并的期望。为了儿子，母亲能够做出一切牺牲。为了儿子，母亲她七十五岁高龄时又开始奔波，客居他方……

小屋锁上了门。我再回家时，小屋里是冰冷，是灰尘，是扑面而来的潮气。只要妈妈在，小屋绝不是这样，屋里充满生气、充满温暖、充满家的气息。哪怕我再晚回家，小屋里总会亮着灯，远远就能望见，里面摇曳着橘黄色的灯光，像一颗小小跳跃的心脏……

七

世上有一部书是永远写不完的，那便是母亲。

我不能再写下去了，那些喃喃自语，只能留给自己听，留给母

肖复兴散文

亲听。

四年后大学毕业，到天津去接妈妈，我同妻子做的第一件事是给她老人家买了件毛衣，订了一瓶牛奶。生活不会亏待善良的人，妈妈的病好了，好得那样彻底，以后再也没有犯过，大姐和我们一样为妈妈高兴。虽然她喝牛奶像喝药一样艰难，总嫌它味太冲，但那牛奶毕竟使她脸色渐渐红润、光泽起来。生活，像一只历尽艰辛的小船，重新张起曾经扑满风雨的风帆，家中重新亮起那盏橘黄色如同心脏跳动着的灯光。

这几年，我能写几本小书了。那里大都写的是像我母亲一样的普通人。我知道这是为他们，为自己，也为母亲。当街坊或朋友指着新出版书上我的名字和照片高兴地向她夸赞、让她辨认时，她会一扬头："这不是复兴嘛！"然后又说："写这些行子有什么用，怪费脑子的，一天一天坐在那儿不动地方地写！他身子骨还不抵我呢……"

谁能想到呢？就是这样一个硬朗的身子骨，再没犯过其他什么病的妈妈，竟会突然倒下去，再也没有起来呢？

她已经八十六岁，毕竟上年纪了。她不是铁打的金刚，身体内各个零件一天天老化、锈损。我知道这一天迟早要来，绝没想到会这样早，这样突然！头一天，她还把自己所有的衣服洗了，连袜子和脚巾都洗得干干净净，然后拣好新买的小白菜和一捆大葱。傍晚时她站在窗前看着孙子练自行车，待我回家时高兴地告诉我："小铁学会骑车了，骑得呼呼往前跑……"谁会想到呢？这竟会是她留给我最后的话语。第二天傍晚，她却突然倒在床上，任我怎么呼喊"妈妈"，却再也答应不了……

母亲去世的第二天清早，我走进她的房间，一眼看见床中间放

母　亲

着四个红香蕉苹果。那是妻子放上的。我不大明白为什么要放上这红苹果，却知道那床再不会有妈妈睡，再不会传来妈妈的鼾声。我也知道那苹果是前两天我刚刚买来的，新上市的还挂着绿叶，妈妈还来不及尝上一口。我打开那扇柜门，看见里面她的衣服一件件都洗得干干净净、叠得整整齐齐，仿佛她只是出去买菜，只是出一趟远门。她没有给孩子留下一点儿麻烦，哪怕是一件脏衣服、一条脏手绢都没有！在她人生灯盏的油将要耗尽之时，她想的依然是孩子们！孩子们！什么是母亲？这便是母亲！母亲！

　　而我们呢？我们做儿女的呢？我们是如何对待自己的父母老人呢？尤其是如何对待像母亲一样忠厚、善良、从来不会讲话又从不多讲话的人呢？每个人的内心都是自己灵魂的审判官。我为此常常内疚，常常想想儿时种种不懂事、少年时的虚荣、对母亲看不起、长大成人后只顾奔自己的前程而把老人孤零零甩在家中，以及自己的自私和种种闪失……我知道，什么事情都会很快过去，很快被人遗忘。即使鲜血也会被岁月冲洗干净不留一丝痕迹，在死亡的废墟上会重新长出青草，开出花朵，而忘记以往曾经发生过的一切。我也会吗？会忘记陪我度过三十七个年头，为我们尝尽酸甜苦辣的人生况味的母亲吗？不，我永远不会！我会永远记住她老人家的！

　　我将红香蕉苹果供奉在她的遗像前，一直没有动，一直到苹果全部烂掉。

　　我的老家在河北沧县东花园村。三十七年前，妈妈便是从那来到北京，来到我们身边，把我们抚养成人，与我们相依为命的。在乡亲们的关怀和帮助下，我将她的骨灰连同父亲和我亲娘的一并下葬在家乡的祖辈中间。在坟前，我和弟弟跪在那充满黏性的黄土地上，一起将我们俩人合写的一本刚刚出版不久的新书《啊，老三届》点燃，纷飞的纸灰黑蝴蝶一般在坟前缭绕着、缭绕着……

1989 年 12 月 2 日写毕于北京和平里

母 亲

父　亲

一

　　我对父亲最初的印象，是母亲去世之后第二年的清明节。那时，我六岁。一清早，父亲便催促我和弟弟赶紧起床，跟着他走到前门大街。那时，我家住在西打磨厂老街，出街口就是前门楼子。路很近，很快就在前门火车站前的小广场上，坐上5路公共汽车，一直坐到广安门终点站。

　　广安门外，那时是一片田野。我不知道前面是没有公共汽车了，还是有，父亲为了省钱没再坐。沿着田间的小路，父亲领着我和弟弟往前走。不知走了多远的路，反正记得我和弟弟已经累得不行了。那时，弟弟才三岁，实在走不动了。父亲抱起了弟弟，继续往前走。我只好咬着牙，跟在父亲的屁股后面走。开春的田地在翻浆，泥土松软，脚底上粘了一鞋底子的泥。记忆中的童年，清明节从来没下过雨，天总是湛蓝湛蓝的。在这样开阔的蓝天和返青发绿的田野背景下，父亲抱着弟弟，像一帧剪影，留给我童年难忘的印象。

　　一直走到田野包围的一片坟地里，父亲放下弟弟，走到一座坟前，从衣袋里掏出两张纸，然后，扑通一下跪在坟前。突然矮下半截的父亲的这个举动，把我吓了一跳。

　　坟前立着一块不大的青石碑，那时我已经认识了几个字，一眼看见碑的左下侧有一个"肖"字，当即猜想到那上面刻的是父亲的名字，而碑的中间三个大字，我不认识，一直过了好几年，我才认识上面刻着母亲的名字"宋辅泉"。又过了好几年，我才明白母亲名字的含义：父亲的名字叫肖子泉，母亲的名字是父亲起的，是要母亲辅助父亲支撑这个家的。可是，母亲三十七岁就去世了。父亲比母亲大整整十岁，母亲去世的那一年，父亲四十七岁。

这个埋葬着我生身母亲的坟地，除了这块墓碑，再有就是旁边不远有一条小溪，之外，我没有别的印象了。之所以记住了这条小溪，是因为给母亲上完坟后，父亲要带着我和弟弟到这条小溪边来捉蝌蚪。小溪里，有很多摇着小尾巴的蝌蚪，黑亮黑亮的，映着春天的阳光，小精灵一样，晃人的眼睛。我和弟弟都盼望着赶紧上完坟，去小溪边捉蝌蚪。

那时候，我还不懂事。父亲每年清明都要到母亲的坟前来祭祀，还能理解；让我不可理解的是，父亲每一次来都要跪在母亲的坟前，掏出他事先写好的那两页纸，对着母亲的坟磨磨叨叨地念上老半天，就像老和尚念经一样，我听不清他都念的是什么，只见他一边念一边已经是泪水纵横了。念完这两页纸后，父亲掏出火柴盒，点着一支火柴，把这两页纸点燃，很快，纸就变成了一股黑烟，在母亲的坟前缭绕，然后在母亲的坟前落下一团白灰，像父亲一样匍匐在碑前。

真的，那时候，我实在太不懂事，只盼望着父亲赶快把那两张纸念完，把纸烧完，就可以带我和弟弟去小溪边捉蝌蚪了。

让我更不理解的是，除了清明节来为母亲上坟，到了中秋节前，父亲还要来为母亲再上一次坟。而且，父亲照样是跪在坟前，掏出两页写满密密麻麻小字的纸，念完后烧掉。我当时常想，那两页纸写的是什么内容呢？每一次写的内容是一样的吗？却像是惯性

父 亲

动作一样，每一次来给母亲上坟，父亲都要写这样长的信，念给母亲听，母亲听得到吗？父亲怎么有这么多的话要对母亲说呢？

这样做，打破了常人的习惯。因为一般人都是一年一次在清明节给亲人上坟，不会在中秋节再上第二次坟的。当然，长大以后，我明白了，这说明父亲对母亲的感情很深。但是，在当时，中秋前后，青蛙都已经绝迹，小溪边没有蝌蚪可以捉，又要走那么远的路，我和弟弟对母亲的思念，常常被对父亲的抱怨所替代。特别让我不能理解的是，为了省钱，给母亲上坟回来的时候，父亲常常是带着我们从广安门上车坐到牛街这一站就提前下车，然后，对我和弟弟说："你们是想继续坐车呢，还是走着回家？现在，咱们要是坐车坐到珠市口，一张车票是五分钱，要是不坐车，就用这五分的车票钱，到前面的菜市口，给你们买一包栗子吃。"那时候，满街都在卖糖炒栗子，香味四散，勾我和弟弟的馋虫。我和弟弟抵挡不住栗子的诱惑，选择不坐车，用省下的这五分钱买栗子。

那时候，五分钱能买一包栗子，可是，常常是不到珠市口，栗子就吃完了。我和弟弟还想吃栗子。父亲说："从珠市口坐车，坐到前门，一张车票也是五分钱，你们要是不坐车，就可以用这五分钱再买一包栗子。"我和弟弟当然又选择了栗子。就这样跟着父亲走回了家，天已不知不觉黑了。父亲没有吃一口栗子。下一年中秋节前，父亲带我们去为母亲上坟，尽管知道要走那么远的路，一想到栗子，我和弟弟还是很愿意去。

现在想想，那时我和弟弟毕竟小，对母亲的印象是很模糊的，对母亲的感情，远没有父亲对母亲的感情那样的深。父亲之所以用这种方法带我们去为母亲上坟，是为让母亲的在天之灵看看我和弟弟。这其实是父亲对母亲的一份感情。只是，我不懂。我更不清

肖复兴散文

楚，父亲和母亲是怎么相爱，又是怎么结婚的，在那些个战火纷飞的日子里，又是怎么样一路颠簸着从信阳到张家口，最后来到北京的。清明的蝌蚪，中秋的栗子，小孩子的玩和馋，和大人之间的感情拉开了距离。一直到父亲去世之后，我也不太了解父亲，更谈不上理解。似乎命中注定，我和父亲一直很隔膜，像是处于两个世界的人。童年对母亲那种模模糊糊又似是而非的感情，和父亲在坟前对母亲毫无掩饰而且是无法抑制的感情，只不过是我和父亲隔膜与距离的一种象征。

我只知道，母亲是河南信阳人，长得个子很高，看过我家唯一存下来的她的照片，长得肤色白皙，应该属于漂亮的女人。父亲是在那里工作时，和母亲结的婚。那时，父亲在南京国民政府财政局受训之后，来到信阳工作。1947年，我出生后，父亲先到张家口，又紧接着到北京工作。父亲在北京安定下来，母亲抱着刚刚满月的我，带着我姐姐随后投奔父亲。因为正是战乱时，张家口站人特别拥挤，母亲带着我们没有挤上火车，只好坐下一班的火车，火车开到南苑时停了下来，停了很久也没有开。一打听，原来上一班火车被炸药炸了。而正在前门火车站接站的父亲，以为母亲和我们都在这列火车上，心急如焚。

很多年后，当姐姐对我讲起这件往事的时候，想象着当初的情景，我才多少理解了父亲对母亲的那种感情。战乱动荡的时局中，普通人之间的感情，显得那样揪人心肺，更容易相濡以沫，弥足情深，所谓聚散两依依。

母亲突然的离世，对父亲的打击显然很大。那时，北京刚解放三年，日子刚安定下来不久。只是那时我太小，难以理解人到中年父亲的心情罢了。母亲去世不久，父亲就回老家一趟，为我和弟弟娶回继母。继母比父亲大两岁，比母亲大十二岁。此外与身材高挑、清秀的母亲不同的是，继母缠足。

那时，我不懂得父亲为什么要娶回我的继母。我不懂得父亲所做的这一切，都是为了幼小的我和弟弟。

1994年，孙犁先生读完我的《母亲》一文，知道我小时候生母去世后父亲回老家为我和弟弟娶回继母的这段经历，来信说："您的童年，无论如何，不能说是幸福的，使我伤感"。然后，又驰书一封特别说："关于继母，我只听说过'后娘不好当'这句老话，以及'有了后娘就有了后爹'这句不全面的话。您的生母逝世后，您父亲就'回了一趟老家'。这完全是为了您和弟弟。到了老家经过和亲友们商议，物色，才找到一个既生过儿女，年岁又大的女人，这都是为了你们。如果是一个年轻的，还能生育的女人，那情况就很可能相反了。所以，令尊当时的心情是痛苦的。"

孙犁先生的信，让我没有想到，因为在我写文章的时候，一直到文章发表之后，都没有想到父亲当年那样做内心真实的感情，而只是一味地埋怨父亲。孙犁先生的信提醒了我，也是委婉地批评了我。真的，对于父亲，我一直都未理解，一直都是埋怨，一直都是觉得自己的痛苦多于父亲。也许，只有经历过太多沧桑的孙犁先生，对于哪怕再简单的生活才会涌出深刻的感喟吧，而我毕竟涉世未深。我不懂得人到中年的父亲，选择一个比他年纪大的女人，作为我和弟弟的新母亲，是为了我和弟弟。我不懂得孙犁先生所说的父亲"当时的心情是痛苦的"。

当时间和我一起变老的时候，回想童年时父亲带我和弟弟为母亲上坟的那一幕，便越发凸显。父亲跪在母亲的坟前为母亲读信的那一幕，才越发让我心动。可惜，我从来不知道父亲在那两页纸上密密麻麻写的都是什么。但我可以想象得出来。想象得出来，又有什么用呢？人老了之后，才渐渐明白了一点人生，才和父亲有了一点点的接近，付出的却是几乎一辈子的代价。我才明白，在这个世界上，亲人之间，离得最近，却也有可能离得最远。

二

在我的印象中，父亲胆子很小，一直到他去世，都活得谨小慎微，有毒的不吃，犯法的不干，树上掉片树叶都要躲着，生怕砸着自己的脑袋。长大以后，当我知道父亲的这件事情之后，对父亲的印象有所改变。

父亲很年轻的时候，就独自一人离开家乡河北沧县，跑到天津去学织地毯。我爷爷当过乡间的私塾先生，略有文化，他有两个孩子，一个是父亲，一个是父亲的哥哥。和一辈子守在乡下种田的哥哥不同，父亲在乡间读完初小，就想离开家乡，别人怎么劝都不行，他还是来到了天津。天津离沧县一百二十里地，是离沧县最近的大城市。沧县很多人都曾经到天津跑码头，这个传统一直延续至今，现在天津的街头还能碰到不少打工者，操着沧县的口音。想想父亲只身一人跑到天津学织地毯的情景，很像如今那些北漂。尽管时代相隔了近百年，但年轻人躁动的梦想和盲目的行为方式，基本相似。那时候的父亲，胆子并不小，性格里有很不安分的成分。

我一直在想，父亲为什么曾经会有这样不安分的性格？后来，为什么又将这种性格磨平，乃至变得如此谨小慎微呢？

受我爷爷当私塾先生的影响，父亲读书的时候，爱看一些杂书，特别是章回本的旧小说。我读小学的时候，晚上我和弟弟睡觉

　　　　　父　亲

前，他常常讲《三侠五义》《施公案》《水浒传》《聊斋志异》里的一些故事给我们听，也不管我们听懂听不懂，爱听不爱听。他也喜欢沧县地区有名的文人纪晓岚的《阅微草堂笔记》，常讲一些他小时候听到的关于纪晓岚的民间传说。一直到现在我还记忆犹新，听他有声有色地说起纪晓岚小时候，有一位从南方来的大官，看见纪晓岚在田里放牛，大夏天的还穿着一件破棉袄，摇着一个破芭蕉扇，觉得很可笑，就随口说了句："穿冬衣，拿夏扇，胡闹春秋。"纪晓岚回了一句："到北地，说南语，不识东西。"讲完这个故事，父亲呵呵地笑，他故意将"识"说成"是"，然后又对我们讲这里一语双关的意思，讲这个对子里的对仗，对得非常简单，又非常有趣。我和弟弟也觉得特别的好玩。父亲去世之后，整理他极其简单的几件遗物，其中有一本旧书就是《阅微草堂笔记》。

父亲从来没有对我讲过这类文学的书对于他的影响，他只是说自己从小喜欢读书，以此来教育我和弟弟要好好读书。所以，只要是我买书，他从来不反对。读小学一年级的时候，他为我买的第一本杂志，是上海出版的《小朋友》，那是一本很薄的画册。以后，我识字多了，他为我买《儿童时代》。再以后，他为我买《少年文艺》。这三种杂志，成为我童年读书的三个台阶，应该说是父亲领着我一步步走上来的。

那时候，我家住的大院斜对门有一家邮局，是座二层小楼，据说，前身是清末在北京成立的第一家邮电所。那里卖这些杂志。跟着父亲到邮局里买这些杂志，成为我童年和少年时代最快乐的事情。我想，以后我能写一些东西，最初应该是父亲在我的心里埋下的种子。父子两代人，总有一些相似的东西，影子一样叠印在彼此的身上，是遗传的基因，也是潜移默化的结果，是上一辈人未曾实现的梦想不由自主的延续。

　　偶尔一次，父亲对我说，在部队行军的途中，要求轻装，必须得丢掉一些东西，可他还带着这些旧书，舍不得扔掉。说这番话的时候，其实，父亲只是为了教育我要珍惜读书，没小心说秃噜了嘴，无形中透露出他的秘密。当时，我在想，部队行军，这么说，他当过军人，什么军人？共产党的？还是国民党的？那时候，我也就刚读小学四五年级，一下子心里警惕起来。如果是共产党的军人，那就是八路军，或者是解放军了，应该是那时的骄傲，他应该早就扯旗放炮地告诉我们，绝对不会耗到现在才说。所以，我猜想，父亲一定是国民党的军人了。

　　事实证明了我的猜想没有错。

　　那时我家有一个黄色的小牛皮箱，我知道，里面放着粮票、油票、布票等各种票据，还有父亲每月发来的工资，都是我家的"金银细软"。有一天，我打开这个小牛皮箱，翻到箱子底，发现一本厚厚的相册，和一张委任状的硬皮纸。委任状上写着北京市政府任命父亲为北京市财务局科员，下面有市政府大印，还有当时北京市市长聂荣臻手写体签名的蓝色印章。这是北京和平解放之后，对于像父亲这样的国民党政府留下的人员接收时的证明。应该说，没有任何问题，问题出现在那本相册上。那是一本道林纸的厚厚的印刷品，当我打开相册，看见里面每一页都印着一排排穿着国民党军服的军官的蓝色照片。这样的国民党军服，只有在电影里才见过，是那些杀人不眨眼的刽子手才穿的军服。我一下子愣在了那里，小小的心，被万箭射穿。我几乎忽略掉了这本相册下面还压着四块袁大头银圆。

　　读中学之后，我才渐渐弄清楚了。父亲在天津学织地毯，并没

父　亲

有多长的时间，他觉得这样一天天织下去，没有什么前途，就投奔了在冯玉祥部队当军需官的一位亲戚（这位亲戚后来官居国民党少将，居于并逝世于上海）。父亲不安分的心，再一次蠢蠢欲动。因为他多少有一些文化，在部队里很快得到了提拔，最后当了一个少校军衔的军需官。抗战结束后的 1945 年，他从部队转业，集体到南京国民政府受训，然后转业到地方财务局，一路辗转，从信阳到张家口到北京。

国民党，还是一个少校军官。这样的一个曾经拥有过的身份，对于我简直像一枚炸弹，炸得我五雷轰顶。

而这样一个身份，如一块沉重的石头，一直压在父亲的档案里和父亲的心里。

我读初一的时候，已经是 1960 年。新中国伊始的许多政治运动，如"三反五反""反右"等，都已经轰轰烈烈地过去了。父亲都平安无事，实在是不容易的事。后来，我才发现父亲写的那些交代材料一摞一摞的，不知有多少。父亲对我也不隐瞒，就放在那里，任我随意看。那里有他的历史，有他的人生。有一段时间，我非常好奇，曾经翻看父亲的这些交代材料，有很多都是重复的车轱辘话，在不厌其烦地反复讲，又要发自肺腑地深刻讲。食不厌精，脍不厌细一般，不怕交代的琐碎，不怕检查的絮叨。父亲的字写得很小，又挤在一起，像火车站拥挤的人群，生怕挤不上车，眼睁睁地看着火车开跑，自己被无情地甩下。那些密密麻麻的钢笔字，有很多已经颜色变浅，甚至模糊，不知道为什么让我想起父亲带我和弟弟给母亲上坟时，他写的那两张纸的信上密密麻麻的字迹。同样也是不厌其烦反复讲的车轱辘话，同样也是发自肺腑深刻讲的话，却是那样的不同。

读初三的时候，我十五岁，退了少先队之后，要申请加入共青团，首先一条，就是要和家庭划清界限。于是，步父亲后尘，如同父亲写交代材料一样，我不知写了多少对家庭出身、对父亲历史认识的报告，交给团支部，接受组织一遍遍的审阅，一次次的考验。我才知道，写这些材料，不是一件简单的事情。尽管那时我的作文写得不错，但是，这样的材料，远比作文难写，总觉得写得枯燥，笔重千斤，心很累。但是，我并没有理解父亲写这些交代材料时真正的心情。那时，我只顾自己的心情，觉得好多的委屈，埋怨自己为什么会摊上了这样一个父亲，却难以理解父亲的心情其实是更为复杂，更为疲惫不堪的。

想想，有时候，为了表现出来和家庭划清界限，还要做出一些决绝的举动，对父亲的伤害，就更不知晓了。

记得有一次，大院里一个在解放以前曾经当过舞女的女人，突然和大院的油盐店的少掌柜生下一个私生女。从不多言多语的父亲，在家里和我妈妈悄悄地议论这事，说了句：王婶也不容易，一个女人带着两个孩子，日子怎么过呀！没有想到，这话被我听到了，我当时就反驳他："你站在什么立场上说话？还王婶王婶地叫着？"父亲立刻什么话也不说了，像霜打的茄子，蔫蔫地待在一旁。那时候，我不懂得上一辈人的历史，也不懂得生活的艰难，只知道阶级的立场，只知道要时时刻刻睁大眼睛，警惕着和父亲划清界限。

父亲的棱角就是这样渐渐被磨平。年轻时候的不安分，本来就是摇曳在风中的一株弱小的稗草，更禁不住一阵又一阵风雨的洗礼。在这一番番的风雨中，父亲所要经受的，不仅来自时代和社会，也来自家庭。而在家庭中，主要来自为了追求自己前途的我。

年轻的时候，谁没有过不安分的心思和性格呢？不安分，其实就是不安现状，渴求一种新的生活。年轻的时候，谁不像一株迷途而不知返的蒲公英一样盲目而莽撞呢？我长大了以后，要去北大荒插队之前，曾经和父亲当年一样，没有和他商量，就那样毅然决然地离开了家，父亲当时什么话也没有说，他知道说什么也没有用，眼瞅着我从小牛皮箱里拿走户口本，跑到派出所注销。我离开家到东北的那天，父亲只走出家门，便止住脚步，连大院都没有走出来。他也没有对我说任何送别嘱咐的话，只是默默地看着我离开了家。

　　现在想想，我就像父亲年轻时离开老家跑到沧县学织地毯一样，远方，总是比家更充满诱惑，以为人生的理想和前途就在未知的远方。尽管成长的历史背景完全不同，父子各自的性格以及一生的轨迹总有相同部分，命定一般在重合，就像父子的长相，总会有相像的那某一点或几点。

　　以后，看北岛的《城门开》，书中最后一篇文章是《父亲》，文前有北岛题诗："你召唤我成为儿子，我追随你成为父亲。"文中写道："直到我成为父亲……回望父亲的人生道路，我辨认出自己的足迹，亦步亦趋，交错重合——这一发现让我震惊。"读完这篇文章，我想起了我的父亲，眼泪禁不住打湿了眼睛。

三

　　父亲不善与人交往，也不愿意交往。每天骑着自行车，上班去下班回，两点一线，连家门都不怎么出。只有退休之后，每天清晨天不亮就出家门，到天安门广场南面的花园练太极拳，才在大院里多了出出进进的次数。那时候，还没有建毛主席纪念堂，在那个位置一直往南到前门楼子，是一片花园。从我家出来，走十来分钟就到。他到那里练拳，独自一人，面对花草树木和天安门、前门楼子，可以什么话也不用说。不知那时他的心里都想些什么，他从来没有对我讲过，我也从来没有问过。他像一个独行侠，其实，他的身上没有一点儿侠的气质，倒像一个瘦弱的教书先生，尽管他练的拳脚很正规，而且，特意买了一双练功鞋，并在鞋帮上缝上两个带子，系在脚脖子上，以免使劲踢腿时把鞋踢飞。现在想想，自从退休后，那里是父亲唯一外出的地方，远避尘世，有花草树木相拥，那里是他的乐园，一直到去世。

在我的印象中，父亲这一辈子似乎只有一个朋友，便是崔大叔。

崔大叔和父亲是一起在南京受训的时候认识的，然后，两人一起到信阳、张家口和北京工作，一直都在一个税务局工作。崔大叔和他的妻子都是河南信阳人，我的生母，就是崔大叔两口子做媒，和父亲相识结婚。崔大叔先到北京找到工作，然后邀请父亲前往北京。母亲带着我和姐姐从张家口来北京投奔父亲，起初没有住处，是先住在崔大叔家的。住了一段时间，父亲才在前门外西打磨厂的粤东会馆找到房子后搬的家。有意思的是，父亲带着我们全家从崔大叔家搬出，崔大叔到我家庆祝父亲乔迁新居的那天晚上，两个人都喝多了，一个小偷溜进我家外屋，偷走父亲新买的一袋白面，扛在肩上，大摇大摆地走出大院，一路上还和街坊们打着招呼，以至于街坊们都以为小偷是我家的什么亲戚，这成为对父亲和崔大叔的笑谈。

只有和崔大叔在一起，父亲才会喝那么多的酒。一种新生活开

父 亲

始的兴奋，让他们两人都有些忘乎所以。

崔大叔是父亲唯一一个可以无话不谈的朋友。在我渐渐长大以后，父亲的话变得越来越少，几乎成了一个扎嘴的葫芦。因为，在那个阶级斗争的弦紧绷的时代里，他知道像他这样历史有"黯儿"的人，要谨防祸从口出。而且，因为和我越来越隔膜，父亲更是很少对旁人说起对我的评点。但是我知道，他一定对我有他的看法，甚至意见和不满。只有一次，春节在崔大叔家，父亲和崔大叔喝酒时，说到了我，我听见一句："复兴呀，我看他将来当老师！"这让我有些奇怪，因为那时我还很小，刚上小学几年级，父亲怎么就一眼断定我以后得当一名老师呢？

每年过年的时候，父亲都要带着我和弟弟去崔大叔家去拜年。除此之外，父亲没有带我们到任何一家去拜年，足见崔大叔对于父亲特别重要。记得最清楚的是，每次去崔大叔家的路上，父亲都要教我见到崔大叔和崔大婶以及他家老奶奶的时候问候拜年的话。那时候，我脸皮薄，特别害怕叫人，在路上一遍遍地重复着父亲教给我说的话，让这一路显得特别长。

其实，从我家到崔大叔家很近，过前门，从东南角到西北角，一个对角线，穿过天安门广场，走几步就到了。崔大叔家就住在那里一个叫作花园大院的胡同里。这个名字很好听，让我一下就记住，怎么也忘不了。崔大叔家的大院门前有一棵大槐树，总是把老枝枯干慈祥地伸向我们。那院子是北京城并不多见的西式院落，高高的台阶上，环绕着一个半圆形的西式洋房，特别是那宽廊檐的走廊和雕花的石栏杆，以及走廊外面伸出几长溜的排雨筒，都是在别处少见的，更是大杂院里见不到的景观。崔大叔就住在正面最大的房子里，里面是一个宽阔的大厅，一边一间小房间，全部铺着木地板。那个大客厅，更是属于西式的，中国人一般住房拥挤，哪儿还会弄出一个这么宽敞的客厅来。以后，崔大叔的孩子多了，客厅的两边便搭上了两张床，让孩子们睡在那里。那时，他家的老奶奶，也就是崔大叔的母亲还健在，就住在刚进房门的那一间小屋里。老奶奶总是对我说："你爸你娘带着你，刚来北京的时候，就住在我这屋子里，那时还没有你弟弟呢。"去一次，说一遍。

崔大叔人长得特别英俊，仪表堂堂，很高的个子，戴一副近视眼镜，知识分子的劲头很足。他说话很开朗，特别爱笑，呵呵大笑的时候，仰着头，很潇洒，在"文化大革命"期间，让我觉得很有几分像当时正走红的乔冠华。特别是冬天，崔大叔爱穿一件呢子大衣，从远处那么一看，威风凛凛的，就更像乔冠华了。

很长一段时间里，我对崔大叔并不了解，父亲也从不对我说崔大叔的经历，只是每年要带我和弟弟去给崔大叔拜年。

小时候，我不懂事，只是觉得那一年去崔大叔家，他家好像有了一些变化，到底有什么变化，我又说不清。后来，我仔细想了，是崔大叔没在家，每次去，他都会在家的，他都要烫上一壶酒，陪父亲喝上几杯的。为什么父亲带着我们特意去他家，他偏偏不在家呢？而且，又是春节，难道他不放假吗？

后来，发现父亲不仅仅是春节时带我们去，而是隔一段时间就去一次。奇怪的是，每次去，崔大叔都不在家，这在以前是绝对不可能出现的事情。这让我的疑惑越来越重，也越来越好奇。问过父亲，父亲并不回答我，只是截长补短去崔大叔家，每次去，都和崔大婶在一旁低声说这什么，老奶奶在一旁叹气，咳嗽。

在我的记忆里，大概就是前后的时候，老奶奶去世了。再去崔大叔家，因缺少了崔大叔爽朗的笑声，也缺少了老奶奶温和的话语

父　亲

声、一阵阵的咳嗽声，让我觉得这个家不仅缺少了生气，还笼罩着一些悲凉的气氛。那是我十岁左右的事情了，一切雾一样迷离得那样似是而非，那样的遥远并弥漫着轻轻的叹息。

一直到我读了高中以后，我才对崔大叔有了一些认识和理解，那种突然之间撞在心头的残酷现实，让我认识了崔大叔，也让我认识了父亲。在同一个西城区税务局里，崔大叔混得比父亲要好许多，他曾经当过部门的一个小官，而且是一名经济师。但是，出头的椽子先烂，混得好的容易遭人忌恨。1957年反右时，父亲侥幸逃离，崔大叔却当了右派，被发送到南口下放劳动，一般不允许回家。他和我父亲都是从旧社会里过来的人，在国民党的税务局干过事，加上他爱说，就这样莫名其妙成为右派。

我私下里曾经莫名其妙地涌出过这样奇怪的想法：是不是因为崔大叔人长得气派，也是成为右派的一个理由呢？在我小时候的印象里，在电影和小人书里，那些从国民党那里出来的人，都是猥猥琐琐的，或者像项堃演的国民党一样阴险，起码不应该长得这样堂皇。

我记得那时父亲在拼命地写检查材料。在税务局里，一定是谁都知道他和崔大叔非同一般的关系吧？父亲的谨小慎微，态度又极其恭顺，也是他的性格帮助了他，好歹没有跟着崔大叔一起倒霉。父亲所能做的，就是在崔大叔劳动改造的日子里，多去几次崔大叔家，看望崔大婶一家。在我长大以后，回想这一切的时候，就像看一幅老照片，拂去少不更事和时光落满的尘埃之后，才渐渐地清晰起来。崔大叔应该是父亲唯一的朋友。在父亲坎坷的一生中，他唯一能够相信，并且能够给他雪中送炭帮助的，只有崔大叔。而在崔大叔蒙难的时候，他唯一能够做到的就是多去几次崔大叔家里看望。尽管父亲所做的这些如同一粒小小的石子投入河中，溅不起多大的水花，是那样的微不足道，但却是父亲平淡乃至平庸的一生中最富有光彩的举动了。起码，父亲没有落井下石，将这一块小小的石子砸向崔大叔。起码，在我看来是这样的。

崔大叔大概是由于劳动改造得好吧，没过几年（也许是过了好多年之后，在小孩子的记忆里，时间的概念和大人是不同的，更何况是崔大叔劳动改造那艰难又不准回家的日子，时间一定显得更加漫长吧）便被摘下了右派的帽子，又重回到税务局工作。再去他家的时候，又能看见谈笑风生的崔大叔，我们两家的聚会便又显得那样愉快了。父亲和崔大叔多喝了两杯酒，都面涌酡颜了。也是，作为一般人家，图的还不就是一家子平平安安和团团圆圆？但是，他们两人再没有一次像那年父亲搬家后在我家喝多过。我想，他们或许年龄已经大了，再不是以前的时候了。

我从没有见过他们在一起交谈过去，不管是他们的伤怀往事，还是他们曾经的飞黄腾达，仿佛过去的一切都并不存在。也许，他们是有意在避讳我们孩子，过去的一切毕竟沉重，他们不愿意让那黑蝙蝠的影子再压在孩子们的身上。也许，他们都相知相解，一切便尽情融化在那一杯杯酒之中了，所谓功名万里外，心事一杯中吧？

"文化大革命"中，我去北大荒，弟弟去了青海油田，崔大叔都是派他们的大女儿小玉来送我们，一直把我们送上了火车，我们在车窗里掉下了眼泪，小玉则在车窗外也跟着哭。小玉的年龄和我一般大，但比我工作得早，她初中毕业就到地安门商场当了一名售货员，那时候，崔大叔正在南口劳动改造。她早早地替家里分忧，担起了生活的担子。我和弟弟离开北京之前的那些日子里，小玉下班后，一趟趟往我家里跑的情景，总让我忘不了。贫贱而屈辱的日子里，两代人的心便越发地紧密，让辛酸中有了一点难得的慰藉。

我们离开北京没多久，她的两个妹妹分别去了内蒙古兵团和山西插队，最小的弟弟参军去了外地。和我家一样，她们家也只剩下了崔大叔老两口。我们再见他们，只有在回家探亲的时候。走进花园大院，一种从来没有过的凄凉感，不禁油然而生。坐在客厅里，是那样空空荡荡，说话的回音在木地板上跳荡着，让我忍不住把话音放低。

那年冬天，我从北大荒回来探亲，崔大婶看见我穿的棉裤笨重得很，棉花赶毡都臃在一起。她为我特意做了一条丝绵棉裤，说我在北大荒那里天寒地冻的，别冻坏了，闹成了寒腿，可是一辈子的事。棉裤做得特别好，由于里面絮的是丝绵，又暄腾又轻巧，针脚分外细密。我接过来，感动得很，一再感谢她，并夸她的手艺好。她叹口气说："你的亲娘要是还活着，她比我做活儿好，还要更细呢！"说这番话的时候，让我从她的眼睛里看到对往昔的一种回忆。

父亲去世那一年，我还在北大荒插队，弟弟在青海油田，接到母亲打来的电报，我和弟弟星夜兼程往家里赶。我妈见到我时对我说，崔大叔和崔大婶听说父亲去世后，先来家里看望过了。他们担心老母亲一个人怎么应付这突然到来的一切。我到现在还清晰地记得崔大叔当时对我妈说过的话："老嫂子，有什么困难，需要我们做的事情，一定要说啊！"每逢想起崔大叔这话的时候，眼泪总会忍不住润了眼角。

弟弟回来后，我们一起去崔大叔家，见到他们夫妇，我和弟弟忍不住要落泪，忽然觉得父亲去世了，他们是我们唯一的亲人了。

以后，我结婚、有了孩子，都曾经特意到崔大叔家去，为的是让他们看看。他们是我父母一辈子唯一的朋友，现在，我们去看他们，也就等于让父母也看见了我们长大了，已经成家立业。他们看见后都很高兴，崔大叔连连地对我们说："好！多好啊，多快呀，你们都大了！"崔大婶则一边抹着眼泪一边说："要是你亲娘还活着，该多好啊！"

　　似乎是一眨眼的工夫，我们都长大成人，而他们却都老了。从税务局退休后，崔大叔一直都没有闲着，因为有技艺在身，懂得税务，又懂得财务，许多地方都争着聘他去继续发挥余热。后来，他参加了民主党派，还曾经当过一段时间的区政协或人大的代表。晚年的崔大叔，应该是充实的，也算是苦尽甜来，是命运对他的一种补偿吧。有时候，他会想起我父亲，对我说："你父亲是个好人，他要还活着，该多好啊！"我站在他的身边，不知该说些什么。我知道，他是看着我长大的，由于母亲去世早，父亲也去世了，算一算时间，我和他接触的时间比父母都要长许多。在他经历的动荡而磨折的一生中，他比我们这一代饱尝了更多的艰辛，但比我们更达观地看待一切，并始终把他的关爱给予我和弟弟，默默替代着父亲的那一份责任，默默诉说着父亲的那一份心情。虽然，大多的时候，他并不说什么，但我能够感受到，就像是风，看不到，摸不着，却总能够体会到风无时无地不在吹拂着我的脸庞。

　　我应该感谢父亲，是他让我拥有了这样一位长辈，在父亲不在的时候，填补了父亲的位置。我想，这应该是父亲做人的一种回报吧。

　　　　　　　　　　　　　　　父　亲

四

我小时候亲眼看到，父亲有三件宝贝。这三件宝贝都挂在我家的墙上。

一件是一块瑞士英格牌的老怀表。父亲从来没有揣在怀里过，却一直挂在墙上当挂钟用。那时候，家里没有钟表，就用它来看时间。我和弟弟小时候，常常会爬到椅子上，踮着脚尖，把老怀表摘下来，放在耳朵边，听它嘀嘀嗒嗒的响声，觉得特别好玩。

一件是一幅陆润庠的字，字写的什么内容，一点儿印象都没有了，只是听父亲讲过，陆润庠是清朝大学士，当过吏部尚书，是皇上溥仪的老师。另一件是郎世宁画的狗，这个人是意大利人，跑到中国来，专门待在宫廷里画画。他画的狗是工笔画，装裱成立轴，有些旧损，画面起皱了，颜色也已经发暗，但狗身上的绒毛根根毕现，像真的一样，背景有树，枝叶茂密，画得很精细。

我不知道这两幅字画，父亲是怎样得来的，是什么时候得来的，从字画陈旧且保存不好的样子看，再从父亲喜爱又熟悉的样子看，应该年头不短了。

我猜想，父亲并不是为附庸风雅，或真的喜欢字画。他只是喜欢两幅字画的名气。值钱，使得这两幅字画的名气在父亲的眼睛里，更形象化。父亲就是一个俗人。在一面墙皮暗淡甚至有些脱落的墙上，挂这样的字画，多少显得有些不伦不类。不过，这种不伦不类，让父亲心里暗暗自得。在税务局里所有二十级每月拿七十元工资，而且始终也没增长的同一类职员里，父亲是得意的，起码，他拥有陆润庠、郎世宁，还有另一位就是他的老乡：纪晓岚。

墙上的这两件宝贝，常常是父亲向我和弟弟炫耀他学问的教材。同时，也是父亲借此教育我弟弟的机会。父亲教育我们的理论就是人生在世要有本事，所谓艺不压身。不管什么本事都行，就是得有本事，像陆润庠不当官了，写一手好字，照样可以活得挺好；像郎世宁画一手好画，在意大利行，跑到中国来也行。父亲常会由此拔出萝卜带出泥，由陆润庠和郎世宁说出好多名人，比如，同样靠一张嘴，练出本事，陆春龄吹笛子，侯宝林说相声，都成为雄霸一方的能人。本事有大有小，小本事有小本事的场地，大本事有大本事的场地，就怕什么本事都没有，只有人家吃肉你喝汤了。

在我小时候，父亲不像我长大以后不怎么爱说话，而是话很多，用我妈的话说是一套一套的，也不怕人家烦。

父亲教育理论中，这种成名成家的思想很严重。我大一点儿的时候，曾经当面反驳过他，他并不以为然，相反问我："不是成名成家，而是说本事大，对国家的贡献就大。你说说，到底是一个科学家对国家贡献大，还是一个农民对国家贡献大？"我回答不上来，觉得他讲的这些也有道理。一个科学家成功制造了原子弹，对国家的贡献，当然比只种出几百斤几千斤粮食的农民要大。但是，在我长大以后，还是把小时候听到父亲的这些言论，当成了反面材料，写进我入团的思想汇报里，在那些思想汇报里，我对父亲进行了批判。

现在回想起来，父亲的这些言论，一方面潜移默化地激励了我的学习，一方面又成为我入团进步的垫脚石。父亲的这些话，一方面成为开放在我学习上的花朵，一方面又成为笼罩在我思想上的乌云。在那个年代里，我的内心其实是有些分裂的。在这样的分裂中，对父亲的亲情被蚕食；对父亲的教育理论，作为批判的靶子，常常冷冰冰地矗立在面前，可以随时为我所用。

父亲教育我和弟弟的另一个理论，也曾经潜移默化地影响着我，那就是他常说的本事是刻苦练出来的。那时，他常说的口头语，一个是要想人前显贵，就得背后受罪；一个是吃得苦中苦，才能享得福中福；一个是小时候吃窝头尖，长大以后做大官。

如果我考试得了九十九分，父亲就会问我：你们班上有考一百分的吗？我说有，父亲就会说，那你就得问问自己，为什么人家考了一百分，你怎么就没有考一百分？一定是哪些地方复习得不够，功夫没下到家，你就得再刻苦！

父亲教育我和弟弟的方法，就是不厌其烦。父亲的脾气很好，是个慢性子，砸姜磨蒜，一个道理，一句话，反复讲。有时候，我和弟弟都躺下睡觉了，他站在床边，还在一遍又一遍地讲，一直讲到我和弟弟都睡着了，他还在讲。发现我们睡觉之后，才不得不停下嘴巴，关上灯，走出屋子。

弟弟不怎么爱学习，就爱踢足球，父亲不像说我一样说他，觉得说也没有用，便由着弟弟的性子，踢他的球。弟弟磨父亲给他买一双回力牌的球鞋，那是那个年代里最好的球鞋，一双鞋的价钱，比一双普通的力士鞋贵好多。父亲咬咬牙，还是给他买了一双。这对父亲来说，是不容易的，在我和弟弟的眼里，他从来以抠门儿而著称，很难让他从衣袋里掏出钱来。我读中学的时候，他每月只给我三块钱，买公共汽车月票，就要两元，我便只剩下可怜巴巴的一元钱。过春节的时候，弟弟要买鞭炮，他会说："你买鞭炮，自己拿着香去点鞭炮，还害怕。你放炮，别人在一旁听响，所以，傻小子才买鞭炮放。"他有他的花钱逻辑和说辞，我和弟弟常在背后说他是要饭的打官司，没的吃，总有的说。

从王府井北口八面槽的力生体育用品商店买回一双白色高帮回力牌的球鞋，弟弟像得了宝，穿在脚上，到处显摆。父亲对他说，给你买了这双鞋，是要你好好练习踢足球，不管学什么，既然学，就一定把它学好！对于我和弟弟，在我们渐渐大了以后，父亲采取的教育策略也相应进行了调整和改变，他不再说那些大道理和口头语。说得好听一些，他是因材施教；说得通俗一些，就是什么虫就让它爬什么树。他认定了弟弟不是学习的料，既然喜欢踢球，就让他好好踢球吧，兴许也能踢出一片新天地。

初一的时候，弟弟没有辜负父亲给他买的那双回力牌球鞋，终于参加了先农坛业余体校的少年足球队。弟弟从业余体校回来，很兴奋地对父亲说，教练说了，我们练得好的，初中毕业就可以直接升入北京青年二队。父亲听了很高兴，鼓励他，把足球踢好，也是本事，你看人家张宏根、史万春、年维泗，就得好好练出人家一样的本事！

我家墙上的陆润庠和郎世宁，就这样成为父亲教育我和弟弟的药引子，可以引出无数的说法，变着法儿地说明他的教育理论。

在父亲的心里，有一个小九九，是一碗水没有端平，而是偏向我的。他觉得弟弟学习不成，而我的学习不错，希望把我培养上大学，是他最大的希望。

二十世纪六十年代，我读初中时，父亲突然病了。那正是全国闹天灾人祸的时候，连年的灾荒，粮食一下子紧张，家里有弟弟和我两个正在长身体的男孩子，粮食就更不够吃，每个人每月定量，在我家，每顿饭要定量，要不到月底就揭不开锅。因此，每顿都吃不饱肚子。父亲和母亲都尽量省着吃，让我和弟弟吃，但仍然解决不了问题。

有一天，父亲不知从哪里买来了好多豆腐渣，开始用豆腐渣包团子吃。团子，是用棒子面包着馅的一种吃食，类似包子。开始的时候，掺一些菜在豆腐渣里，还好咽进肚子里。后来，包的只是豆腐渣，那东西又粗又发酸，吃一两顿还行，天天吃，真有些受不了。可是，父亲却天天在吃豆腐渣，中午带的饭也是这玩意儿，最后吃得浑身浮肿，连脚面都肿得像水泡过一样。单位给了一些补助，是一点儿黄豆。但是，这点儿黄豆，已经远远解决不了父亲身体的严重欠缺。他开始半休。等他的身体稍稍恢复了以后，他的工作被调整了。

但是，父亲一直没有对我们说，他是怕我们为他担心，也是怕自己的脸面不好看。直到有一天，我发现父亲下班回来没骑他的那辆自行车，才发现了问题。原来，父亲把这辆自行车推进委托行卖掉了。

父亲的那辆自行车，就像侯宝林说的相声里除了铃不响哪儿都响的破老爷车，一直是父亲的坐骑。父亲上班的税务局是在西四牌楼，从我家坐公共汽车，去一趟要五分钱的车票，来回一角钱，父亲的这个坐骑，每天可以为父亲省下一角钱。现在，这个坐骑没有了，他要每天走着上下班。

大约就在这个时候，姐姐来了一封写得很长的信，家里一下子平地起了风波。姐姐想把我接到呼和浩特她那里上学，这样，家里少了一个人的开销，特别是我读中学之后，又想要买书，花费就更大一些。姐姐想用这样的方法，帮助父亲解决一些困难。

我不知道自己的命运会有怎样的变化。心里话，我很想念姐姐，能够到呼和浩特去，就可以天天和姐姐在一起了；只是，离开北京，离开熟悉的学校和同学，我又有些不舍得。而且，到一个陌

肖复兴散文

生的新学校去，又有些担忧，况且我们的学校是一所百年老校，是北京市的十大重点中学之一，姐姐帮助我选择的学校是他们铁路的子弟中学，教学质量肯定不如我们学校。我拿不定主意，就看父亲最后是怎么决定了。

父亲没有同意，他没有像我这样的瞻前顾后，而是以果断的态度给姐姐回了一封信，不容置疑地回绝了姐姐的好意。这对于一辈子优柔寡断的父亲而言，是唯一一次毅然决然的决定。或许，这是父亲性格的另一面，在年轻时的军旅生涯中有所体现，只是那时还没有我，我不知道罢了。

父亲在给姐姐的信中说，他可以解决眼下的困难，还是希望把我留在北京，以后在北京考大学，各方面的条件都会更好些。

姐姐没再坚持。其实，姐姐和父亲都是性格极其固执的人，如果不固执，姐姐不会主意那么大，那么不听人劝，十七岁时就独自一人就跑到内蒙古，在风沙弥漫的京包铁路线上奔波了一生。当时我猜想，姐姐一定明白，在父亲的心里，我的分量很重，亲眼看到我考上大学，是父亲一直的期待。姐姐也一定明白父亲的想法，因为她只读了小学四年级，便参加工作，父亲一直笃信自己的教育水平，不会相信她，更不会放心把我交到她的手里。

在我长大以后，我的想法有了改变，我猜想，除了对姐姐的不信任，和希望亲眼看到我上大学之外，他的心里一定在想，已经把一个女儿送到塞外了，不能再把一个儿子也送到塞外。在父亲的眼里和懂得的历史中，尽管呼和浩特是一座城市，毕竟无法和首都北京相比，怎么说，那里也是昭君出塞的地方。

我留在了北京。父亲继续步行，从前门到西四上班。日子，似乎又恢复了平静。只是，粮食依然不够吃，每月月底，是最紧张的时候，面对两个正在长身体的男孩子，父亲和母亲常常面面相觑，一筹莫展。

没过多久，我发现墙上的那块英格牌的怀表也没有了。

又没过多久，墙上的陆润庠的字和郎世宁的狗，也都没有了。

我知道，它们都被父亲卖给了委托行。那时，我妈吐血，为给我妈治病，也为治他自己的浮肿，要买一些黑市上的高价食品，父亲不得不卖掉了他仅有的三件宝贝。

我知道，父亲是希望用这样的方法，补我妈的身体，更为挽救自己江河日下的身体，希望尽快恢复原来的工作。

可是，这三件宝贝没能挽救父亲的身体。他的身体下滑得厉害，而且，黄鼠狼单咬病鸭子，不久又患上了高血压。税务局让他提前退休了。那一年，他五十七岁，离退休年龄还有三年。

退休那一天，我去税务局接父亲，顺便帮助他拿一些东西。这才发现，他被调整的工作，不再是税务局，而是税务局下属的第三产业，生产胶木产品的一个小工厂。在税务局旁边胡同里的一个昏暗的车间里，我找到了父亲，他正系着围裙，戴着一副白线手套挑胶木做的什么电源开关。听见同事叫他的名字，他抬起头来看见我，站了起来，和同事打过招呼之后，和我一起走出车间。我能感到，车间里几乎所有人的目光都落在我和父亲的身上。我不清楚那些目光的含义，是替父亲惋惜、悲伤，还是有些幸灾乐祸？

那一天，我和父亲从西四一直走到前门，一路上，我们什么话也没有说，就这么默默地走在车水马龙的大街上，想象着从新中国成立以后他一直是骑着自行车上班下班来往于这条大街上的。现在，工作没有了，自行车也没有了。我知道，父亲的心里一定很痛苦，一定没有想到他自己会以这样的一种方式，告别工作，提前进

肖复兴散文

入拿国家养老金人的行列里。他一定不甘心，又一定很无奈。

我一直在想，按照父亲的教育理论，他这一辈子算作是有本事的呢，还是没有本事的呢？如果说没有本事，父亲是凭着初小的文化水平，靠着自己的努力，从国民政府，到共产党开国以来，一直担当起这一份工作的。如果说有本事，他却最后沦落到做胶木电源开关的地步，和他原来所学所干的工作相去甚远。他是被身体打败的呢？还是由于身体的原因而被单位借此顺坡赶驴一样赶下了山？父亲从来没有谈论过这些，而在那个年代，我也没有能力思考这一切。相反觉得让父亲提前退休，是组织对他的格外照顾。

很久以后，也就是父亲去世之后，税务局工会派一位老人来家里进行慰问。因为这位老人在税务局工作的年头很长，曾经和父亲一起共事，对父亲有所了解。他对我说起父亲，说你父亲脾气倔，工作认死理，他去人家单位收税的时候，据理力争，虽然得罪人，但是总能把税收上来。他的话，给我留下的印象很深，但不知为什么，删繁就简，最后没有了收税，只剩下了得罪人。

父亲他做事有定力和恒心，退休以后，开始练习气功和太极拳。那时候，因为父亲提前退休，每月只能拿百分之六十的工资，四十二元钱，家里的生活一下子变得更加窘迫，便把原来的三间住房让出一间，节省一些房租。家里就剩下两间屋子，清晨，是父亲练太极拳的时候；晚上，是父亲练气功时候；雷打不动，无论什么情况，他都能坚持，特别是晚上，即使我和弟弟在外屋复习功课或说笑打闹有多吵多乱，他都会一个人在里屋练气功，站桩一动不动。

父亲的举动，让我很受触动。不仅是他的耐性和坚持，而是由于他的提前退休，让家里的日子变得艰难。我本想读高中将来考大学的，在初中即将毕业的时候，把这个念头打消了，想考一所中专或师范学校，这样可以免去学费，又能管吃住，帮助家里减轻一点儿负担。父亲知道后，坚决不同意，说是砸锅卖铁也要供你上大学。弟弟不爱读书也就算了，你学习成绩一直不错，绝不能因为我耽误了你！

姐姐知道之后，每月从她的工资中寄来三十元，说是补齐父亲退休前的工资，一定要我读高中，考大学。

我如愿考上了理想的高中，父亲多日阴云笼罩的脸上露出了笑容。

读高中的时候，我迷上了文学。我常常在星期天的时候逛旧书店。那时候，北京几家有名的旧书店，琉璃厂、东安市场、隆福寺、西单商场……我都去过。西四的旧书店，也是我常去的地方。父亲曾经工作过的税务局，就在书店旁边。路过书店大门的时候，让我想起父亲，想起父亲退休的那一天我来接父亲的情景，心里总会涌出一种酸楚的感觉。我都会暗暗地想，一定好好读书，考上一个好大学，为父亲争光。

我儿子读高中的时候，我曾经带着他到西四去过一趟，西四牌楼早就没有了，过西四新华书店不远，税务局还在，大门依旧。我指着这扇大门对儿子说："你爷爷以前就是在这里工作。"

五

初三毕业的那年暑假，一天晚上，我已经躺在床上睡下了。父亲走进来，轻轻把我叫醒。睁开惺忪的睡眼，望着父亲，不知有什么事情，都这么晚了。父亲只是很平淡地说了句："外面有人找你。"就又走出房间。

我大了以后，父亲不再像我小时候那样砸姜磨蒜一样絮絮叨叨地教育我，他知道我不怎么爱听，和我讲话越来越少。初三那一年，我正在积极地争取入团，和他更是注意划清阶级界限。父亲显然感觉得出来，更是明显和我拉开距离，不想让自己当成我批判的靶子，当然，更不想影响我进步。因此，他和我讲话的时候，显得十分犹豫，不知该说什么才好。最后，索性少说，或者不说。

我穿好衣服，走出家门，看见门口站着一个女同学。起初，没有认出是谁，定睛一看，是小学同学小奇。她笑着和我打着招呼。我们是小学同学，她上四年级的时候，从南京来到北京，转到我们学校。我们同年级，不同班。第一次见面的情景，立刻在她向我挥手打招呼的瞬间闪现。我们学校有几台乒乓球案子，课间十分钟，是同学们抢占案子的时候，每人打两个球，谁输谁下台，让另一个同学上来打。那时候，我乒乓球打得不错，常常能占着台子打好多个回合。那一天，上来的同学劈头盖脸就抽了我一板球，让我猝不及防，我忍不住叫了声："够厉害的呀！"抬头一看，是个女同学，就是小奇。

小学毕业，我们考入不同的中学，初中三年，再也没有见过面。突然间，她出现在我家的门前。这让我感到奇怪，也让我感到惊喜。看她明显长高了许多，亭亭玉立的，是少女时最漂亮的样子。

她是来我们大院找她的一个同学，没有找到，忽然想起我也住在这个院子里，便来找我，纯属于挂角一将。但那一夜，我们聊得很愉快。坐在我家旁边的老槐树下，她谈兴甚浓，五十多年过去了，谈的什么都记不得了，唯独记得的是，她说暑假跟她妈妈一起

父　亲

回了一趟南京，看到了流星雨。我当时连流星雨这个词都没有听说过，很好奇问她什么是流星雨。她很得意地向我描述流星雨的壮观。那一夜，月亮很好，星光璀璨，我望着夜空，想象着她描述的壮观夜空，有些发呆，对她刮目相看。

谈不上阔别重逢，但是，少年时期的三年，正是人的模样、身材和心理、生理迅速变化的三年，时间过得很快，回想起来却显得很长。意外的重逢，让我们彼此都有一种异样的感觉。我们就是这样接上火，令人没有想到的是，我们的友谊，从那一夜蔓延到了整个青春期。高中三年、"文化大革命"两年，一直到我们分别到北大荒插队，整整五年的时间，从十六岁到二十一岁。

从那个夜晚开始，几乎每星期天的下午，她都会到我家找我，我们坐在我家外屋那张破旧的方桌前聊天，天马行空，海阔天空，好像有说不完的话，窄小的房间，被一波又一波的话语涨满。一直到黄昏时分，她才会起身告别。那时，她考上北京航空学院附中，住校，每星期回家一次，她要在晚饭前返回学校。我送她走出家门，因为我家住在大院最里面，一路要逶迤走过一条长长的甬道，几乎所有人家的窗前都趴有人头的影子，好奇地望着我们两人，那目光芒刺般落在我们的身上。我和她都会低着头，把脚步加快，可那甬道却显得像是几何题上加长的延长线。我害怕那样的时刻，又渴望那样的时刻。落在身上的目光，既像芒刺，也像花开。

我送她到前门22路公共汽车站，看着她坐上车远去。每个星期天的下午，由于她的到来，变得格外美好，让我期待。那个时候，我沉浸在少男少女朦胧的情感梦幻中，忽略了周围的世界，尤其忽略了身边父亲和母亲的存在。

所有这一切，父亲是看在眼里的，他当然明白自己的儿子正在发生什么事情，又在经历着什么事情。以他过来人的眼光看，他当然知道应该在这个时候需要提醒我一些什么。因为他知道，小奇的家就住在我们同一条街上，和我们大院相距不远，也是一个很深的大院。但是，那个大院和我们大院完全不同，从外表就可以看得出来，那是拉花水泥墙，红漆木大门，门的上方，有一个浮雕大大的五角星。这便和我所居住的那种广亮式带门簪和门墩的黑色老门老会馆，拉开了不止一个时代的距离。

其实，这一点我是知道的，每天上学下学，都要路过那里。但是，当时的我对此却忽略不计。对于父亲而言，这一点是表面，却是直通本质的。因为居住在那座大院里的人，全都是北京城解放之后进城的解放军军官或复员军人及他们的家属。那个被称作乡村饭店的大院，是解放之后拆除了那里的破旧房屋新盖起来的，从新老年限看，和我们的老会馆相距有一两百年的历史。在父亲的眼里，这种距离是不可逾越的。不可逾越，从各自居住不同的大院就已经命定，地理里有无法更易的历史，地理里有难以摆脱的现实。我发现，每一次我送小奇到前门回家，父亲都好像要对我说什么，却又欲言又止。从那时我的年龄和阅历来讲，我无法明白父亲曾经沧海的忧虑。我和父亲也隔着一道无法逾越的历史与地理的距离。

有一天，弟弟忽然问我："小奇的爸爸是老红军，真的吗？"那时，我还真不知道这个情况。我觉得老红军是在电影《万水千山》里，在小说《七根火柴》里，从没有想过老红军就在自己的身边。弟弟的话，让我有些意外，我问他从哪儿听说的，他说是父亲和妈妈说话时听到的。当时，我不清楚父亲对母亲讲这事的心理。后来，在我长大以后，我清楚了，我和小奇越走越近的时候，父亲的忧虑也越来越重。特别是在北大荒插队的时候，生产队的头头在整我的时候，当着全队人叫道："如果是蒋介石反攻大陆，肖复兴是咱们大兴岛第一个打着白旗迎接蒋介石的人，因为他的父亲就是一个国民党！"

两个父亲，两个党，一个共产党，一个国民党。

后来，我问过小奇这个问题。她说是，但是，她并没有觉得父亲老红军的身份对自己是多么大的荣耀。她只是说当时父亲在江西老家，十几岁，没有饭吃，饿得不行了，路过的红军给了他一块红苕吃，他就跟着人家参加了红军。她说的是那样轻描淡写。在当时所谓高干子女中，她极其平易，对我一直十分友好，充满温暖的友情，即使是以后"文化大革命"格外讲究出身的时候，她也从来没有有些干部子女的趾高气扬、居高临下。那时候，我喜欢文学，她喜欢物理，我梦想当一名作家，她梦想当一名科学家。她对我的欣赏，给我的鼓励，表露于我的友谊和感情，伴随我度过青春期。

说心里话，我对她一直充满似是而非的感情，那真的是人生中最纯真而美好的感情。每个星期天她的到来，成为我最欢乐的日子；每个星期见不到她的日子，我会给她写信，她也会给我写信。整整高中三年，我们的通信，有厚厚的一摞。我把它们夹在日记本里，涨得日记本快要撑破了肚子。父亲看到了这一切，但是他从来没有看过其中的一封信。

寒暑假的时候，小奇来我家找我的次数会多些。有时候，我们会聊到很晚，送她走出大院的大门，我们站在大门口外的街头，还接着聊，恋恋不舍，谁也不肯说再见。那时候，不知道我们怎么总有说不完的话，长长的流水一般汩汩不断，扯出一个线头，就能引出无数条大路小道，逶迤迷离，曲径通幽，能到达很远很远未知却充满魅力的地方。

路灯昏暗，夜风习习，街上已经没有行人，安静得像是睡着了一样，只有我们两人还在聊。一直到不得不分手，望着她向她家住的乡村饭店的大院里走去的背影消失在夜雾中，我回身迈上台阶要回我们大院的时候，才蓦然心惊，忽然想到，大门这时候要关上了。因为每天晚上都会有人负责关上大门。那样的话，可就麻烦了，门道很长，院子很深，想叫开大门，不是件容易的事情。很有可能，我得在大门外站一宿了。

　　当我走到大门前，抱着侥幸的心理，想试一试，兴许没有关上。没有想到，刚刚轻轻一推，大门就开了。我庆幸自己的好运气，大门真的还没有关闭。我走进大门，更没有想到的是，父亲就站在大门后面的阴影里。我的心里漾起一阵感动。但是，我没有说话，父亲也没有说话，就转身往院里走。我跟在父亲的背后，走在长长的甬道上，只听见我和父亲咚咚的脚步声。月光把父亲瘦削的身影拉得很长。

　　很多个夜晚，我和小奇在街头聊到很晚，回来的时候，生怕大院大门被关闭的时候，总能轻轻地就把大门推开，看见父亲站在门后的阴影里。

　　那一幕的情景，定格在我的青春时代，成为一幅永不褪色的画面。在我也当上父亲之后，我曾经想，并不是每一个父亲都能做到这样的。其实，对于我和小奇的交往，父亲从内心是担忧的，甚至是不赞成的。因为在那讲究阶级、讲究出身的年代，一个共产党，一个国民党，他们的水火不容，注定他们的后代命运的结局。年轻的我吃凉不管酸，父亲却已是老眼看尽南北人。

　　只是，他不说什么，任我任性地往前走。因为他不知道该如何说，他怕说不好，引起我的误解，伤害我的自尊心，更引起我对他

　　　　　　　　　　　　　　　　　　　　父　亲

的批判。更重要的是，他知道说了也不起什么作用。两代不同生活经历与成长背景的人，代沟是无法填平弥合的。那些个深夜为我等门守候在院门后面的父亲，当时，我不会明白他这样复杂曲折的心理。只有我现在到了比父亲的当时年龄还要大的时候，才会在蓦然回首中看清一些父亲对孩子疼爱交加又小心翼翼心理波动的涟漪。

六

"文化大革命"爆发的那一年，我高三毕业，正准备迎接高考。几乎是在一夜之间，上大学的梦想破灭了。这对于我和父亲，无疑是最大的打击。只是突然降临的大风暴，席卷我们而去，让我们无暇顾及个人梦想在风雨中的落花流水，是那样的无足轻重，又是那样的无可奈何。在"老子英雄儿好汉，老子反动儿混蛋"的"血统论"的疯狂肆虐下，父亲国民党少校军需的历史，一下子格外彰显，像刻在他的脸上，也刻在我的脸上的一块罪恶的红字一样，让我和父亲都抬不起头来。

那时候，我从心里怨恨父亲当时为什么不在天津学织地毯学到底，起码现在我的出身可以算作工人。在"文化大革命"的年代，算是"红五类"。现在，我却沦为了"黑五类"。

所谓的"红八月"中，到处都在抄家，到处都在批斗。身穿绿军装、手挥武装带、臂戴红袖章，被领袖在天安门城楼上接见的红卫兵们，在耀武扬威。在我们学校里，校长高万春不忍红卫兵的毒打，被逼跳楼自杀。从学校回家的路上，很多大院的门口贴着墨汁淋淋的大字报，说是"庙小神通大，池浅王八多"，叫喊着把什么坏人揪出来示众。好像每个院子里都有坏人，不止一个，各式各

肖复兴散文

样，五花八门。我们大院里最先被揪出来的是以前当过地主的后院主人，紧接着是当过舞女的王婶。我的心小把儿紧攥着，生怕哪一天，在大院外的墙上贴着揪出父亲的大字报。每天从学校回家，先要紧张地看看院门口的墙，没有父亲的大字报，才稍稍安心。那一面墙，成为我的晴雨表。

猜想，那时候，父亲的心里一定比我还要紧张。

为了表现积极，父亲主动上交了小牛皮箱里那四块银圆。除此之外，他没有什么可以上交的了。那本南京受训时印有他身穿国军制服的相册，早被他毁掉了。

"红八月"终于过去了，父亲没有被揪出来批斗。我心里的一块石头落了地，便和班上当红卫兵的同学一起，冒充红卫兵去大串联了。当我从广州、衡阳、株洲，然后韶山、南京一路归来的时候，发现父亲和母亲正在院子忙乎接待红卫兵的事情。那时候，很多外地的红卫兵串联到北京，住在我们大院各家里。

在我离开家的这些天里，父亲做了两件事，让我格外吃惊。

一件是居然教会我妈背诵毛泽东的"老三篇"中的《为人民服务》。要知道，我妈是大字不识呀，能够全文一字不差地背诵《为人民服务》，与其说是我妈的奇迹，不如说是父亲的奇迹。在那个疯狂的年代里，什么样的事情，都有可能发生。

一件是在我家的柜子和窗台之间，用火筷子在两根很粗的竹子上扎了眼儿，然后连上几块木板，成为书架，前后两层可以放我的一些书本。那时，我珍贵的藏书，有《泰戈尔文集》中的两本，还有就是从1919年到六十年代所有的儿童文学选集。这些书一直放在地上的一个鞋盒子里，现在，终于堂而皇之地有了摆放它们的书架了。弟弟告诉我，这是他和父亲一起做的，竹子是南方来的红卫兵到北京串联走时候留下来的，被父亲废物利用。

一直到现在，我都觉得这是父亲做的最古怪的一件事情，完全和他谨小慎微的性格不符。

这是我家的第一个书架。我有些惊讶，在那个读书无用、革命唯此为大的年代里，父亲居然还有心做书架，惦记着我的读书，而且敢于把这些书放在书架上。这是他在"文化大革命"中的得意之作。他从来相信艺不压身，到什么时候读书都是重要的，更何况，这些书确实也不是什么"封资修"，见不得人。也许，这是父亲为我做这个简陋书架的心理依据。

这样平静的日子很快就到头了。秋天刚到的时候，大院里突然揪斗出一位工程师，说人家是反动权威，这都是院子里新搬来的一个街道革委会的积极分子干的。所谓街道积极分子，在那时是一种特别的称谓，更是一种特别的身份。她们大多是家庭妇女，并不是街道居委会（"文化大革命"一来叫街道革委会）的正式工作人员，但因为家庭出身好，又积极为街道居委会跑前跑后干些宣传或收费或节日里站岗巡逻的事，被聘为街道积极分子。这些积极分子中，有不少是热心公益事业的人，但也有不少借此狐假虎威或为方便谋取私利的人。这个积极分子，就是人们忌恨的狐假虎威者。她找来一帮红卫兵，当天下午在我们大院里开批斗会。她来到我家，找到父亲，要求父亲下午参加大会，并且准备发言批判。我看见父亲在认真写批判稿，写了好长的时间，密密麻麻的，足足写了有两页纸。其实，父亲和工程师平常没有什么来往，甚至连说话都很少，他对工程师的了解有限，真不知道那批判稿都写了些什么东西。

下午批判会在大院的后院开，那里房前有宽宽的廊檐，和几级台阶，正好当成舞台。批判会开始的时候，父亲第一个走上台发言，他身穿一身整齐的制服，激动地抖动着手中那两页纸，像是受惊的鸟止不住纷飞的羽毛。然后，听见他的声音，那声音特别让我吃惊，突然高八度，非常尖厉。我从来没有听见父亲这样说过话，平常他说话都是细声细语，怎么会突然变成了这样声嘶力竭呢？我知道，他是想表现自己，以划清界限的姿态，想拼命地站在革命阵营这边来。可是，他的声音太刺耳了。我有些替他脸红，没有听完他的批判发言，便悄悄地溜出大院。

父亲如此异常的表现，并没有保住自己，他被那个街道积极分子给耍了。第二天清早，我出门要去学校，看见大门口外面那面墙上贴出了大字报，只有一张纸，但我一眼就看见了父亲的名字，然后看见了国民党和少校军需官的字样，是那样的醒目，飞奔而来的箭镞一样，直射入我的眼睛里。父亲步工程师的后尘，这一天下午，还是在我们大院，要开父亲的批斗会。

我害怕这个街道积极分子像找父亲一样，来家里找我写批判父亲的发言稿，然后让我登台发言批判父亲。一整天，我都没有敢回家。我记得特别清楚，上午我去学校，虽然在复课闹革命，但上课没有什么内容，下午就没事了。下午，我坐上5路公共汽车，从前门坐到广安门终点站，再从终点站坐回到前门，来回不停地坐，一直坐到天完全黑了下来，才像丧家犬一样悻悻地溜回大院，回到家里。父亲看到我回来，没有说话，他在找在税务局工厂发的劳动手套。我猜想，明天他将和大院的工程师、地主和舞女一起，去街道接受劳动改造了。整整一个晚上，谁都没有说话，一盏十五瓦的浑黄灯下，全家静悄悄的，气氛凝滞了一样，非常压抑。

我不知道，对于这一连两天批斗会上的遭遇，父亲是怎么看待的，我也从来没有和父亲交流过。我只知道我自己，那时的心情非

父　亲

常复杂和慌乱。我第一次看到了人心的险恶，对那个积极分子嗤之以鼻。我也第一次看到了父亲的另一面，居然为了保护自己可以这样声嘶力竭。同时，我也是第一面对自己，害怕父亲被批斗，其实是害怕自己的身份进一步下跌。这样的胆怯，无力面对眼前发生的一切，只有选择了逃避。

也就是从那时候开始，我成为"文化大革命"的逍遥派，彻底逃离了所谓的革命的漩涡，就像鲁迅批评柔石小说《二月》中的主人公肖涧秋时说的那样，衣襟上溅了一点水花，就落荒而逃。我开始躲在一边，后来又跑到呼和浩特的姐姐家，偏于一隅，埋头在读书之中，尽可能找能找到的书读。而父亲则开始在街道修防空洞，每天干搬砖砌洞年轻人干的力气活。想想，那一年，父亲六十一岁。

第二年的年底，弟弟忍受不了这样压抑的气氛，先报名去了青海油田。又过一年的夏天，我也离开北京，去了北大荒。弟弟和我走的时候，父亲都没有送，也没有分别的一点嘱咐，只是走出了屋门，看着我们走去，连挥挥手都没有，显得是那样的麻木。

很久很久以后，我和弟弟谈起这些往事的时候，才觉得真正麻木的是我们。为了自己，我们那样毅然决然地选择离开家，而且想离得越远越好，所谓是眼不见心不烦，企图寻找世外桃源，躲个清静，而把已经年老多病的父亲和母亲毫无顾忌地丢在一旁，丝毫都没有想过，应该和他们一起患难与共，帮助他们度过余生残年。年轻时的我们，被所谓革命的风搞得身心膨胀。其实，更是自私和胆怯，如蛇一样悄悄地爬出心头，在一点点地蚕食着人性中对父母的亲情。

在那场急风骤雨的革命中，父亲就是一条落水狗，可以被人任

　　　　　　　　肖复兴散文

意欺凌。他的国民党和少校军需，就是他的原罪。庆幸的是，父亲从来都是不多言多语，逆来顺受，任劳任怨地修防空洞，工余的时候，还负责为这些戴罪劳动者读报。所以，他没有被遣送回老家，总算保住了他的老窝。但是，最后他付出的代价是——换出他的房子。在我离开北京的第二年，那个街道积极分子对父亲说，你们的孩子都走了，用不了住那么大的房子，应该把房子交给工人出身的人住。父亲老老实实地交出房子，住进对门院子里两小间矮小的东房里。而那个批斗父亲和工程师的街道积极分子，更是无理地占据了工程师家一间宽敞的正房，给自己的女儿做了婚房。她女儿嫁给一个海军军官，似乎更为她虎上添翼，越发威风起来。

离开北京三年后的夏天，我从北大荒第一次回北京探亲。走进陌生的大院，来到父亲信中说的家门前，一阵心酸。我第一眼看到的是家门玻璃窗前的窗帘，是母亲用碎布一点一点拼接起来的。打开门，被风吹动的那块像小孩裤子布一样的破窗帘，让我脸红。在我不在家的日子里，父母的日子过得这样狼狈不堪，而且被人欺负，不费吹灰之力，便被赶出自己的家门。

那时候，父亲还在修防空洞。母亲去把父亲叫回家。父亲看见我一脸被霜打的样子，很清楚我想的是什么，对我说："没被扫地出门赶回老家就是万幸。窝还在，你们回来探亲，还有个家。"他轻描淡写的话，却说得我心里不是滋味。说着，父亲让母亲赶紧拿出瓜子和花生给我吃。母亲从床下拿出一个笸箩，里面盛满了葵花子和带皮的花生。那时候，只有过春节每户才有半斤花生和瓜子可以买到。春节买的花生、瓜子父母不舍得吃，一直留到现在。已经半年了，瓜子和花生放得都有些哈喇味儿，但我还是装作挺好吃的样子咽进肚子里。

　　　　　　　父 亲

第二天，父亲又去修防空洞了。现在，父亲参与修的这个防空洞还在，是供人们参观的人防工程，长长而宽敞的防空洞，成为前门地区的一道景观。父亲却早已经不在了。那个防空洞的洞口就在街道办事处旁边，每逢路过这里的时候，我都会想起父亲，也会想起批斗过父亲和大院工程师乃至舞女的那个街道积极分子。人生的遭际，在历史的跌宕中有阴差阳错的选择；人心的险恶，在时代的动荡中有不由自主的表现，像排泄粪便一样忍无可忍，不能自已。前者，其实更多是出于个人生计的选择；后者，则更多是人性潘多拉瓶子的乍开。我相信，每个人的心里都不会鲜花一片，只是，有的人不让或者少让心里藏着的魔鬼出来，而有的人则愿意让魔鬼趁机出来兴风作浪，浑水摸鱼。一般而言，后者会活得放得开，什么时候都容易如鱼得水，甚至活色生香；前者会活得谨小慎微，甚至压抑，夹着尾巴做人，却总能让人踩住尾巴。父亲显然属于前者。

七

一年多以后，也就是 1972 年的冬天，我再次从北大荒回北京探亲。可能是一年多年前回家时那个破窗帘对我的刺激太深，这一次回家，我想应该为父母做一点儿什么。

那时候，我的思想还处于阶级斗争理论的笼罩下，尽管已经松动，但脑子里还有阶级斗争这个弦，就像风筝还被线拽着。因此，我的这个念头，其实也是在矛盾中时起时伏。有时候，我会想，毕竟父亲当过国民党的少校军需，国民党是共产党的敌人，即使父亲被改造好，已经不会站在敌对的阵营里，但也不属于无产阶级阵营里的呀。有时候，我又会想，父亲真的就是在电影和小说看到过的那种凶神恶煞的国民党吗？怎么看都不像。从我记事开始，父亲都是唯唯诺诺的，见谁都客客气气，走路都怕踩死蚂蚁，街坊们对他一直很友好。即使"文化大革命"开始，即使沦落到修防空洞了，除了那些街道积极分子直呼过他的名字，街坊们见到他，还是客气地叫他肖先生。不过，我想，国民党是很狡猾的，会伪装，也许，这只是父亲伪装出的一种假象。

这是当时我真实的心理活动。按下葫芦起了瓢，自己跟自己较劲，打架。

我回到家之后，弟弟先给我寄了点钱，那时，他在青海油田当工人，有高原补助，工资高。弟弟来信说，让我用这钱给父亲买点儿好酒喝。我和弟弟都知道，父亲一辈子爱喝点儿小酒。父亲的酒量不大，可能年轻的时候酒量大些，这时候，一天只在晚上喝一次，八钱的小酒杯，本来能喝一杯，却只喝半杯浅尝辄止。一瓶二锅头，可以喝半个月。但是，父亲喝酒，有自己的规矩，就是不管天冷天热，都得把酒烫上。他的理论是，冷酒伤身。记得我和弟弟小的时候，父亲每次喝酒时，把酒烫在开水碗里，烫好了，先不喝，而是把酒往桌子上先倒一点儿，然后划着一根火柴，在酒上一点，酒立刻燃烧起一团淡蓝色的火焰，蛇一样蠕动着，特别好看。然后，他会用筷子蘸一点儿酒，让我和弟弟一人尝一下，常常惹得我妈说他，小孩子家的，喝什么酒。我和弟弟被酒辣得大叫，父亲端着酒杯呵呵笑。那是一家子最开心的画面了。

弟弟在我之前回北京探过一次亲。那时，他买来了好多瓶名酒，给父亲喝，看到父亲难得的高兴，难得喝得酡颜四起，便告诉我到哪里能买到这些名酒。拿着弟弟寄来的钱，我到弟弟指定的商店，买回来好几瓶名酒，有五粮液、古井贡、竹叶青，还有一瓶三花酒。后一种酒，是我自作主张买来的，当时看到三花酒出产地是桂林，早就在贺敬之的诗中知道桂林山水甲天下，一直很向往，虽然没有去过，买一瓶酒回来尝尝，也像是去过那里一样。

回到家，我找到几个酒杯，把每一种酒倒上一点儿，分别用开水烫好，让父亲每种酒都尝尝。看到父亲坐在桌旁，望着这一杯杯的酒，在灯下泛着光，他的眼睛里也放着光，像小孩子一样的兴奋，然后，依次端起酒杯，眯缝上眼睛，每杯抿上一小口，美滋滋地品味着。那一刻，真有点儿六根剪净，万念俱灭，将所有的日子，都融化在这一杯杯酒中了。

父亲抿完三花酒，特别对我说：这种酒我从来没有喝过。我问他味道怎么样，他说不错，比五粮液柔和，有股甜味儿。我就又给他倒上一杯三花酒，也给自己倒上一杯，然后和他碰碰杯，一饮而尽。他说我，酒哪有这么喝的，得慢慢地品。我看着他慢慢地品着，忘却了曾经发达或耻辱或悲凉的一切。

那情景让我感到，父亲就是一个俗人，简直就像一个农民，一点都不像小说和电影里看到过的国民党坏蛋。

他已经被共产党改造好了。我在心里这样安慰自己，让自己找到一种重新看待并对待父亲的依据。或许，在那一刻，无法泯灭的亲情，还是无可救药地占了上风，一种千古至今绵延存在无法剔除的人性中柔软的东西，让再冰冷的石头也能溶化了吧？

那时候，电影院里正在上演朝鲜电影《卖花姑娘》。对于一演再演的《地道战》之类的老电影，这是一部新电影，演员演得好，里面的歌唱得也好听，特别叫座。我到大栅栏的大观楼电影院，买了三张电影票，请父母一起看这部电影。我妈没有显出多么的高兴，父亲却很兴奋。他已经好多年没有看过电影。这部《卖花姑

　　　　　肖复兴散文

娘》，他在报纸上看过介绍，知道是一部很好看的电影，心里很期待。

我第一次看电影，还很小，没有上学的时候。是父亲带着我去看的，在长安街上的首都电影院，是他们税务局包场发的电影票，看的电影是《虎穴追踪》。而我带父亲看的第一次电影，已是父亲老的时候了。这一年，父亲六十七岁。

坐在电影院里，看着父亲的侧影，忽然想起往事，心里有些愧疚。记得好几年前，大概是1961年年初的寒假，也是在这个大观楼电影院，那时这里被改造成北京唯一一座立体宽银幕电影院，演的电影是《魔术师的奇遇》。因为不仅是宽银幕，还是立体电影，进电影院后，要先发一副特殊的眼镜，看电影的效果才是立体的，如果是水流就真的像是向你流过来一样，浪花能溅湿你的衣服似的。所以，特别吸引人。排队买电影票的人非常多，我和弟弟一起去买票，排队的队伍像长蛇一样，都排到门框胡同了。可是，我和弟弟没有为父母买票。

年轻的时候，真的有很多幼稚和自私，表面上是为了革命，其实，心里想着的是自己，甚至可以是和自己没有任何关系八竿子都打不着的人，比如那时叫喊着要解放世界三分之二受苦受难的人民，却很少想到关心一下身边的父母。尤其是对于当过国民党少校军官的父亲，更是理所当然地冷落在一旁。这样做，没有觉得有什么不妥，相反觉得是阶级立场应有的表现。

年轻的时候，真的还有非常可笑的时候。现在来看《卖花姑娘》，这是一部很会煽情的电影，卖花姑娘悲惨的身世和故事，让很多人感动，当时的电影院里嘤嘤的哭声一片，有人甚至说，看《卖花姑娘》之前，得带一块手绢。那天，看电影擦完眼泪之后，

　　　　　　　　　父　亲

我瞥了一眼坐在身边的父亲，忽然发现他也在掉眼泪，在用手不停地擦着眼角。我心里在想，他是一个国民党呀，怎么国民党也会为贫苦的百姓掉眼泪呢？当时的我，就是这样可笑。那一年，我已经二十五岁。难道还是一个小孩子吗？却比小孩子还要可笑。

隔了几天，我就要回北大荒了。我想在我离开北京之前，带父母看一次京剧。因为我知道，父亲很爱看戏，小时候，他常常带我到鲜鱼口的大众剧场看评戏。我看的第一个评戏《豆汁记》，就是父亲带我看的。只是那时除了样板戏，没有什么戏可演。我便在离家不远肉市胡同里的广和剧场买了三张《红灯记》的京剧票。看戏的那天晚上，天下起了大雪。鹅毛般的大雪，没有阻挡住父亲的看戏热情，他和我妈相互搀扶着，跟着我来到了剧场。我带他们出来的时间特地早些，是想带他们先去离广和楼一步之遥的全聚德吃顿烤鸭。我和弟弟每次回京探亲的时候，都去全聚德吃烤鸭，打牙祭解馋，却没有一次带父母去吃过，顶多带回一点儿吃剩下的烤鸭片。因为心里的愧疚，很多以前自己的不是，便都像沉在水底的鱼一样，一条条地浮出了水面，每条鱼都张着嘴，在咬噬着我的心。

马上就要离开北京了，心里这种希望弥补的愧疚，越发沉重。真的，那是我有生以来第一次对父母涌出来的愧疚之情。特别是看到父母一天天见老，这种滋味更不好受，更折磨自己的心。父亲生我的时候，年龄很大，已经是四十二岁了。而妈妈比他大两岁，比我的生母大十二岁，那一年已经六十九岁了。他们真的老了。而作为两个儿子，都在那么远的地方，一个在北大荒，一个在柴达木。遥遥得让我觉得像是一声长长的叹息。

我所能够做的，就只有这一场《红灯记》和这一顿烤鸭了。

那一天大雪下得时间很长，一直到戏散了，还在下。纷纷扬扬的雪花中，父母相互搀扶着，一身雪花，蹒跚在西打磨厂街上的情景，成为一幅画，总在我的眼前晃动。那画面，让我感到更多的是心酸。因为我这一辈子，只为父亲做过这样一件稍稍可以让他感到有些安慰的事情。在以前我生活的二十五年时光里，我没有为他做过一件事情，相反，却做过很多和他毅然决然划清阶级界限的无情事情。父亲好像从来不是作为我的生身父亲存在我的生活中，而是作为敌对的阶级，作为一个我需要铁面无私审判的政治符号，存在于我写过的那些申请入团的思想汇报中。

落地无声的大雪，掩盖了街道上的坑坑洼洼，以及落叶、垃圾、泥污等所有的肮脏。那一刻，眼前的一切，平坦、洁白得像一个童话里的世界。

那时候，我读过并背诵过苏轼的诗句："人生到处知何似，应似飞鸿踏雪泥；泥上偶然留指爪，鸿飞那复计东西。"但是，那时我并没有读懂。现在想来，我和父亲，谁是飞鸿，谁又是雪泥呢？在我人生二十五岁以来很长的一段时间内，我是把父亲视为雪泥的，他被当时的时代和社会无情地踏在泥中，也是被我无情地踏在泥中。而我把自己却看作飞鸿，要去远方展翅飞翔，不计东西。那时候，语录里说的是，广阔天地，大有作为。那时候，歌里唱的是，雄鹰展翅飞，哪怕风雨狂。

八

第二年，也就是1973年的夏天，我再一次从北大荒回北京探亲。那时候，我已经有了女朋友，正在恋爱。她是天津知青，和我前后脚从北大荒回来探亲，我们两人商量好了，等我回到北京之后，她从天津来我家一次，我们一起去呼和浩特看我姐姐，然后再去天津到她家看看，最后一起乘火车回北大荒。这样的行程安排，是想让双方家长都看看，就像定亲一样，事情就这样定下来了。那时候的爱情，简单却不带任何杂质，纯净得像没有污染过的蓝天白云。

女朋友从天津动身的时候，我和很多一起到北大荒插队又正好一起回北京探亲的知青，到北京火车站接她。人很多，阵势很是浩大。女朋友下了火车，吓了一跳，没有想到居然这么兴师动众。我心里很清楚，这些伙伴是为我好，生怕女朋友第一次来我家，看到浅屋子破房那么寒酸，一下子失落，无所适从，甚至最后无法收拾。

这一列队伍浩浩荡荡，簇拥着女朋友走进大院，来到我家门前的时候，我注意到，尽管女朋友心里早有思想准备，但眼前所出现的破败和凋零，还是让她大吃一惊。不过，她是个懂事而且善解人意的女孩子，并没有把内心的惊讶表现出来，露出的依然平日常见的笑容。那一年，她二十三岁，是一个女人最好的年华。

那么多人簇拥着一个年轻的姑娘，我家那两间小房根本无法挤下。大家都站在院子里说说笑笑，引来街坊四邻好奇的目光。我家来的这些人中，主角是谁，很快就被他们捕捉到，聚光灯一样的目光都集中在女朋友身上。我看她倒是没有被这聚光灯照得有什么异样，和我妈以及大家亲热、轻松自如地聊着天。

让我多少有些奇怪的是，家里只有我妈在家。我问妈妈爸爸哪儿去了，她告诉我，给你买东西去了。正说着，父亲拎着一网兜水果，已经走进院子，看到这一帮人，和大家打着招呼。大家立刻都闪到一边，像忽然抖开的一幅扇面，亮出中间一个空场，把女朋友亮了出来。

这是父亲和她第一次见面，也是唯一一次见面。我已经忘记这唯一的见面，具体是什么情景了。在一片嘈乱中，我只记得父亲没有进屋，就在院里的自来水龙头前接了一盆水，把网兜里的水果倒进盆中洗了起来，然后让大家吃水果。不知道为什么，那天见面的这个情景，让我记忆犹新，至今回忆起来，还像是发生在昨天一样。我记得是那样的清楚，父亲买的水果不多，几个桃、几个梨，还有两串葡萄。而且，我清晰地记得，一串是玫瑰香紫葡萄，一串是马奶子白葡萄。

我无法解释清楚，为什么这些水果，特别是那一串紫葡萄和一串白葡萄，这么多年过去，还会如此水灵灵地出现在我记忆中？

现在想来，可能因为这是父亲留给我最后的印象。尽管当初我无法预测未来，根本不会想到这是父亲留给我的最后印象。但是，生命的轨迹，总会神不知鬼不觉地显现在父子的亲情之中，在命运的冥冥之中。那是一种生命的感应，即使你当时迟钝得没有察觉，但那已经像一粒种子，悄悄地落入你的生命中，落入你的忆中，在以后的日子里生根发芽，忽然有一天让你触目惊心，叹为观止。

非常奇怪，在梦中我常梦见我妈，却很少梦见过父亲。前年夏天，我在美国儿子家小住，一天夜里，居然梦见了父亲，这几乎是父亲去世之后唯一的一次父子于梦中相见。父亲的样子很清楚，与我童年、少年和二十多岁见到他时是一个样子。他穿着一身粗衣粗裤，紧紧地握着我的手，在跟我说着什么。但是，说的什么话，我一句也听不清。梦做到这儿，我醒了。屋外雷雨大作，而楼上一岁半的小孙子正在哇哇啼哭。

很多天，这个梦一直缠绕在我的脑子里，让我百思不得其解。

　　　　　　父　亲

我不明白，这个梦昭示着我什么。父亲究竟在我和说什么呢？是埋怨我当年对他无情的批判呢，还是述说当年辛酸中难得的温馨？还是嘱咐我他的处世箴言……

同时，为什么那一夜突然雷鸣电闪？而且，恰恰那个时候，小孙子也醒了，不停地啼哭？或者，是生命的又一个循环吧，纵使我儿子都没有见过他爷爷，小孙子就更无法见到他的祖爷爷了。但是，血脉的延续，生命的轮回，基因的遗传，是命定的。无论是我、我儿子，还是小孙子，我们都生活在他的影子里，生活在他的足迹中。所有的不幸也好，幸运也好；所有的错误也好，正确也好；所有的醒悟也好，愧疚也好，我们都一起经历过，并在那雷鸣电闪中给我们以醒目的警示。

只是，那一夜的梦，以及对梦的认知，我再无法对父亲诉说。

我知道，其实父亲一直在我心里，不仅是一个念想，一个回忆，更是一根刺，刺痛我的心，永远无法从心头拔出。

就是那个夏天我带女朋友回家，深深地刺激了他。对于父亲，带给他是美好，也是痛苦。他当然希望儿子有女朋友，但是，他知道，儿子有了女朋友，会在北大荒结婚成家，就再也回不来了。当时，对于未来，他是悲观的。"文化大革命"不知道何时才能到头，而他的身体已经每况愈下。

其实，那时候，知青返城之风，已经起于青萍之末，先行者，开始通过走后门参军，或办理困退病退，回到了北京。只是，这一切对于父亲而言，显得那样遥不可及。他没有这个能力，因为他自顾不暇。偏偏这时候，我姐姐给父亲写来一封信，说别人家的孩子都已经从农村办回城里，你们老两口身边无一个子女，是符合知青返城政策的，你应该去街道办事处问问。就是街道办事处的积极分子整的父亲，一提起街道办事处，他就心里发酸，打哆嗦。

姐姐的信，是压垮父亲的最后一根稻草。拿着姐姐的这封信，他不知道找谁去诉说，去求教，只能憋在心里，负担越来越重。我离开北京一个多月之后，正是秋收的日子，我正在地里收豆子，一封电报传到我的手里——父亲脑溢血去世。清早，他照例去天安门前那个小花园练太极拳，突然一个跟头倒下，就再也没有起来。

我和弟弟，还有姐姐星夜兼程赶回北京。父亲躺在同仁医院的太平间里，眼睛还没有合上。他是死不瞑目呀。姐姐用手轻轻地合上了他的眼睛。

父亲的一生，就这样结束了。我不知道该如何评价他的一生。我只知道，在他的一生中，起码有二十多年是屈辱的。在这些屈辱中，有许多是时代和历史使然，却也有一些是我添加给他的。我无法对他说请求原谅。我也无法原谅自己。

父亲没有什么遗物，只是在他的床铺褥子底下，压着几张报纸和一本儿童画报，还有一个棕色牛皮纸的小笔记本。那时，我已经开始发表文章，这几张报纸上有我发表在当地的散文，那本画报上有我写的一首儿童诗，配了十几幅图。这或许是他生命最后日子里唯一的安慰。

在看我家那个装宝贝的小牛皮箱子时，我发现了姐姐写给父亲的那封信，放在箱子的最上面。在箱子的最底部，有厚厚的一摞子信。我翻看一看，竟然是我去北大荒之前没有带走的小奇写给我的信，是整整高中三年写给我所有的信。

望着这一切，我无言以对，眼前泪水如雾，一片模糊。

不到半年之后，我从北大荒办回北京，在一所中学里当高中语

父　亲

文老师。命运，真的让父亲一语成谶，我到底还是当了老师。第一天上班，找到那所偏僻的学校时，我在心里对父亲说，你为什么就不能再坚持一下呢？你为什么就不能等我回来呢？

又过了两年，"四人帮"被粉碎了。一切，并不像想象的那样好，但也不像想象得那样坏。在时代的变迁中，在生命的轮回中，曾经被风雨压弯再弱小的草芥，也可以重新伸展起腰身，然后回黄转绿。

有一天，下班刚到家，一位漂亮的年轻女警察突然来到我家。我很奇怪，为什么警察光临？对于一个曾经长期担惊受怕的家庭而言，警察的出现，让这个家的气氛一下子凝固。我看见我妈有些惊讶，以为出了什么事情。我让女警察坐在我家唯一的椅子上，她很和蔼地问我："'文化大革命'中，您家是不是上交过四块银圆？"我点点头，那是父亲干了好多年少校军需官留下的唯一财产。她接着说："现在清理'文化大革命'中上交的这些东西。要落实政策归还原物，没有原物的，要照价赔偿。您家呢，这四块银圆，要给您四块钱。"说着，她从包里掏出四块钱，并让我在签收单上签字。

这四块钱，连同父亲去世后税务局给予抚恤金和补发的半年工资五百元，我一直存在家附近崇真观的银行里，那里离家很近，父亲一抬脚就到，他在世的时候，如果有钱，也是存在那个银行里的。一直到多年以后，崇真观被拆，银行被取消，才把这钱取出转存别的银行。我不敢花这个钱，这是父亲为我留下的唯一财产。虽然不多，却带有他生命的温热。

粉碎"四人帮"后一年多，即1978年的春节，我和女朋友结婚。我们没有举办婚礼，只是请了几个朋友，姐姐派来她的女儿，

肖复兴散文

晚上的时候，我们一起在家中和我妈吃了顿饭。白天，我到街上买了一点儿菜和两瓶酒，其中一瓶是三花酒。那曾经是父亲爱喝的一种酒，他说这酒很柔和，有股子甜味儿。

有这瓶酒摆在桌上，父亲好像也在了。

2015 年 6 月 9 日写毕于北京

2016 年春节改毕于布鲁明顿